GAEA

Gaea

命途

うんめい。

案簿錄 玖【終】

護玄——著

案簿錄玖【終】命途

目錄

人物介紹

虞因

擁有陰陽眼的社會新鮮人，雖然有些愛玩，但自己會拿捏分寸。厭惡沒道理的事情。

少荻聿

滅門血案唯一倖存者。語文、閱讀、記憶能力強；喜愛甜點，有著一雙紫色眼睛。

言東風

圖形、記憶、分析能力極強。不願與他人扯上關係，卻又放心不下。有厭食傾向，厭惡紅蘿蔔。

方曉海
阿方的妹妹，夜店經理＋罩場。
凶猛火爆又直爽的鐵板一枚。
正愛慕著條杯杯虞佟。
阿方
阿因朋友，前校園擺平者。
很會照顧人的大哥哥類型。
喜愛籃球、運動。
一太
前校園擺平者。
看似隨和，卻常將身邊人搞得
團團轉。非正非邪。
86
MAR

人物介紹

虞佟 隸屬刑事行政單位；阿因大爸。
溫和穩重且有禮的娃娃臉熟齡男子，
但必要時可以很黑。

虞夏 刑事小隊長；阿因二爸。
個性暴躁，喜歡打擊犯罪。雖有一
張娃娃臉，但拳腳功夫了得。

玖深 刑事鑑識。
認真拚命的好青年。
厭惡、害怕不科學的事物。

黎子泓
刑事檢察官；東風學長。
正經、認真於自己的工作。
喜歡電玩、登山。
嚴司
法醫。
喜歡各種有趣事物，機車他人為己任，非常不正經。
葉桓恩
隸屬督察室。
隨和，非領導型的輔佐。
養有愛貓雞肉乾，愛狗小魚乾。

時間到了。

他放下手上的花。

還沾著些許水珠的粉色花瓣在觸地同時震了下，隨即與旁邊剛被擺放的花束進入寂靜。

蹲下身，他看著碑上熟悉的名字。

然後，伸出手拂去沾染在上面的灰塵。

「我覺得，他之前說過的話其實沒有錯。」聽見聲響，他側過身，後頭走來的人正好停住腳步，他順勢笑了笑。

聿提著水站在自己身後，平日沒什麼表情的臉上有著淡淡的擔憂。

「沒事，反正以後應該沒機會再聽到那種話了。」

虞因笑了下、站起身，接過水桶，轉回視線，在聿看不見的方向輕輕嘆了口氣。

人總是無法預料到下一秒會發生什麼事，他無法、聿也無法，他們身邊的人皆然，而牽扯在漩渦中心的人們，亦沒辦法。

當時明明並不覺得有什麼，人總是來不及反應那些突如其來的事物。覺得平日的生活會永遠這般下去，但世事一向不如所願。

就如永遠沉睡在此的人一樣。

深藏在底下的那張漂亮面孔，也早因那瞬間成爲永恆。

所有的一切，恍如昨日。

那是，發生在四個月前，所有人看著漫天風雨席捲而至的那一日——

1

四個月前

「咦？」

正要離開醫院的虞因停頓了下，有點意外地看見正要踏進醫院的人。

甫踏進醫院的人也露出詫異，接著是很明顯不想在這邊見到熟人的無奈臉。

虞因理所當然無視了那張「快點假裝不認識我」的表情，很快地走過去，往對方肩上一拍，「我是肯定會來打招呼的。」

「……」東風很無言地看著完全不識時務的傢伙。「你怎麼會在這裡？」

「你是來複診對吧，手好一點沒？」

距離尤信翔的事件也不過才一個多月。

落網後，組織就像沉入水中深處般，突然銷聲匿跡，而尤信翔等人自然不再多說什麼，轉眼夏季已經過了大半，警方將可清除的事物清除完畢後，檯面上的進度同時陷入了膠著。

他們這些人雖然傷的傷，但工作仍得繼續進行，不只東風，其實嚴司等人也還不算徹底康復，大家都是拖著帶傷的身體重新回歸生活軌道。虞因摸摸腹部，上面的疤痕仍能讓他深刻地想起那瞬間的痛楚。不過如果時間倒轉，他懷疑自己還是會衝上去，很難說得清楚為什麼，就只覺得依舊是這樣。

「我問你怎麼會在這裡。」站在前面的東風再次開口，顯然有點不耐煩。

虞因環顧四周絡繹不絕的看診人潮，又看看東風不自在的神色，想著對方應該是不喜歡這種有著大量人群的地方，於是趕緊開口：「我有個同學才剛畢業就跑去環島一圈，遊回來因為太開心了，和一些朋友相約半夜脫衣服去山上裸奔慶祝，因為天色太暗沒看清楚路況，幾個人奔到摔到坑裡面，腳骨折正在住院，我來看他的。」幸好他們沒叫救護車，是自己穿好衣服、忍著痛，讓當時圍觀的同伴們載往醫院，不然搞不好會集體上新聞丟臉丟回老家。

雖然自己前兩年也年少輕狂過，但這真的太狂了點，虞因果斷地站在病床邊把對方好好嘲笑一番才離開——因為他們去裸奔時也發了邀請找他去，被虞因以工作忙擋掉。

「……什麼人有什麼朋友。」東風冷眼看著眼前的人。

「我覺得你也算是朋友喔。」虞因迅速頂回這句。

「誰跟你——」留意到附近已有人往這邊看，東風立即放棄爭執，「我來複診。」

「我等你複診結束過去幫忙好嗎？」虞因知道事件過後，東風住在嚴司家中療養傷勢，似乎也有進行一些復健，以免手的靈敏度受到太大影響。從群組聊天內容來看，嚴司好像玩得很開心，但是對被玩的人來說，就完全相反了，至少東風本人肯定是相反。

所以今天一大早他收到嚴司的簡訊報告，說機器貓突然要搬家逃逸，他還正想說等探訪過同學再去看看東風的狀況，沒想到會在這裡撞個正著。

「……」東風就知道嚴司那個大嘴巴肯定會到處亂嚎。

原先他還有點想要答應黎子泓的要求，因爲這次實在是欠這些人太多。但一個多月下來，嚴司的騷擾程度已經把這個看似正常的要求變成了極度不合理的要求，再不搬出去，不是他死就是嚴司死——他絕對會找個月黑風高的晚上，把嚴司那個混帳給剁成十四塊，再把屍塊丟得全台灣都是。

回首過去一個多月，東風眞認爲自己的修養肯定有更上一層樓，才會到現在還任由那個隨處都能製造麻煩的禍害繼續活跳跳亂跑，原先那些愧疚早就和清晨的露水一樣，直接昇華消失。

「對了，嚴大哥說他租了迷你倉保管你一些雕刻品，如果你有想要帶過去……」

「那些都不要了。」東風抬起頭，從腹誹中回過神，鬆了鬆還有點發痛的手，「只是打發時間。」工作上的物件大部分當時都受損了，必定得重製，所以他那時才通知仲介將所有東西處理掉、不用留下，只是沒想到嚴司會再去把完好的整理出來。

「……眞的嗎？做得很好耶。」虞因有點眼神死。雖然先前聽過類似的話，但那一堆還眞不是說想弄就弄得出來的，搞不好拿出去賣還可以賣不少錢。

「我每次搬家都會請仲介丟掉。」東風有點不解爲什麼要在意那些打發時間的物品。他搬家次數頻繁，當然不可能帶著那麼多重物到處走。

「也太浪費。」虞因看著各種糟蹋的傢伙，突然覺得歷年來那些被扔掉的可憐雕刻品搞不好都多到可以開展了，「你不要可以送我啊。」

東風瞇起眼睛，有些疑惑對方表現出來的憤慨，「既然是要丟掉的東西，你們想要就自己去拿，又不是什麼重要的物品。」

「你眞是……」虞因苦笑了下。

「搞不懂。隨便吧，你們想怎麼處理就怎麼處理，不用問我。」有點不太想繼續這個話題，東風正想找個藉口先去醫生那邊報到時，突然有人喊住了他們。

「東風？」

回過頭，東風開始覺得今天是不是那種所謂諸事不順、最好不要出門的日子……明明挑了個上班日，爲何不用上班的人會如此多？

站在一邊的虞因順著視線看過去，從大廳等待看診的人們當中，走出來的是個有點年長的男人，大約四、五十左右的年紀吧？戴著很斯文的銀邊眼鏡，成熟的臉散發著氣質與親切感，給人的第一印象非常好，是那種很受歡迎的師奶級親和長相。

「薛醫生。」等到男人走近後，東風只好乖乖地開口。

「好巧，我正好來這家醫院找認識的朋友，還沒上去就看到你進來。」男人露出和煦的笑容，接著將視線轉向虞因，帶著些許打量和好奇，「這位是……？」

「朋友。」東風在心中罵了句剛剛還在和虞因抬槓的自己，然後將人介紹給男子，轉頭也幫虞因介紹道：「這位是薛允旻醫生，是言家相關產業下的聘僱醫生。」

「第一次看見東風和朋友一起，你們認識多久啦？」薛允旻熱絡地伸出手與虞因交握。

「有段時間了。」虞因連忙陪笑道。對方的手又寬又厚，帶著淡淡的暖意，不知道爲什麼，很容易讓人感到親近。

「我幾乎從東風小時候看他長大到現在，還眞沒看過他會和朋友膩在一起。」看了眼東風，薛允旻友善地笑道：「這小朋友，沒見過他向誰敞開心房過，像隻小刺蝟，我想幫他治他的身體狀況，他也不給碰，不過現在長肉了點，是不是因爲你的功勞啊？」

「不不，這應該是其他人的功勞，東風在這裡有很多朋友。」虞因笑笑地回道。

自從案件解決後，加上大家和往常一樣努力不懈地盯梢，眼前的人又開始一點一點地長出肉，雖然一個多月下來成效不算多，但目前看來氣色都很不錯了；而且他似乎多少調整過心情，正往好的方向努力中，所以整個人的狀況自然好了不少。

但長肉的最大功臣還是楊德丞，如果沒有他費盡心血餵食，仍沒辦法在短時間長什麼出來。

東風尷尬地咳了聲，「那個……」

「不過我覺得肉還長得不夠多。」虞因上下看著乾扁刺蝟，嘖嘖地搖頭。

「是啊，如果吃得好一點，應該會和連小姐一樣是個大美人，可惜了。」薛允旻伸出手，親暱地揉揉東風的頭。

「連小姐？」虞因乍聽這個陌生的名字，有點疑惑。

「薛醫生，忙的話你先請吧，我診號也到了。」東風快速打斷越來越不妙的談話方向，扯住虞因的手臂，「過幾天我會過去，到時候再聊。」

「也好，我和朋友約的時間也快到了，那改天見。」並沒有因爲話題被突兀打斷而有任何不悅，薛允旻仍是親切地拍拍兩人肩膀，又說了幾句好好照顧自己之類的話，便先行往員工電梯方向走去。

目送著醫生離開，虞因轉回視線，有些新奇地看著正耙著頭髮的友人，「原來你除了仲介以外，還是有熟人朋友的。」

「……我又不是山裡的野人，當然會有其他認識的人。」東風撇開頭，咕噥了兩句。

虞因笑了下，「也是，只是有點意外。」應該說，他真沒想到東風還有這種親切的朋友，而且認識很久了，看剛剛東風的態度，應該是和那個醫生非常熟。雖然知道東風並不是那種會主動告知私事的人，但還是讓人有點……

「畢竟是言家企業體系下的人，多少會碰到面。」瞄了眼虞因，東風嘖了聲，轉開頭，「那又沒什麼，和仲介一樣，仲介也認識很久，只是見到會打一下招呼。」

覺得對方貌似在解釋什麼，虞因抓抓後頸，「走吧，不是要複診。」

「你還眞跟上來！」

「你自己說朋友的，不跟嗎。」

「……」

□

聽見外面傳來聲響時，嚴司本想看看是誰，然後躲到桌子底下把人先嚇一嚇再說。

但大老遠看見是虞夏和他家前室友走過來，他立刻回到位子上坐好，再擺出一張認真非凡的臉，以表示他上班沒有混水摸魚，也沒有故意要不養好身體之心。

天知道他們法醫室的人自從知道他受傷，還有一段時間先回家休養後，好像拿到什麼神賜把柄般，每天歡天喜地地說他再亂跑驚嚇別人，就要打電話報警抓人……說真的，法醫室什麼時候變成老大的管轄區了他怎麼都不知道？

幾秒過後，辦公室的門被推開。

「看來又是沒進展的一天。」看著這閻王般的拜訪組合，嚴司決定在凶殘的氣氛中尋找自己的那片和樂安詳。

嗯嗯，他就知道「探訪日」都不會有好臉色。

自從尤信翔被逮後，各方壓力接連而至，不僅明的、暗的關說都來，連檢警方的上頭都不斷要求組織的事要盡速辦妥。關於尤信翔方面，用比較好聽的話來解釋是快點把該釐清的處理完畢，不要再多生枝節；比較不好聽的解釋，就是如果發展出牽連到什麼高官權貴的旁枝末節，所有經手人員都等著倒大楣。

所以負責的黎子泓和虞夏自然首當其衝，是被一天連三釘的倒楣鬼。

「進展有。」虞夏直接在旁邊的椅子坐下，「他堅持要阿因去。」

「你們不是拒絕這個要求嗎。」嚴司知道打從東風那恐怖青梅竹馬被關進去後，就一直要求和新歡……錯，和虞因對話，否則不回答任何問題，但是都被虞夏擋回去了。他們並不想要小孩子們任何一人再與這些事情接觸，特別是當時捱了一槍的虞因。

尤信翔知道他的底細，也很明白他能看到哪方面的事情，變數太大，虞夏不可能再讓他因為這件事惹來危險。

不過令人比較在意的是，尤信翔要見虞因似乎並不是因為組織的事，而是和東風有關，也有可能是想在這事情上再掀點風波。畢竟對方說得有些曖昧不清，虞夏雖然隱約知道可能有什麼隱情，但尤信翔是帶著些微的惡意提出要求，這不能忽視。

「機器貓的事還有什麼在他手上？問機器貓他也不一定會講吧，還不如去問眞的貓。」嚴司深深覺得，要撬開那隻貓的嘴巴比撬開鎖住又忘記密碼的保險箱還難，他想了想，仍決定說說他的想法：「你們眞不考慮讓被圍毆的同學知道這件事嗎？畢竟事關他本人，他又不是黛玉妹妹，一摸就噗嘰。」總覺得虞夏等人有些保護過度，這件事情他們到現在還沒告訴虞因。雖然他可以理解之前發生的種種事情令他們不想再讓小孩們摻和進去，但虞因好歹是成年人了，並不是需要父母一直想方設法捏在掌心上保護、怕摔倒的小孩，有些事情還是讓本人自己做決定比較好。

虞夏依舊搖頭，「……組織的案子我們已經抓到不少人，或多或少可以沿著這些人再繼續深入查，即使尤信翔不開口也沒關係。」就算尤信翔是數一數二的重要幹部，但也可以透過比對一些已被警方勸服的青少年的口供，取得新的訊息。他們現在正順著這些線索繼續調查，並非如尤信翔想的，遇到層層阻礙。

而且，遲早他們會釐清簡士瑋的死因。

會這樣一直前往探訪，主要還是來自上面的壓力，以及某些不信任，逼得他們每段時間都得去一次。

另外，他們也覺得可能有什麼暗樁想透過他們監視尤信翔，確保他口中說出來的話。隱隱約約，各派勢力向他們催討進度催得太急了些，令人感覺到不太自然。

尤信翔現在不開口可能也不是什麼壞事，或許他一開口，就會再發生點什麼，也或許他就這樣被永遠堵住嘴巴，不會再開口了。

嚴司略帶玩味地看了眼虞夏，「可是你們這樣幫他決定，被圍毆的同學未必肯。」認眞地說，那位事主本身就是個哪裡有洞就豁達地往哪裡跳的人，他幾乎可以百分之百確定虞同學有超高機率想知道這事，好讓他繼續遵從天性往洞裡蹦。

「先不管他，手上還有蘇彰的事情沒完。」虞夏說著，眼神冷了下來。一提及這人，不只他，室內的氣氛陡然改變。

「我眞心求放假，好想要出去玩。」嚴司苦著臉，很哀傷地摸摸自己還有點痛痛的腳。

先前，也就是被圍毆的好孩子畢業那天，蘇彰給他寄來了大禮——眞的很大，後來他趁著大家都在餐廳慶祝畢業，他也刻意把人拖著歡樂時，瞞著大家讓警方先去他家一趟，結果發現快遞寶箱裡面是大禮的相似字：「大體」。

蘇彰那傢伙送了具沒有手指的女性乾屍來，依照外表看來，非常像一開始的案子、也就是賴長安那件事情提過的乾屍。

警方用很快的速度採樣收走證物，所以這事情不但虞因等人不知道，稍晚一些才回去的東風也不曉得，等到夜深人靜，他才和他前室友繞回警局處理。附帶一提，他也很認分地去合一下一直收在他們這邊的那包手指，結果毫無意外地不符合。

那包手指修整得太漂亮了，不是學生的手。

差不多同一時間，虞夏等人也查出蘇彰的身分——畢竟照他所說的，女兒死了之後母親發瘋，又在療養院自殺的案子並不多，再配上一家四口這個條件，沒多久就起出這件陳年舊案。

蘇彰，本名石竟昇，如果他沒又隨便扯個案子來騙他們的話，這便是他的眞實姓名——畢竟檔案上的照片與他本人幾乎是兩個完全不同的模樣。

而檔案上，長女的相片與女性乾屍特徵一致，確定爲同一人，姓名爲石靜恬。

繼續往下深入追查，調查出父親爲石漢岷，早年曾在學校任教，加上家庭出身背景很不錯，所以與許多地方人士打下不錯的關係，有一定勢力。家中那些事情掩蓋得很好，幾乎沒什麼閒言閒語在外流傳，所以外界不太曉得他們的家庭狀況，都以爲就是普通的一般家庭。不過從戶籍上來看，母親特別年輕，大約是在十五、六歲就生下長女，兩人隔兩年才結婚。

從親戚朋友口中得知，長了幾歲的石漢岷與妻子很早就認識了，約在石漢岷國中畢業時就已經結識當時還是小女孩的母親，後來發展成戀愛關係。

收到的檔案裡並沒有石漢岷被控與未成年少女發生關係或是相關記錄，只能從女方與小孩的年紀來推測，看來雙方家長有意不讓這件事曝光，檯面下處理得很好。

就如蘇彰所說，當地管區有一天突然接到報案，指稱長女遭到殺害，且屍體吊掛於天花板。警方到案後封鎖現場，發現石漢岷已經失蹤，雖然屋內有亡者，卻無遭到指控的石漢岷殺害並加工的跡證，現場找不出多少有用的證據，能見的都已經被破壞、或是擦拭，被有心收拾過，乾淨得可怕。

第一發現者、也就是他們的母親陷入瘋狂，拚命想開瓦斯自殺，但被阻止，之後斷嚷著沒人能聽得懂的話語，精神就這樣再也沒恢復過。即使她可能看到了點什麼，但只要一提及關鍵字眼，就會驚聲尖叫，用力撞著牆壁，直到被好幾個壯漢用力扯開。

這件案子，成爲懸案。

沒多久，石家的母親就在療養院中用極爲瘋狂的方式自殺。

她在療養院的某天晚上，用自己的頭撞破鏡子，因爲事先墊上了衣物，所以沒發出聲響，然後用鏡子的碎片刮爛自己的臉，用滿是血的手將牆壁撓得全是怵目驚心的血痕與血掌印，最後將那些碎玻璃一片一片插進脖子，就這麼孤伶伶地死在房間中央。

午夜巡房人員打開房門時，震驚得連喊叫都叫不出來，驚愕許久後，才想起要按下警鈴通知，不過當時她已氣絕身亡許久，瞪大的雙眼直勾勾地看著天花板，面孔扭曲，似乎遭受到嚴重驚嚇，視線便如此永遠僵凝在那個點上。

後來警方蒐證，母親身上、手上全都是相應的創傷，也未有任何抵抗痕跡，或是外人入侵的跡象，就這麼以自殺作結。

嚴司收到相關人員寄來的檔案後，一度有點佩服蘇彰那傢伙。

就算是他，看完這些驗屍報告與現場錄影、相片，也會判斷這是自殺現場。不論是在傷害自己時的劃傷或是蹣跚不穩、精神恍惚的失常步伐都沒有任何破綻，確確實實就是死者本身殺害自己。

玖深和阿柳看過鑑識檔案後也是同樣想法，所有物品、生物跡象或指紋，都指向了動手的是死者本人；牆壁層層疊疊的手印、爪痕，以及踩在地板的血腳印與血滴，可以分離出順序，其中並沒有任何不自然。

然而蘇彰卻說這是他下的手。

如果不是現場早已不存在，他們還真想親自到現場去挑戰這渾蛋的自信。

療養院在發生自殺事件後不到兩年，便因擁有者欠債、周轉不靈等因素倒閉，加上附近謠傳夜半常看見那個房間裡有女人搖搖晃晃走動著，並發出詭異的呻吟，致使無人敢接手。隨後某天晚上，廢棄的屋舍莫名一把暗火，就這樣全都燒了，毫無留存，只剩警方檔案可調閱。

不論如何，虞夏還是把「石竟昇」的照片發布出去，看看能不能收獲當年這人還用著這張臉時的相關線索，或是他在整型歷程中留下的蛛絲馬跡。

雖然按照這人的作風，可能很難查到點什麼——到目前爲止也確實沒有太多斬獲。

不過當時蘇彰說了還有一個小孩，爲了搶先保護「小孩」的安全，與找出石漢岷，虞夏仍儘可能地加快針對過去的各種調查，逐一分析石漢岷教授過的所有班級、工作過的地方，與一雙兒女就讀過的班級和相關同學、朋友，一一過濾著任何可能的線索。

只是石靜恬與石竟昇這兩姊弟留在同學間的記憶少得可憐，大多只記得姊姊很會彈琴，對於他們家中狀況卻都一問三不知，毫無概念。石竟昇更是不怎麼引人注目，在班上是很不起眼、還有些陰沉的那種學生，沒什麼人對他有印象。

「我一直在思考蘇彰把他姊姊寄來我家的原因。」嚴司看了眼旁邊和他有同樣疑慮的友人們，「那傢伙是不是最近在幹啥危險的事情，直接把我們這裡當服務處寄物啊。」蘇彰先前會把屍體帶著這點可以得知他很重視那具乾屍，連警方追捕都不忘帶走。所以他覺得對方估計是覺得他們既負責又保險，所以肯定是有什麼不能繼續將屍體留在身邊的理由，先來託孤。

「我們也是這麼覺得。」黎子泓同意友人的說法，蘇彰將屍體帶過來的行爲太過刻意。

「這一個多月來沒什麼奇怪的案件。」同樣留意到這部分的虞夏，每天注意各式各樣的案件，卻沒什麼能讓他們連繫在一起的不自然狀況。

「眞～麻～煩～啊，啊對了，小東仔今天搬家喔。」

嚴司的話才剛說完，正拿起杯子喝茶的黎子泓立即嗆了下，連續咳嗽好幾聲。

「不過沒搬太遠啦，他昨天半夜四點把我打起來說要搬，地址等等發給你。」昨晚拖著一身疲憊回家，嚴司很可憐地只睡了半晌立刻被人打醒，他家那隻機器貓肯定是故意的，等他活動力降到最低才要做怪。

一早原本想要回敬回敬，結果機器貓跑得不見蹤影，大概是要等他上班才繞回來收拾，太陰險了。

幸好嚴司因爲之前的案子，接收上個東風的租屋時順便與仲介奠定良好的交流基礎，很快就從對方那邊拿到新地址，接下來就等著送新居賀禮了呵呵呵呵呵～～

「我覺得你讓他安靜幾天比較好。」虞夏有點無言地看著臉部表情非常不安分的某人，深深覺得東風開門看到這人的那瞬間，可能會暴怒到最高點。

嚴司露出超級燦爛的笑容。「我會節制啦。」

眞的嗎？

虞夏和黎子泓完全不抱任何期待。

□

去櫃檯幫忙領完藥回來的虞因看著藥袋和手邊的健保卡，猛一抬頭就發現東風正皺眉發愣。

「怎麼了？」

「……總覺得耳朵癢，可能有人在說閒話。」東風接過藥袋，其實就是些每次都會給的基本消炎藥物和有的沒的，嚴司認識的主治醫生之前邊嘖嘖他太乾瘦，邊額外附加些能補充營養、增進抵抗力什麼的藥劑。

「你想太多了。」虞因拍拍對方的肩膀，「不過你和小海一樣大耶，之前嚴大哥說你和我們差不多年紀，我還以為應該是和聿同年、或是更小。」所以他經常把東風和聿放在同樣的位子看待，就是有種在帶弟弟們的感覺。

「……哪裡讓你有這種錯覺。」東風冷眼收好袋子。

「不說的話，一開始看起來很像高中生。」虞因刻意上下打量對方，和已經開始抽高、成熟的聿不同，東風的模樣沒什麼變化，那張開始有點肉、變漂亮的臉持續凍齡中。不過有自家妖怪老子們的前例，他看著覺得也還好，如果到四十歲還是這樣……那好像也還好。

「這樣不是什麼好事。」

「咦？」

還沒反應過來東風的意思，虞因注意到對方正在看附近來就診的人群。其中有母親帶著小孩正在等號，小孩應該是腹痛，抱緊肚子彎著身體，什麼話也沒說，一旁的媽媽臉色卻比孩子還難看，頻頻看著上面的號碼。

不知道爲什麼，東風似乎很在意地看著他們。

「有什麼問題嗎？」虞因看不出來哪裡奇怪。

東風搖搖頭，「沒什麼，只是小孩生病時，正常的父母似乎都如此擔心。」

「你媽媽對你也很好，聽你受傷就趕來，當時她應該也很緊張吧。」虞因想起上次看到的漂亮伯母，可能是保養得很好，看起來並沒有顯老，不特別說破的話，還眞有點像是東風的姊姊。後來伯母因爲東風受傷的事情一一拜訪過他們，非常客氣，完全沒有有錢人的架子，處處照顧著東風、帶他回家，所以他的印象一直很好。

話才剛說完，虞因就看見東風愣了愣，似乎想說點什麼，但什麼都沒說出口。

「我們先走吧，醫院待久也不好，你不是還要回去搬行李嗎？」留意到轉角處有黑色影子一閃而逝，虞因覺得還是換個地方再說話比較好。

「那個……」東風正要開口，突然一陣騷動打斷了兩人。

驀然傳來的尖叫聲來自急診方向，附近人們也被吸引注意力，原本鬧哄哄的大廳瞬間安靜下來，約略兩、三秒後才從四面八方傳來竊竊私語。接著又是一連串聽起來相當恐懼的號叫聲，聽起來是女孩子的聲音，驚恐程度相當怪異。

「我去看看。」虞因幾乎反射性就往那個方向走。

「你眞的很多事。」東風有點沒好氣地快步跟了上去。

「不是，總覺得有點怪怪的。」除了尖叫聲，虞因總覺得聲音裡還混雜著奇異的細小聲響，身邊其他人卻好像什麼也聽不見似的。

轉過走廊，看見急診室的警衛已跟著造成騷動的源頭跑出去，還有不少人持著手機正討論剛才發生的事。

聽著周邊傳來的討論，看來是一名被送過來的患者突然清醒，不知道爲什麼整個情緒爆發，攻擊想要勸阻的護理師後便瘋狂地向外衝，活像被什麼恐怖的東西纏上。

虞因沒想太多，走到外面時馬上就看到了，因爲騷動中心已有不少人圍觀。

被指指點點的目標是個十六、七歲的女孩，只穿著一件單薄又過於寬大的短袖上衣，下面穿著的應該是護理師幫忙套上的褲子。除了褲子較乾淨外，女孩渾身上下骯髒不堪，一雙腿全都是大大小小的傷疤割痕，露出的手臂也全是新舊交錯的創傷痕跡。整個人非常瘦弱，烏黑得看不出原貌的臉上充滿驚恐，長髮早就被泥水髒污弄得凌亂，右手緊握著一把不知哪來的水果刀，只要有人靠近便用力揮舞，不時還發出恫嚇的尖叫、吼叫，連追出來的警衛一時半刻都拿不下她。

圍繞在周圍的人對女孩來說似乎就像是毒蛇猛獸般，她的表情充滿絕望、恐懼、憤恨，就像是將她扔進充滿死亡危機的洞穴般無助，接著她再度揮舞著刀嘶吼。

一旁有幾個小攤位，其中一個攤販似乎就是被搶走水果刀的，看起來特別緊張無措、非常擔憂，害怕自己的吃飯工具成了傷害別人的凶器，拚命喊著「小姐不要衝動」等話語。

東風快速打量女孩身上的痕跡狀況，以及她對身邊靠近的人所露出的各種不同神色，在虞因想過去幫點什麼時，一把抓住他的手臂，「等等，我來。」

「咦？」虞因被扯了那一下有點吃驚，回過頭看見東風拆了簡單的馬尾，順順頭髮。

「這個借一下。」逕自打開虞因的後背包，東風拿出裡面防風用的薄外套，然後輕咳了兩聲，慢慢地往女孩靠過去。

虞因還來不及阻止，就聽到東風把聲音壓得很輕，聽起來竟有點中性的細緻——

「別擔心，妳不用回去的……」

女孩立即尖叫了聲，往東風揮了兩下刀，再度引起圍觀的人一陣驚呼。

抬起手讓虞因停止腳步，東風回過頭，迎著女孩的視線，淺淺地微笑，「我帶妳逃走，好不好？妳不用再看見那些人，也不用看見這裡的人。」

站在後方的虞因其實很驚恐，覺得非常不安，正想把東風拉回來時，突然注意到女孩的視線竟然就這樣固定在東風身上，死死盯著他的臉，雖然顫抖的右手仍試圖恫嚇地揮了兩下水果刀，但已沒有剛才那麼具威脅性了。

僵持只持續幾分鐘，東風很順利地走到女孩面前，側頭低聲說了幾句話，因爲距離，加上現場稍微吵雜，虞因並沒有聽見他說什麼，只看見女孩眞的平靜了下來，雖然依然抓著刀，但東風把外套披到她身上時，她什麼反應也沒有，就是維持盯著人看的動作。

過了一會兒，東風又說了幾句，拉出令人安心的漂亮笑容，女孩突然就把水果刀遞給他，讓東風可以把刀轉遞給旁邊擔心女孩傷勢的護理師拿走。護理師一拿到刀，很快退後，接著，看見威脅解除的警衛立即就想圍過去。

對他們而言，女孩具攻擊性，周圍普通人太多，得盡快平息這場危機才行。

虞因那瞬間看見東風倒吸了口氣，他立刻跑去阻止兩名警衛，「等等！先別過去……」還沒講完勸阻的話，圍觀大量民眾便鼓譟了起來，還有人大喊勇者什麼的，各種手機拍照的閃光燈瞬間大量閃爍，搭配著源源不絕的快門聲響。剎那間，東風用力抱住女孩子，同時，女孩發出了吼叫，但那種叫聲已與剛才不同，是十足恐懼又憤怒的嘶號，好像快溺死的人發出的最後哀鳴。接著她用力咬在東風手上、掙脫環抱，直接往人群撲過去。

「攔住她！」

東風的警告聲已來不及讓退開的人們伸出手，女孩就像沒有看見馬路上那些急速的車輛般，在眾人的手機燈光下闖進十字路口，一輛直行公車急煞不住，就這樣活生生將人捲入車底。

紅色的血，在馬路上緩緩流出。

「你們沒事吧？」

虞因聽到問句抬起頭時，看見的是還在醫院裡的薛允旻，一臉擔憂地朝他們走來。「外面的事醫院裡都在傳，那個女孩子還在急救，不知道狀況如何。」

「……我們沒事。」虞因有點疲累地笑了笑，「謝謝關心。」

剛才第一時間，幾乎附近的醫生和護理師都衝出來搶救了，少女被從車底下拉出來時好像一度失去生命跡象，看起來相當嚴重。

但更讓人覺得可怕的並不是這件事。

虞因看著臉色很蒼白的東風，很想快點把人帶回去，讓他閉上眼睛好好休息，畢竟那個畫面太過衝擊。

薛允旻有點擔心地望著他們，然後走到坐在一邊的東風面前，按著對方的肩膀，「你也沒事吧？我看你臉色不太好，要不要我帶你到附近朋友家休息一下？」

「不用了。」東風冷冷撥開對方的手，往虞因望了一眼，有些遲疑，但很堅定地說：

「我們已經通知人來，不用擔心。」

「嗯，我爸等等會過來。」虞因說道：「他是警察，所以您可以放心。」

「原來如此。」薛允旻微笑地點點頭。

「剛才那名少女一開始爲什麼會被送進醫院？」東風看著醫生，詢問：「我看她是從急診跑出去的，是家人或朋友送來的嗎？」

「這我也不清楚，和你們一樣還狀況外呢……」薛允旻有些抱歉地說道：「只知道她原本昏迷，醒來之後突然向外衝，可能待會兒警方來問會比較清楚。」

「她的狀況很糟。」東風說著，突然抿緊唇，下意識抓住自己的手臂。

「你覺得是什麼狀況？」薛允旻挑起眉。

「……」

見東風好像不是很想回答這個問題，虞因連忙開口：「薛醫生問其他人可能會比較清楚。」說著，他伸過手抓住東風的手腕，感覺到對方的手仍很冰涼。

「也是，都忘了我才是醫生呢。」薛允旻有些失笑地搖搖頭、抬起手，有些想拍東風的肩膀，不過想到剛剛對方的反應，很快又放下手，「那我去看看如何，你們兩個有事就找我，東風知道我的手機。」

送走好心的醫生後，虞因有些擔憂地看著東風。

車禍發生時，他們幾乎是第一個趕到並嘗試幫忙救援的，虞因那時其實沒看得很清楚，因爲東風很快就用背包擋在女孩褲子被部分捲入撕破的雙腿處，他只覺得自己隱約看見女孩雙腿中好像有什麼東西、一團血淋淋，隨即趕過來的護理師尖叫了一聲，也立刻脫下外套蓋住。

虞因不太願意去想那是什麼，但打從心底覺得很可怕，更別說原本還打算救人的東風，也是第一時間目擊的；後來女孩被緊急送回醫院時，靠在他後面的東風一直在發抖，過了一會兒好不容易才平息下來。

可能原本就是容易硬忍的性格，很快地，東風鎮定了下來，外人看著大概會以爲他沒什麼問題。

但虞因覺得不可能沒問題的。

「那個女孩子可能受到長期拘禁和暴力侵犯。」東風並沒有甩開虞因的手，只是低下頭，聲音悶悶的，「我看她的骨骼有點移位變形，被囚禁的時間不短，毒癮重得都分不清現實了，而且還……」東風止住話，沒繼續說下去，也不太想繼續說下去。這個女孩子遇到了十分殘酷的事情，不管是對於她自己，或是對於即將到來的家人。幸好他可以不用說，醫生和警方會將這些告知家屬，可以不用由他的口說出這些傷人的眞相。

雖然有點想安慰對方，但當虞因抬起頭時，看見了細瘦的影子拉著腿邊的東西緩緩在急診室附近淡去，他哽了下，突然一句話都說不出來，只覺得手腳冰冷、腦門嗡的一聲。過了好半晌，才稍微回過神、平靜下來，但覺得整個嘴巴很乾澀，不知道該說什麼。

「虞警官來了。」東風的聲音讓他木然地轉過頭並反射性站起身，看見從側門走進來的虞佟，臉上有絲淡淡的擔憂。

走到兩人面前，先好好端詳兩人並沒有受到其他傷害後，虞佟才開口：「詳細狀況我已經聽說了，你們待會兒回答些問題後就直接回去吧。」

「那個女孩子……」虞因停頓了下，想想才問：「她發生什麼事了?」

「院方報告的是，她稍早被一輛計程車送過來，司機只知道是個年輕人叫車，讓他把人送到醫院，說是倒在巷內。當時少女已經昏迷了，司機趕著救人沒留意太多，趕緊把人送來，也沒太仔細察看叫車人的樣貌；發現少女身上的傷勢後，院方趕緊通知警方，沒料到她會突然清醒並失去理智，詳細狀況我們正在追查。」

虞因壓低聲音，輕輕地說：「醫生說大出血，還有很多內臟破了……」

「我們會查出來的，放心。」虞佟拍拍兒子的頭，將對方的臉按在自己肩膀上，接受對方難過的心情，低低地說著：「這邊就交給我們吧，你帶東風先去買個喝的休息一下，別想太多。」

「嗯。」

隨後，帶著東風先往醫院旁邊的咖啡座去。

虞因讓人在位子上等他，然後走到櫃檯點喝的。露天座位上許多人都在討論剛才的事件，繪聲繪影地說著被捲入公車底下的人有多慘，還有人正和朋友討論自己錄到的現場影片，血淋淋的瞬間不斷播放著。

站在櫃檯邊，他一直聽到這些話語。

幸好，他們並沒有在第一時間拍到那個畫面，大多數人反應過來時，和虞因他們一起到達的護理師已經蓋好外套。

「不行，振作振作。」虞因拍拍臉，強迫自己從慣性的低落情緒裡站起來，否則回座位時，又會被罵沒事往身上攬什麼的。

沖泡咖啡的香氣讓他多少沉澱下情緒，可能看出他的臉色不太對，店員貼心地在兩杯飲料上拉出可愛的小貓花，並朝他微笑，無聲地幫他打氣。

虞因很感激對方的心意，也回以笑容，接著端了飲料和小蛋糕回座位。

座位上的東風抬眼看了看，接著冷冷一哼，「我剛看你在馬路邊的表情很痛苦，還以爲你又要在那邊自怨自艾老半天。」

虞因苦笑了下，「剛剛調適過了。」他就知道對方會這樣說。但與其說是想要冷諷他，不如說是想要轉移兩人現在的情緒和注意吧。

「我想也是。」壓低的頭模糊地咕噥一句。

因爲東風只肯喝可可，還盯著拉花好半晌才喝掉，虞因就自己解決了多買的小點心，順便看了眼手機，發現應該是在楊德丞那邊的聿給他發了訊息。他輕咳了聲，稍微轉換語氣和氣氛，「聿說要搭車過來，讓我和大爸換車，他載我們過去幫你搬東西。」看著，他就不由自主地想感慨一下，「還是快點學會比較好啊唉……」

「你還沒拿到駕照？」東風有點意外，怎麼覺得這個人一直說自己在學開車說了很久？

「呃……我學交通工具沒那麼快。」虞因有點不好意思地說著：「摩托車我也學了有點時間才上手。」當時被周邊親友嫌棄得他都不想回憶了。最近扣除上駕訓班，還被李臨玥他們拎著去手把手教學，接著被一干損友無情嘲笑。

東風上上下下打量著人，嘖了聲：「原來如此……」

「怎麼？」虞因一臉問號。

「沒事。」

虞因又問了幾句，只得到一個囉嗦的回應，他只好乖乖閉上嘴。

「說眞的，你看見了吧。」東風捧著飲料杯，再度開口。

「什麼？」

「那個女生。」

虞因垂下肩膀，不是很想回答問題。

「我看你的表情就知道你看見了。」雖然看不見那邊的東西，但東風看得出來活人的情緒反應，「能做的都做了。」

「我懂。」虞因知道東風擔心自己，就像對方知道自己也擔心他一樣，「我們都做過了，那也不是你的責任……總不能每次都被你們這些小的罵吧。」

「誰是小的。」東風罵了句，然後偏過頭，按著手上的包紮慢慢收緊手指，低聲地說：「我心裡當然不好過，我也覺得自己何必多事，又沒抓緊她，可是我們能做的都做了，就這樣。」

有點意外東風竟這麼坦率地說了這些，虞因一時反應不過來，過好幾秒才開口：「嗯、嗯……對，我們都做過了。」所以，也就只能這樣繼續等待結果到來。

雖然那個結果很可能並不想要。

□

重新返回院內，他們在手術室附近找到虞佟等人。

站在那邊的虞佟和小伍似乎正在說話，遠遠看見他們後便停止交談。等到走近，虞佟才說道：「我們已經從失蹤的青少年裡比對出身分，也聯繫上家屬，到院需要些車程時間。」因為這陣子追蹤組織的關係，所以他們調來大量失蹤人口資料，現在比對起來很快就能找到符合的人。

「那個女生的身分？」虞因開口前，東風快了一步問道。

虞佟看著東風，有些意外對方似乎變得比較主動，他開口道：「吳俐嘉，十七歲，兩年前離家出走。當時警方和家人在她電腦中查到她與一些網友互動親密，也提到會去投奔其中一人，但調查後，網友全都不知道她的下落。女孩在校成績優異，並沒有什麼異狀，離家前幾天因為成績的事與家人大吵一架，似乎是差幾分，沒有達到父母要求的高標，原先說好要買的獎勵品不給了，因此負氣出走。平日那些網友也經常要她離開高壓家庭什麼的，但並不懂女孩本身的實力與眞正的家庭狀況，女孩原本就很聰明，所以家人要求較高。獎勵品是她自己提出的，因爲網友一直取笑她沒有智慧型手機、沒有使用那些時下的社交方式，所以才與父母約定分數達到要給她。」他頓了頓，繼續說著早先與家屬通聯後得到的資料，「父母在經濟供應上一直不匱乏，所以同意了手機的約定。但擔心孩子與網友交往過甚，因此有些後悔，加上分數確實沒有達到，正好藉故回絕這個要求，於是她吵著要拿自己存的錢補貼。父母覺得她要求手機的反應太過奇怪便怎麼都不肯同意，才會吵得很厲害，成爲離家出走的導火線。」

「居然是因爲手機……」虞因按了按額頭，不知道該說什麼好。

他在那個年紀要是這樣吵，可能會被虞夏對折成兩半。

「看來離家之後的狀況相當惡劣。」虞佟嘆了口氣。與來告知狀況的現場護理師詳聊過，他自然知道虞因兩人所看見的情形。

「女孩子在外面本來就很容易被盯上，而且又是父母平常保護好好的小孩，沒什麼警戒心。」小伍在這邊看多了種種事情，也覺得很無奈，「人間險惡啊。」

「比較奇怪的是，她那時討要手機，還脫口說出在學校要聯繫老師比較方便，這點父母記得很清楚，還斥責過她不要拿學校當藉口。由於惱怒她種種理由，所以雙方才會大吵。」

虞佟覺得這部分有些奇怪，但父母說關於學校方面的說詞也就這些，事後他們當然問過老師，有些生氣地以爲是老師鼓動小孩，但學校老師很訝異女孩說出這樣的話，再三保證並沒有要同學們買新手機聯繫老師什麼的事情。

「應該就是說謊吧，現在小孩被網路世界吸引，想要父母幫忙買東西，藉口滿多的。」小伍寫好手邊的記錄，聳聳肩。

「這就不知道了，詳情還是等父母到達後再釐清吧，或許中間還有什麼誤會。」虞佟看了眼手機，「小聿似乎到了，你們先去忙吧，這邊的事情如果有變化再告訴你們。」

虞因點點頭，交換完鑰匙正想離開，他再度瞥到站在角落的一絲影子，像是不知爲何自己會在這裡般，很快便緩緩消失。

現在也無法做些什麼，他只好調過頭，往反方向離開。

到醫院大廳時，已經看見聿在約定處等待。

「啊，你要和薛醫生打個招呼嗎？」虞因突然想起東風的那個朋友，這才驚覺似乎應該要通知一下對方比較好。

「爲什麼要和他打招呼？」東風挑起眉。

「……認識的總是要打個招呼。」虞因有點無言，「不是認識很久的醫生嗎，人家剛才還很擔心你。」

「我發個訊息告訴他要離開，這樣行吧。」東風說著，就拿出手機傳了幾個字句過去。

等訊息發完，三人才往停車場的方向走。邊走，虞因邊把事情告訴稍晚到來的聿，對方聽完果然沒什麼感想，甚至連回應都沒有，只點個頭表示他知道。

上車後，他們都沒說什麼話。

虞因坐在副駕駛座，東風則在後座靠在一邊的車窗上。

「她會死吧，你都看到了。」快到嚴司家時，東風突然開口。

虞因轉過頭，看著東風有些漂亮的側臉，「不，不一定，我也看過活人的，所以不一定。」他是打從心底期望那只是意識脫離，既然人還在呼吸，就還有希望。不是因爲他們想讓自己好過一點，而是眞的希望女孩可以再度睜開眼睛。

犯過一次錯的孩子不應該是那種遭遇的，這個想法不知道是第幾次了，但卻一再出現。有時候眞會覺得如果可以不要再這樣想就好。

東風沒再說什麼，只把頭又偏開，讓人看不見表情。

回到嚴司家，屋主確實還沒下班，整間屋子靜悄悄的，不過房東媽媽已經來過，院內的花草灑了水，看起來很有精神，一些盛開的花葉也被小心剪下，漂亮地插飾在花瓶裡；冰箱的保鮮盒內則裝滿了點心。

東風的東西並不多，大部分都是暫時住在這邊時嚴司弄來的，例如衣物與新的杯碗用品等等，所以並沒有花很多時間，不到半小時便已全部裝整妥當。

扣起行李袋，東風抬頭看見虞因站在外頭的庭院講電話，而聿則坐在走廊乘涼，兩人注意到他打包好便走進屋內。不過正在收手機的虞因表情看來若有所思，好像在思考什麼有點困難的問題。

「你怎麼了？」

虞因猛地從思緒中反應過來，迎向目光變得有些銳利的漂亮面孔，帶著點審視意味；對方正試圖讀取他的想法。

他連忙笑了下，暫時按下剛才打電話來的員警那些話語帶給自己的疑惑。

「沒什麼，就公司的事情。我現在不是升正職嗎，所以老闆開始讓我獨立負責客戶，有點麻煩。」這也是真話，虞因確實在前幾天才被難纏的客戶給削了一頓，不過他還算樂觀，總之現在正重新面對無理要求，「不過薪水也調高了，改天請你吃好料當作喬遷慶祝。」

「又不是買房子。」東風冷笑了聲。

「找個理由吃好料也不錯啊，每天事情那麼多，多做些高興的事不是很好，對吧，小聿。」虞因笑笑地回答，順勢提起東風打包好的行李。

「要吃就吃，哪來那麼多囉囉嗦嗦。」試圖搶回自己的東西，不過和往常一樣落敗，東風只好隨便了。

「那等等一起吃個晚餐吧，之前我和小聿去過，有家餐廳的馬鈴薯泥很好吃，你可以吃看看。那是楊大哥朋友開的，位置有點偏僻不太好找，沒有人介紹還真的不知道那家店。」他們兩個現在找餐廳可都費盡心思，特別找有容易入口食物的店家，不曉得的人還以為他們要帶八十歲牙不好的老公公一起吃飯。

「為什麼是這種理所當然的發展，誰說要去了。」

「那就走吧。」

虞因笑著，他最近覺得厚臉皮也越來越好用了。

一路走出房屋，虞因看東風仍然在研究他的表情，想想便扯個話題先轉移注意力，「是說，小聿這傢伙開車很危險，都不知道為什麼這麼容易讓他拿到駕照。」

這不是在說笑，他之前根本被聿給騙了，人前裝乖寶寶，開車也規規矩矩，但他有天提早回家，看見聿在自家門口超高難度地帥氣甩尾入庫，進門後發現虞因在屋裡全程觀看時還嚇了一跳。

雖然沒有在大人面前告狀，不過虞因開始提醒自己，要多注意聿有沒有去搜什麼髮夾彎的資料。他以前雖然經常去夜遊，但可沒用這種神祕技巧騎摩托車，這小子潛在的喜好眞是太危險了。

這到底是什麼老手成精的開車法，這小子拿到駕照根本是最近的事吧！

東風冷眼看了下正被吐槽、面無表情裝死的事主，冷笑了聲。

「對了，你要搬走這件事情有先和黎大哥打過招呼嗎？」虞因有收到嚴司的簡訊告狀，但不知道這件事有沒有傳達給黎子泓。

「沒有，但嚴司知道，他肯定會說。」東風停頓了下，決定不去提這事是昨天刻意等到半夜某人回家才說的，以免那個神經病想出各種方式阻礙他。嚴司這陣子不知爲何很忙，從一個多月前那件事之後，他們就變得有點神神祕祕的，連他學長都好像瞞了他什麼事，幾個人自以爲假裝得很好，但東風每次見到他們，看神色就知道這些人藏著某些事情不讓他們知道。

他懶得追究，也已經沒那個心力去追究了。

手上的傷痕不斷提醒他曾經發生過的事情，現在他只想不再起任何風波，好好把自己想做的事做完就好。

所以今天在醫院那件事，他也不想涉入太深，讓警方去處理就好了。

上車之後，虞因好像想起什麼，又從前座回過頭。

「這個給你。」抽出這兩天才熱呼呼出爐的名片，虞因笑笑地說道：「公司的大哥大姊送我的設計。」

接過乍看下有點薄透的名片，東風翻看紙張，是特殊材質，比起預想的有些厚度，雖然是黑底，但有些透明，上面俐落颯爽地用銀色設計字體寫了公司名、設計師名與聯繫方式。設計與用紙皆相當別緻，字體像是特殊圖案般，讓人第一眼便印象深刻。

「成本很貴，小海居然還眞的向我要了一盒。」虞因覺得荷包有點痛，要知道追加的部分得自己出錢，又不能推拒，而且還不知道小海到底會發給哪些牛鬼蛇神……還是別想比較不害怕。

東風沒說什麼，默默地將名片收進口袋。

因爲對方沒主動開口，虞因決定再來個其他話題多聊聊，才不會冷場。

正想說話時，耳邊突然傳來某種像是指針走動般「喀答」的一聲。

「有什麼東西嗎？」發現虞因開始東張西望，東風不怎麼意外。

「沒什麼。」虞因按了按耳朵，覺得那個聲音與方才在醫院聽到的異聲有點相似。

「眞的？」東風挑起眉。

「嗯，眞的。」虞因笑了笑。「沒什麼。」

□

東風這次承租的房屋並不太遠，比起前一處要靠近市區很多。仲介選了個鬧中取靜的位置，一轉進住宅區，外面的熙熙攘攘便被隔絕，四周相當幽靜舒適，不遠還有座小公園，附近住戶正三三兩兩地散步聊天著。

「不用找地方，這邊附有停車位。」東風指著小型公寓旁邊的空間，「六號那一格。」

虞因笑了下，沒多說什麼就讓聿把車開進去。東風本人並沒有使用交通工具，卻刻意租了能夠停車的房子啊……

上樓開了門，這次房子的格局與坪數似乎與上一間差不多，沿著牆壁設置很多目前空蕩蕩的鐵架，簡易家具也都布置好了；地面上有兩、三箱行李，大多是衣物、工具，部分爲書籍。看來這位仲介很清楚東風搬家的模式，所有物品都已替他打理好，連桌上都放上了一台組好的電腦。

……這仲介費肯定不便宜！

虞因默默地在心中覺得果然不愧是好野人，才差個一歲，爲什麼人家就如此大手筆。

但是話說回來，也差一歲的小海現在是鎮店經理，難道這個年次的人都特別強悍嗎？

「坐一會兒嗎？」東風看著正打量房子的虞因和聿，出聲詢問，接著走去廚房開冰箱，拿出預先放在裡頭的飲料茶水。

「你到底是找仲介還是管家啊？」虞因看到冰箱裡還有一些食物，估計是這幾天有人過來放置的。

「額外付費就行了。」東風不在意地說道：「我搬兩、三次之後，他就提出可以幫我準備好一切的服務，包括聯繫清潔公司和打包物品。既然可以省麻煩那就讓他弄，反正這裡也沒什麼値錢的東西，他能多賺外快也很高興。」他只想避開門外的人，對於那些事並不太介意。

「有錢人啊。」虞因接過飲料，表示各種羨慕。

從頭到尾保持沉默的聿，很自然地晃到一邊書櫃前，看起陳列在上面的各種書籍；他抽了本下來，很快便看得津津有味。

坐在相較之下整潔許多的新家，虞因毫不客氣地喝著飲料，發了封訊息告知自家大人晚上在外頭吃飯，晚一些回家。

而東風也無視他們，逕自整理起行李，把一些帶回來的衣物先收納進衣櫃，接著拉走床罩。

就在屋內三人各自做著自己的事、氣氛看似相當自然平和時，大門突然傳來開鎖聲響，虞因立刻站起身。推開門的是名中年男性，穿著有點像專業人士的襯衫和西裝褲，可能因爲長期有在運動，保養得很好，整個容光煥發、約莫四十出頭的模樣。乍看之下，似乎是個很不錯的人，長得相當親切，是那種很容易讓人信賴的老實臉。

「抱歉抱歉，我以爲你還沒回來。」抱著大包小包的房仲露出尷尬的笑臉，意外地看著屋內的幾個人，「想說趁你回來之前先買些吃的進來放，晚上你就不用再跑出去找了。」房仲先放下手上的東西，很有禮貌地遞了名片給虞因兩人。乾淨的白色紙卡上印著鄧翌綱這名字，還掛著店長的頭銜。

虞因也立刻回遞熱滾滾的新名片。

「看來他搬到這邊之後眞的多很多朋友，像嚴司先生也是很有趣的人。」得到東風的允許後，鄧翌綱再度提起買來的物品，在虞因和聿連忙上前幫忙時道了謝。

幾大袋的東西幾乎都是沖泡類的營養飲品居多，能夠補充各種需求的那種，然後是一些水和維他命，少許的蔬果奶肉。看來這個房仲真的幫東風很多年了，連這些東西都採買得相當熟練。

虞因邊幫忙把東西放進廚房櫃子，邊在心裡希望未來別再有吃這些瓶瓶罐罐的一天。

「以後不用再準備了。」東風走進廚房，看著房仲低聲說道：「我有在吃其他東西，所以未來搬家時不用再幫我買這些，謝謝你。」

「咦？真的嗎？」房仲有些意外，不過露出鬆了口氣的笑容，上下打量了下東風現在的樣子，微微一笑，「終於，我勸那麼多次都沒用，果然嚴司說的沒錯，幸好你終於想開了，這些東西真的不能當主食，也別一直吃泡麵，下次我幫你買一些米吧，你偶爾可以自己煮點，配你朋友們幫你準備的飯菜也很不錯。」

「嗯。」東風點點頭。

「其實我也希望你不要一直搬家，雖然你搬我才有錢賺，但這樣到處漂來漂去總是不好，真的有喜歡的地方就住久點或定居吧。」鄧翌綱笑笑地把視線轉向虞因，很友善地聊了起來，「他是我手上最常搬家的客戶，頻繁到我都清楚知道他喜好的屋型和擺設，記得最短的記錄是只住四天，老是繳違約金，有八成租屋都沒住到期滿，在這邊好像算久了。」

會住四天立刻搬走，應該是因爲尤信翔吧。

虞因看著東風低垂的側臉，心裡有些難過，很難想像對方怎麼可以忍受這麼久像驚弓之鳥一樣的生活，如果是自己，肯定受不了。所以在他反應過來前，已直接開口：「我們以後不會讓他那麼輕易離開。」

「這樣啊？如果眞做得到就好。」仲介勾起唇，有些微妙地看了虞因一眼，就在青年有些疑惑地回望時，他笑笑地開口：「時間也滿晚了，要不大家一起吃個飯？」

「我們另外有約，改天吧。」東風很快地婉拒邀請。

「也好，如果還有其他需要再打電話給我。」仲介相當爽快地沒再繼續多問。

送走仲介後，虞因若有所思地打量著東風。

「我發現其實你也不算沒朋友嘛，滿多人關心你的。」今天這樣跟下來，虞因注意到其實東風身邊仍然有人很關照他，只是他都和人保持一段距離，「現在應該多試著交流吧？」

「……」

見東風沒有回話也沒有回嘴，反而讓虞因覺得有點尷尬，不知道要繼續說什麼。

「對了，既然東西都買來了，不然就在這裡煮吧？不夠的話，附近有超市。」東風想了想，看向聿。剛才仲介買的東西不少，加上房子原本就已經準備好的一些日用品，應該可以省下一筆外食費。畢竟虞因兩人月收入並沒有很高，經常拉他吃外面很浪費。

「也是可以，那小聿，就拜託你了。」虞因很諂媚地笑，「我要糖醋排骨，我去買排骨！」

看著兩個理所當然把他當現成廚師的人，聿繼續無言。

□

晚上吃飽喝足後，虞因兩人便返家了。

遠遠看歸處仍是一片黑暗，心想家裡的大人應該都還沒回家。這次沒有甩尾入庫，聿很規矩地把車停好，穩穩熄了火，然後下車、上鎖。

進屋後，虞因小心鎖好門，兩人沒聊什麼，忙碌了一天，彼此很有默契地各自洗洗回房休息。

聽著聿房門關上的聲音，虞因按著有點發痛的肩頸坐到書桌前，稍微沉澱下心情，打算再次確定明天上班要用的檔案，以免案主又嘰嘰歪歪地找麻煩。

正檢閱信件時，突然發現聊天室有信件提示，說他的帳號有人私密留言。虞因莫名其妙看了半天，才猛然想起這個網站是先前魏啓信案子的聊天室，放得太久完全被他遺忘。但當時他並沒有在這裡辦帳號，爲什麼會寄信給他？

虞因點開一看，提示帳號竟然就是當初「Pancho」這個帳號，而且給他發私密留言的正是「B.B.Q」。最初的錯愕過後，他很快連上網頁登入，這才發現魏啓信的個人資料竟已被變動，聯繫信箱改成他的，所以留言提示才會將信件發到他這邊。

有那麼一瞬間，虞因背脊冷了起來。對方不但知道他不是魏啓信，還非常肯定地知道他是誰，所以才刻意將聯絡人信箱改成他。

發給他的留言是五分鐘前發出，B.B.Q還在線上。

他點開留言。

B.B.Q：**我說過，我會再找你。**

虞因吞了吞口水，正想拿手機回報虞夏時，對方似乎已經發現他在線，很快傳來新的話語。

B.B.Q：別報警。

B.B.Q：報警以後，這個帳號就會死帳。

虞因停下動作。

B.B.Q：我在後車站附近，方便就出來。

B.B.Q：放心，不會對你動手。

B.B.Q：只能你自己過來。

B.B.Q：那個女孩子你們見到了吧，人是我送過去的。我知道東風的回診時間，也知道你同學住在那家醫院。

B.B.Q：那是從組織裡面順手帶出來的。

這個人當時就在附近嗎？

虞因屏住呼吸，沒想到女孩出現在那邊並不是碰巧，腦袋中瞬間浮現各種猜測。他慢慢放下手機，手指有點顫抖。

Pancho：爲什麼找我？

B.B.Q：過來，就告訴你。

B.B.Q：沒性命危險，安心吧。

B.B.Q：但是，不准帶任何人，不能有人知道。

該去嗎？

虞因腦袋一片空白，理智告訴他，應該快點回報給虞夏等人去追查才對，但是這個人把帳號換成他的信箱，是刻意要找他出去，但是爲什麼？

B.B.Q：還有另外一個，你不來，就沒機會拿到訊息，他會死。

B.B.Q：他們已經在移點。

B.B.Q：自己選擇。

然後，視窗上發了一個地址，B.B.Q的帳號就這樣暗了下來，離線了。

虞因考慮很久，終於站起身，隨手拿件外套，正想打開房門時想起之前和聿的約定……但是B.B.Q說得很明確，不能有人知道。他不確定這樣是不是錯的，可是用這種方式聯繫他，肯定有什麼異常的事情。

而且，他說還有「另外一個」，還有另外一個像那樣子的人？

虞因握緊手掌，還是有點躊躇，就在想著是否去敲聿的房門時，半開的窗戶外某種東西突然閃爍了下；反射性看去，他看見經常幫他引路的那個女孩子在窗角邊露出半張臉，青灰色且沒有任何表情，還來不及確認她的狀況，那半張顯得有些陰森的臉突然消失在黑暗中。

這是要他去嗎？

虞因最終還是一咬牙，拿起手機叫了計程車在路口處等，自己快速躡手躡腳、不發出任何聲音地離開房子，然後搭上車，把地址交給司機。

計程車開動的瞬間，他看見那個女孩站在巷內，依舊森幽幽地看著他，接著身影逐漸淡去。

□

地址所在之處，是一片已經無人居住的建築廢墟，就在後火車站附近。

這裡前陣子鬧得沸沸揚揚的，是一座有著年代的老舊劇場，有悠久歷史，但不太被重視、也被許多人遺忘，直到現在已毀損大半，還不斷有著各種爭議。

虞因曾聽過公司裡的大哥大姊討論這件事，有些人的祖父輩，年輕時會到後來的國際戲院裡蹓躂，過去風光的字樣現今殘破不堪，歷經種種變故，漂亮的裝飾梯台和八角亭已不復存，大家都惋惜著未來可能又會少一個記憶裡的空間。

虞因在巷外付完車資，順著路燈摸索進去，廢墟裡一片黑暗，但隱約能看見二樓處微微亮著點光。

「誰在裡面？」

這時間肯定不會是工人。

果然，上面傳來悠悠哉哉的聲音：「進來吧。」

虞因沿著有點危險的樓梯向上爬，先嗅到的是一絲淡淡的血腥味，接著看見周圍有些混亂，好像是誰在這邊打過一架，原本便已髒亂的地上有一灘血和一些細小破碎的物品，然後是坐在二樓牆面旁側的蘇彰。對方依然是上次看見的那張臉，臉上有些血痕，光源來自他身邊的一盞小提燈，登山用的那種。

「我時間不多，剛剛石漢岷的人已經追到這裡，這給你。」蘇彰坐在原位，遞出手上對摺的紙張。

虞因走近接過，靠近後才發現蘇彰的右腿上做了緊急包紮，但褲子只染上了少許血跡，應該沒有大出血，所以地上那灘血並不是他的。

「屍體已經拉出去處理了，我會把這裡恢復乾淨，連枚指紋都找不出來，這裡的人什麼都不會注意到。」蘇彰勾起輕佻的笑，說得像只是處理平常不重要的小垃圾般。

「最好是可以，你眞有辦法清得那麼乾淨嗎。」虞因不知道爲什麼，就是很想反駁那種自信，邊說著，他邊打開紙張，裡面是一個地址，雖然也在台中，但他沒聽過這個路名。

「我記得我進來之後摸過的所有位置，你說呢？」蘇彰聳聳肩，似笑非笑地看向對方，有些挑釁，也有點樂於見到來者的不悅，「我這個人其實很注重細節。」

「……」虞因拿出手機，決定還是現在馬上報警。

就在那瞬間，原本放在蘇彰身邊的小提燈突然熄滅，整座廢墟剎那間陷入一片黑暗，而在他身後，傳來一個輕巧的上膛聲響，他竟然完全沒發現這裡還有另外一個人。

「我找你來可不是沒準備，乖乖地退出去吧，最好是別將今天的事告訴別人。我肯給你那張紙已經算是對你不錯了——看在你之前經常陪我玩的份上。」

蘇彰的聲音在黑暗中聽來格外冷酷，隱隱含著沒有情緒的低溫冷血，讓虞因不自覺頭皮發麻，身體很自然地往後退開。就在踏下樓梯回到一樓之際，他再度聽見上方傳來說話聲。

「對了，按照約定，我會找一個時間再去找嚴大哥。」

「爲什麼針對嚴大哥？」虞因止住腳步。

「他自己清楚就好，和你無關。」

黑暗中伸出一隻戴著蒼白手套的手，往虞因推了一下，將他完全推出門外，接著手緩緩消失在黑暗之中，廢墟內不再有任何聲音。

他們還在裡面，但虞因卻沒感覺到任何人的氣息，活像他們就這樣平空消失在廢墟般，一回過神，才發現全身都起了雞皮疙瘩與冷汗。

他退後幾步，跌跌撞撞地走出巷子，直覺反應是把紙張上的地址發給虞夏，接著在腦袋還是一片混亂的狀況下叫了車；心緒紊亂之際，收到虞夏傳回的訊息，是一個很憤怒的小圖案，連字都沒有，不知道是不是正在忙。

虞因按著額頭，很無奈地嘆了聲，前面有些年紀的司機從後視鏡中用好奇的目光瞟了他一眼，「大學生吼？」

「沒，畢業了。」虞因抬起頭，苦笑著回應司機的攀談。

「跟女朋友吵架？」司機在夜間道路中的紅綠燈前停了下來，問道。

「沒，太晚出來，我回去會被我爸扁。」簡略地帶過種種複雜、難以說明的理由，虞因抓抓後頸，「去找個人，我爸不太喜歡這樣子。」

「壞朋友？」沒等對方回應，司機逕自說下去：「年輕難免啦，阿伯以前也好幾個。不過年輕不會想，還幫朋友擔保，結果人跑路了，現在老了不能在家好好睡，只能多跑夜班還債。所以，你家人爲你好的話多少還是要聽，眞的很不好的朋友，就別走太近了，這是阿伯的人生講。」

雖然不是那樣的狀況，不過虞因還是老實地道了謝，感激對方這份關心。

很快地，再度回到家門前，付款下車，虞因輕手輕腳地開了鐵門，打算先回去睡一下，明早再讓虞夏回來算帳。

「去哪？」

虞因讓突如其來的聲音嚇了一大跳，差點被自己的口水嗆到，好不容易硬把聲音吞回去，回過頭就看見聿坐在大門口的階梯上，抱著膝蓋，沒什麼表情地看著他。

「你怎麼在這裡？」虞因壓低聲音，連忙拉著人先進屋。

雖然夏天的晚上不太會冷，但這個時間待在外面不太好。

「聽見。」聿沒反抗地讓人拉著，然後吐出冷冰冰的字。

光聽到這種降溫到冷凍的語氣，虞因就知道對方非常火大，因爲自己理虧在先，他也只能硬著頭皮，默默地將剛才的事大致說一遍。

聿聽完沒什麼反應，一張冷臉直勾勾盯著虞因看。

虞因一臉黑線地看著坐在他對面的人，很無奈地再次開口：「事情就是這樣，那個地址我也發出去了，我想二爸現在已經帶人過去查，只是蘇彰一直強調如果被人知道這件事，他就不會再聯絡，我怕如果他手上有什麼情報……」

聿轉開臉，拿起手上的杯子靜靜地喝。

「不知道爲什麼，這次總覺得他是講眞的，而且之前那個女孩子似乎也要我過去。」對了，好像就沒再看到那個引路的女孩了，虞因不能百分之百確定對方是要他去，只能先當作這樣。雖然這件事怪異點很多，但蘇彰應該不可能拖著傷耍他，稍晚等虞夏他們確認地址，應該就能知道到底是眞的還是假的吧。

不過話又說回來，虞因很認眞地思索著，不知道爲什麼，現在突然有種好像半夜去偷吃，被等在家裡的那啥給抓個正著，戰戰兢兢地等著受死。他猛地有點理解為什麼自家二爸到現在還單身，按照對方三天晚歸五天不歸的慣性，可能老婆很快就會坐得變成化石了。

虞因連忙抓回走飛的魂，咳了聲，正好這個時候手機收到訊息，很簡單地寫了幾個字：「屋空，無人」，接著他把訊息轉給聿看。

聿沒什麼反應，看完之後順便看看時間，站起身走去廚房準備早餐，離開前還丟了兩個字，「睡覺。」

虞因跟著看了下時間，大概還可以睇一、兩個小時，他決定先休息一會兒，畢竟等等得上班，雖然老闆人很好，但在上班時間睡覺，老闆可能會拿剉蘿蔔籤那玩意剉他的腦袋。

而且他覺得等自己醒來，肯定有逼供地獄等著……還是先逃避一下現實比較好。

虞因提供的地址，警方進入後已經沒有人了。

作爲住宅的屋子，看得出撤得很緊急，多數文件和硬碟被搗碎塞在金爐裡燒燬。一些家具凌亂翻倒，還有些許血跡，似乎曾有人在這邊發生過激烈衝突，牆壁與地板有幾個不甚明顯的彈痕，鑑識人員正在清理現場中。

虞因在即將下班前收到這則簡訊。

「阿因，怎麼了？下班眞的不要和我們一起去吃飯啊？」對面的前輩往他拋來一顆巧克力。

虞因打工升正職的這間公司，有好幾個人都是單身在外租屋，經常一群人下班約好聚餐，順便聯絡同事感情，虞因也跟著吃過幾次，不過次數不多。

「我今天有跟人約，改天。」虞因笑著拒絕友善的邀約，他知道大哥大姊們是看他今天又被那個難纏的客戶電，好心想要幫他打氣。不過說實在的，扣掉睡眠不足，他整天在想的事大多都是東風和那個生死未知的女孩子，所以案主又在那邊東改西改，差不多把設計圖改到快重做的事，他反而沒太放在心上。

至少這個案主精神很好還活著。

而且老闆已經針對N度反覆修改，依合約規定向對方提出重製費用，所以虞因乾脆當成另一件新案子加減做了。

也不是不生氣，但是比起昨天那些事，好像真的不會那麼想生氣。

「你回家吃飯啊？」幾個已經開始收拾下班的人閒聊了起來，「阿因上次的午餐盒超精緻的，你家到底是弟弟還是妹妹啊？該不會其實是超級漂亮的妹妹，不想被我們追，才謊稱是弟弟吧？」

「認眞地說，我爸也很會煮飯唷。」虞因微笑著說，順便把檔案複製到隨身硬碟裡。

「這年頭這樣不太對勁。」有不太會煮飯的女同事哀號了。

「妳要節哀，還好會煮飯的不是女人。」旁邊的人拍拍女同事的肩膀，以茲安慰。

「不對！搞不好眞有，我上次偷看阿因的手機，他相簿裡面一堆大美女！」另外一個旁人咬牙切齒地說：「有個雖然有點紙片人，但是超漂亮。」

虞因在那瞬間決定以後要經常更新手機密碼，「紙片人是男的。」

「……」

「……」

「蒼天要置我們於死地啊！」

女同事悲憤了。

因爲大學損友群也差不多這副德性，所以虞因趕在大哥大姊們問他什麼時候想出櫃之前，馬上抓緊背包和硬碟，快速脫身逃逸。

幸好那些只是鬧著玩的同事們沒眞的追出來。

等待電梯時，他翻翻留言，重要點的沒幾則，一則是東風在下午發的，說要來家裡拿點東西，另外就是聿發給他說缺了哪些食材，要他回家時順便買回去的清單。看著材料，虞因心情稍微好一點，雖然聿昨晚很不爽，但開出來的菜色都是他愛吃的東西。

虞因踏進電梯，正想著要不要繞路去買個甜點，沒留意裡頭角落已有人，逕自按了地下停車場樓層後，便開始糾結於應該買哪家的問題。過了半晌，他才突然驚覺後邊站在角落的人，壓根沒在鏡子上映出倒影。

雖然已經按了樓層，電梯卻一動也不動，好像一直在等他發現這件事。

「……我的錯。」

他還眞的過了有一會兒才發現。

站在角落的人突然就這樣不見了。

電梯打開時，已是停車場樓層，不遠出口處，那道人影站著，指往某個方向。

仔細辨識，雖然影子有些模糊，但虞因仍注意到這是之前常常替他指引方向的女孩子，而且很有可能就是蘇彰的姊姊。

雖然到後來好像哪裡怪怪的，不過虞因直覺對方應該是想要他去哪邊，所以沒想太多，先傳了訊息給聿，接著牽車就往女孩指的方向前去。

這次位置不遠，大概十分鐘後，虞因轉進一條小巷子內，就看見女孩停在一棟不顯眼、有點老舊的小屋子前。屋子上了鐵門、鐵窗，門上春聯角稍微翻起，黏住不少細小髒污。

從半開的窗戶看進去，有名婦人坐在裡面，背對著他，和角落的人不知道說著什麼。

就在虞因奇怪著爲什麼要來這裡時，一道黑影瞬間出現在與他一窗之隔的面前，帶著血絲的紅色眼睛狠狠瞪了他一眼，隨即消失。

整個過程實在太快，就算虞因自認經驗頗豐，還是不免嚇了一跳，反射性往後退一步，屋內原本交談的聲音戛然而止。

「誰在外面？」婦人顯然受到驚嚇，急忙縮起身體，快速轉過頭。

「沒事，是我同伴。」

屋內傳來的另一個聲音，眞眞正正讓虞因感到大事不妙。

從黑暗中走出來的，果然是昨天半夜才見過的蘇彰，這時他的打扮變得很講究，看起來就像高階白領似的。那人笑笑地走過來，從屋內看了眼虞因，接著打開門，「進來吧。」

虞因愣愣地上下看了看，發現蘇彰完全沒表現出自己有傷在身的模樣，那條受傷的腿現在看起來活動自如，好像沒任何影響。

「不進來，就滾回去。」蘇彰維持著笑容，開口。

沒給他思考的機會，等虞因回過神來，已經站在屋裡，婦人繼續和蘇彰說著話。雖然屋內有些昏暗，但看得出婦人約莫四十多歲，手有些粗糙、長著厚繭，平日應該都是做一些屬於體力活的工作。

遲鈍了幾秒，虞因才驚覺不曉得自己在這裡要幹嘛，蘇彰好像不介意他聽，婦人的聲音便這樣緩緩傳來。

「他眞的沒有再回來了，眞是謝謝你……我會記得說好的，只要你想要我幫，我一定幫忙。」婦人緊握著雙手，眼睛裡透出一絲淡漠的寧靜，像是曾經經歷過什麼大事，但結果都已底定的那種蒼涼，「只要那個人再也不要出現，就算兩個、不，三個、三十個我都願意答應。」

「這倒不必，我只要一個就夠了。那麼剩下的事情我會幫妳處理好，以後有人問起，妳就說不知道就行了。」蘇彰似笑非笑地說著，很隨意地往虞因瞥了眼，「總之，不會有人找得到，永遠都不會。」

虞因瞬間突然明白他們在說什麼，整個人有些反胃，身體跟著發冷起來。一抹淡淡的黑影出現在房子陰暗處，惡狠狠地瞪著他們。

好像壓根不知道屋裡還有其他東西，蘇彰與婦人又講了幾句話，最後才說道：「這樣，我該做的都做完了，差不多該說再見了。」

聽完，婦人連忙起身替他們開門，虞因注意到她伸出來的手臂上有好幾個像是被菸頭燙過的疤痕，還有一些大大小小的傷疤。

送他們出門後，婦人很快關上大門，而且鎖得死緊。

到這時，虞因才終於有機會開口——

「你們在幹嘛？」

□

在蘇彰的示意下，兩人走出巷子，踏進附近一家小咖啡屋。

「剛剛那句話應該是我問的吧，爲什麼你會出現在我工作的地方？」蘇彰挑起眉，看著對座的人，不過在對方開口前，他就先結論了，「好吧，我猜又是虞同學那個奇怪眼睛的問題，我該說這眞方便，還是你眞該死呢？我可不太喜歡被人妨礙，是不是應該趁你還沒造成威脅，做了你比較好？」

「……你如果不想被什麼東西看著，就去自首。」虞因也不知道爲什麼要這麼配合，還跟著進這家店，都不曉得這家店是不是對方的同夥，他這麼貿然跟上，其實很不妥。只是剛才屋子裡的事情，他又想問個究竟。

「虞同學，夢話等在夢裡說喔。」蘇彰彈開手邊把玩的糖包，端起熱咖啡，「我肯給你們送點小禮，你們就該感謝了，否則我才不想管那個小女生，讓她死在那邊也無所謂。」

「她到底……？」虞因想起還躺在醫院裡的女孩。

「好像是後悔想脫離吧？我也不太清楚，不過他們對於想脫離的人，下手都很不留情。那幾個地方是他們轉毒品的據點之一，我之前要抓火虎那票人就丟著，最近有空先去挖起來。」蘇彰拍拍傷腳，以無所謂的語氣說著，「沒想到昨晚有埋伏在等，果然不會白白讓我去挖。話說回來，我持續調查著你們，知道你們有人會去那家醫院，所以特地讓人找計程車送過去，她狀況不太正常，肯定會吸引你們的注意力，沒想到最後還是被輾了。」

「……」虞因看著對方表現出來的態度，正常來說，好像應該要勸對方小心安全、別做那些危險的舉動，但對象換成了眼前這人，他完全不想多說什麼，也覺得那些事情不要問太多比較好。

「看得到嗎？」

「什麼？」虞因不知道爲什麼突然有這個問句。

蘇彰笑了下，隨意地指指身後，「剛才屋子裡，看見了嗎？」

「……」很不想告訴對方這方面的事，所以虞因沒點頭也沒搖頭。光是坐在這裡，他就已經費了很大的心力才沒逃走，眼前的殺人犯給他一種難以形容的恐怖感。

「有人介紹她來找我，她老公在外面欠高利貸，因爲還不了，逼她出去賣。在那之前，她已經被家暴很久了，沒人幫得上忙，她也沒娘家，之前懷孕的小孩又被她老公踹掉，就算讓他坐牢、就算申請過保護令，男的出來之後還是繼續纏上她。她原本預定今天要自殺的，不過我勸退了，而且我給了她一個更好的選擇。」蘇彰微微瞇起眼睛，有些挑釁地說道：「你覺得我做錯了嗎？對那種人而言，我覺得自己應該是做好事吧。雖然下手的對象是誰我都無所謂就是了。」

「我不覺得動私刑是好事。」虞因低下頭，握緊了杯子，「就算、就算是……」

「你親耳聽見她謝謝我了。」蘇彰一笑，「虞同學，別天眞了，這世界上有很多事情是不講正義公平的。」

不知道爲什麼，虞因感覺到某種怒氣和無力感，「但是你也不能決定生死，明明是一條人命……」

「他踹掉小孩時，不是也不能決定嗎？」蘇彰再度喝了口咖啡，悠悠地說：「『那個人』殺死姊姊的時候，他也不能決定對吧？但是，他們做了，你們所謂的正義、報應應驗得太慢，總是讓人逍遙法外很多年，人生過得舒爽後才在最後吃一點苦頭。而且現在，你也提不出更有力的話來反駁我的做法。那個女人擺脫丈夫之後，她要去麵店打工，然後願望是存錢自己開一家小攤子餬口，不用再提心吊膽……她今天本來應該會死的。你覺得我不動手，她還能有願望嗎？」

虞因是眞的反駁不了蘇彰的話。確實，如果婦人今天自殺了，說什麼願望都是沒用的，而且到昨日以前她都未得救，至少不在警方的保護下得救。

但是，他眞的不能認同蘇彰的做法，完全不能苟同。

「我承認自己沒什麼正義感，單純就是想殺人才殺，但是這次你能說我殺錯了嗎？」打量著虞因皺眉的表情，蘇彰有些玩味地說著：「每個人都有擅長的天賦，我拿自己擅長的去回應這些人的要求，順便娛樂自己，不覺得是很不錯的方式嗎？」

「你根本不是眞心幫忙，所以你壓根不是對的。」虞因咬牙回道：「你只是拿那些人來作藉口，眞差勁。」

「那又如何，他們確實得到了幫助。你可以去問問他們，說B.B只是玩樂時，心情好才隨手殺一下，完全沒眞心過，他們還是會感謝我。」蘇彰理所當然地回應對方的憤慨，「至少他們已經改變命途開始過新人生，不然你們又能做到什麼。」

「我——」

「好了，差不多聊到這裡。」將已經空的咖啡杯翻過，讓杯口朝下，蘇彰放下杯子。

「你眞的是石竟昇本人嗎？」虞因連忙跟著站起，縮在咖啡檯後的店員發現他們這邊的動靜，懶洋洋地放下手機，移到邊上等結帳。

「虞同學，你這好像是在問『你是虞因本人嗎』一樣的廢話。」蘇彰掏出鈔票，放在檯上，還順便說了句「我請」。

「那你爲什麼對你媽媽……」虞因連忙掏出皮夾，打死不願意讓對方請客。

「因為，她沒救過我們。」蘇彰抓住對方想付錢的手，微笑，「她從來沒救過我們，就像那個賣飲料的，曾經住在我們隔壁一樣。」

「賣……！」虞因愣住了。

他不確定自己想到的和蘇彰所說的是不是同一個人。

「沒錯，就是你想的那樣。」蘇彰鬆開手。

「他們只眼睜睜看著我姊死而已。」

□

虞因回到家時，聽見開門聲響，有人從客廳走出來。

「你回來啦？」

已經在家裡的東風慢慢走到玄關，聲音低低的，「聿在等醬料，你再不回來就是我得出去買了。」

「喔喔，有買有買。」虞因拍拍背包，他回家前有記得去購物，還順道買了一盒點心回來。「大爸、二爸回來了？」他注意到鞋櫃上有家裡大人的鞋子。

「比你早半個小時，虞佟在廚房，虞夏在客廳打瞌睡。」東風回頭看了下客廳，「那個，我有些事情想問你，晚點說好嗎？」

虞因看著有點尷尬的東風，原本很糟糕的心情瞬間好了些，「好啊，那你今晚要住這裡嗎？」

東風搖搖頭，「房子已經弄好了，一直打擾不太好。」

「好吧，那吃飽載你回去。」其實虞因還是想留人，但想想不能這樣違反別人意願，一直扣押，於是點點頭，「如果時間還早，可以在你家聊一下。」

「好。」東風低下頭，「另外，虞佟他們應該有重要的事情想告訴你，回來時，他們的表情很猶豫。」

「咦？」虞因想想，大略知道是什麼事了，他還在想不知道會不會開口。

將食材送進廚房後，裡面的虞佟果然喊住他，要他去客廳等等，接著讓東風和聿繼續在廚房準備晚餐，隨後走了出來。

虞因踏進客廳時，虞夏已經醒了，打了個哈欠後，倏地從沙發上翻起身，動作俐落得像某種肉食性動物，力度強到隨時能夠撲上去嘶咬獵物。

「來來。」虞夏招招手，讓虞因在他們對面坐下。「那個地址的事，你是不是得解釋？」

「呃……就是人生有很多無法解釋的事情那種解釋。」虞因吞了吞口水，硬著頭皮說道：「二爸，我不想騙你們，可是……」如果說了，蘇彰就會讓那個帳號死帳，這樣是不是就無法救到其他人？

他很猶豫，他知道該說，但是很擔心之後原本可能幫助的那些人會因此被切斷。

蘇彰只是想要玩他們，這件事情他也知道，但對方確實提供了組織的消息，他無法看著那個帳號被砍掉。

虞佟和虞夏對看了眼，最後前者開口：「是從被我們知道就會有問題的管道嗎？」

虞因立刻點頭，他就知道他家大爸反問一流。

「是蘇彰。」虞夏嘖了聲，雖然想往小孩腦袋上揮一拳，不過還是先克制住拳頭，「他撤得很完美，連一點痕跡都沒留下。」

虞佟思考了半晌，轉看自家兄弟，「夏，還是讓阿因自己決定吧。」雖然他們其實很不願意，但如同嚴司稍早和虞夏說過的話。

虞因未必肯。

而且這次還事關另外一人。

「隨你。」虞夏偏開頭，不太高興地咕噥：「反正他已成年。」

「什麼事？」虞因思考著剛才東風在玄關說的話，現在又看到自家兩個大人這種態度，「大爸、二爸，有什麼需要我？」

虞佟看了眼廚房方向，才謹慎地開口：「尤信翔想要見你。」他看著小孩的反應，對於尤信翔這件事，對方沒有露出太大的訝異神色，「……你知道這件事？」

虞因抓抓頭，「嗯……這兩天有人打電話給我，說是局裡的人，然後說尤信翔想見我，不然不配合，但是大爸、二爸不准，已經好幾次了，他們怕有什麼重要情報，有點急，所以打電話問我意願。我想大爸、二爸不提應該有原因，就沒說了。」

「誰打給你的？」虞夏皺起眉頭。

「不知道，聲音我沒聽過。」虞因那時候也在想到底是誰，問了對方就說會被揍，所以沒留名字，但是聲音確定很陌生，不是他認識的員警。

虞夏在心中打點了下，大致知道可能是尤信翔透過什麼辦法讓別人來聯繫，看來對方真的很想見虞因一面，不單單是想要弄他們。

「大爸、二爸，我想去。」虞因隱約覺得有點問題，既然事關東風，他就不能當作不知道。

虞佟看著對方堅定的態度，沒多說什麼，伸手拍拍虞因的肩膀，說了個日期，「那就過兩天去。」

虞因點點頭，這時廚房似乎也忙完了，聿出現在客廳門口，招手表示可以吃飯了。

因爲今天人比較多，所以再怎樣心情不好，邊吃飯邊聊著無關緊要的話題時，他們也放鬆了心情，難得享受一下闔家吃飯的氣氛。

□

飯後，虞因按照約定，等東風整理好東西準備載他回去。

大人們好像還要研究案件，關在書房裡；聿可能仍在生氣，晚飯後朝他的臉哼了聲就去廚房洗碗，理也不理他。

虞因摸摸鼻子先回房間放東西，下樓時看見東風已經在客廳了。

他靜靜站在電視櫃前，出神地盯著裡頭的相片看。

那是幾張照片，有他父母以前的照片、聿來這裡之後大家出去玩的照片，還有近期的畢業照，以及去花東遊玩那時拍的照片，甚至還有幾張平常嚴司偷拍的各種照片，虞佟覺得不錯，會洗出來更換。

那個櫃子裡，放最久的就是他媽媽的照片，記得是結婚不久出去遊玩時，虞佟拍的。事情發生之後，就代替了女主人、放置在那裡，現在東風正盯著那張女性的單人照看著。

「在我很小的時候，全家遇上一次車禍，後來我媽媽就走了。」虞因順著視線，跟著看向那張老舊的照片。即使那麼多年過去，相片中的人依舊笑得很燦爛，絲毫沒有老去，相片裡的時間就這樣永遠停止在那瞬間，不再流動。「雖然我明白很多事情都要記住最好的那一面，我也確實記得小時候那些最好的時光，可是……」

「可是你也忘不掉死亡那瞬間。」東風偏過頭，淡淡地說：「太清晰了，對不對。」

虞因笑了下，點點頭，「聽說我雖然沒受太多傷，不過在醫院時一直發燒，睡了好幾天，每個噩夢都是我媽抱著我流了很多血，然後把我推出變形的小空間，我握住的那隻手慢慢涼掉，大爸在前座也都是血，看起來很痛的樣子，就這樣重複個沒完。我醒了之後，似乎有好一陣子都不敢睡覺，是附近病房的小孩子陪我玩了好幾個晚上……都是半夜來，出院時沒看見他們來送，我還因爲這件事抱怨了好幾天。後來拜託大爸讓我回去看看他們，才發現大爸和二爸臉色怪怪的，反正就是那個狀況了。之後就斷斷續續可以看見那些東西，當然也看過我媽幾次，長大就沒了，可能去投胎了吧。」

虞因勾著唇，聳聳肩，打開玻璃櫃把相框拿出來擦一下，手指蹭過女性漂亮的微笑，再放回原位。

「伯母似乎人很好。」東風抱著手，凝視著虞因的一舉一動。

「是啊，我媽人超好，而且好像還有點少根筋。我小時候，大爸有幾次看到我闖禍，都會反射性說我在某方面很像我媽，所以我在想我媽是不是以前也常闖禍……猜的。要不然我比賽得獎，大爸好像就沒說這個遺傳我媽了。」因爲當時幼小，對自己母親的印象實在不多，虞因從小到大的觀察只有這麼一個心得，就是媽媽年輕時可能常給大爸捅婁子，所以他小時候出包，虞佟才會脫口而出那種發自內心深處的感慨。

當然，虞佟很快就不再說這些話，或許是他說著時心裡也難過，虞因記得自家父親下意識說出口後，眼中閃過的黯然；所以他不敢問，就自己默默地猜。

「可以多講你媽媽的事嗎？」

聽到這句話時，虞因立時從有點感傷的氣氛中驚嚇回來，很詫異地看著提出要求的東風。他愣了幾秒才反應過來，「是可以啊，那你也可以多講講你家的事吧，作爲交換，其實你媽也很喜歡你不是，肯定以前有很多有趣的事。」如果不是因爲尤信翔，說不定東風在家中會很受寵，而不是在外面東躲西藏。

東風愣了愣，並沒有答話。

虞因只當對方反射性不想說，沒想太多，笑笑地就往玄關走，準備去牽車。

一轉頭，突然聽見後方傳來模糊不清的聲音。

「你錯了，不論是哪一個，她們都不喜歡我。」

「什麼？」

虞因回過頭，沒有聽清楚。

「沒什麼。」東風拿起背包，朝拿著小餐盒過來給他的聿打了個招呼，「走吧。」

□

回到東風家，打開門時，屋裡有一股淡淡的香氣。

因爲昨天來的時候沒這味道，虞因有點疑惑，接著才看到擺在旁邊架子上的一顆圓木頭，味道好像是從那東西傳來的，聞著很香，也很舒服。

「楊德丞送來的，他有個客人好像是木雕大師，給他一些邊角木料作香氣陳設。」雖說是邊角，但還是用心磨成圓形，可以把玩。東風今天早上打開門時，才驚覺自己的行蹤眞的已經被嚴司那個超級大嘴巴散布了，所以上午楊德丞就送了些食物及木球上門，接著黎子泓上班前也提著點吃的過來看看。

「眞不錯。」虞因摸摸木球，聞著能夠讓人放鬆心情的香氣。

看了虞因一眼，東風沒說什麼，走去拿兩瓶飲料在矮桌另一邊坐下。想想，還是開口：「你回來時，遇到什麼了嗎？那時候你的臉色不太好，似乎碰到不該碰的。」

虞因默默接過飲料，覺得有讀心術的人眞可怕，「我遇到蘇彰。」接著，他把女孩指引他到蘇彰那邊的事情說了一遍。

東風就這樣靜靜聽著，沒有打斷。

「你認爲他的說法是對的嗎？」虞因有些猶豫，「我不認爲是對的，但是他說的……確實很多時候外人處理不了，被捲在裡面的人多想要另一個人消失……可是我眞的不覺得那樣是對的。」

「我明白你的意思，但是你也知道我的回答。我並不覺得那是錯的。」東風淡淡回應了這個詢問，「並非對，但也並非錯。換作我，也會使用類似的手法，而我也確實用過……你知道我曾經被管束過一段時間吧。」

「嗯。」虞因知道東風以前曾經待過所謂的「籠子」。根據嚴司所說，是他對鄰居做了一些事情，讓鄰居到現在都還在接受治療。

「我身邊再也沒人之後，一度不相信外界任何事情，所以在我發現鄰居是尤信翔派來監視的人、還暗裝許多偷拍監視器之後，就決定不再透過那些所謂『正義的力量』處理，因爲我在最痛苦的時候，沒人能幫上什麼，所以我，自己動手。」東風勾起唇，抬起手凝視著，「確實，他們也找不到任何證據，只要我不說，就永遠不會有人曉得。所以，我並不反對那種手段，也不覺得是錯，但是，如果是對大眾而言，並不是正確。」

「爲什麼？」虞因下意識脫口詢問。

東風迎上對方的視線，說道：「那時候，學長找上我，說……人之所以是人，是因爲他們有能力遵守並思考所謂的『法』。而法並不是因爲個人而存在，很多時候，也不一定成就正義。因此而存在的是秩序，可以讓大多數人明白他們能夠安身立命，不用時時擔心受怕的那種公眾秩序，在這個圈子裡的人也認同公眾之法可以公平地護衛他們，並擁有相應懲處的力量。若無法遵守秩序，每個人都認爲私了就可以成就自己，破壞和暴力可以解決一切，那人就不是人了，只是無法控制的某種智慧相當高的動物族群而已。所以，你才會認爲那不是正確的事情，但又無法反駁他確實幫助了人，以這種並非公眾之法的手段。」

「好像有點複雜……」虞因抓抓頭，「不過我大概知道你的意思。」

「會那樣思考的，大概也就我學長那類人吧。」東風冷笑了聲，轉過頭，看著空空的鐵架，「就事實而言，法的力量確實幫不了某些人，甚至反向成爲善於利用者的加害工具，人想要『私法』正義不是沒原因的。」

「可是，你還是去自首了不是嗎？」虞因思考著剛才的對話，「你說如果你不說，就不會有人知道，但你還是說了，你大可以不用接受那個管束。」

「……你太看得起我了，那時候我只是累了，想要找個地方藏起來，正好我學長來，僅此而已。」東風自認沒有那麼正直，而且他那時候不太需要什麼乾淨無瑕的身分，只想把一切隔絕開，如果不是擔心其他人受傷，他壓根不想繼續留著。「我當時崩潰了，沒別的理由。」

「或許吧。」虞因笑了笑，往後躺在舒適的椅背上，這才發現仲介居然很會挑椅子，這張矮桌用的椅子曲線很好靠躺，很適合東風這種氣力不佳、常常在上面坐臥的人。

「這些事情，你其實不用找我聊，你家的人會給你答案。」東風低下頭，看著手上的飲料罐。

「總覺得有些事情跟你講講，會比較輕鬆。」虞因吐了口氣，他這陣子確實有這種感覺，有時候和大人們不好講某些事情，聿又不常開口說話，幾次過去，他才發現有很多不方便開口的事情想吐露，第一個想到的是東風。

「下次要告解去教堂，少來煩我。」把他這裡當成樹洞了嗎！東風眞想一罐子丟過去。

虞因苦笑著連忙先道歉，然後又說了幾句，便差不多該回家了。

「對了，先前提到想問你……有個地方你能一起去嗎？」東風說了個日期，「這天下午你有空嗎？」

「咦？」虞因愣了下，這天是虞佟要讓他去見尤信翔的日子，不過是上午，如果快一點，下午應該趕得上東風這邊，正好可以不用再請更多假。他看著東風，好像還有一些猶豫，似乎是眞的需要他，「可以可以，不過我早上會先去辦點事，如果有延遲可以等嗎？」

東風點點頭，「晚上八點之前都可以。」

虞因沒問是什麼地方，不過看來有門禁，他連忙同意，「好，如果有問題，到時候再聯絡。」說著，邊起身準備離開時，他猛地看見正對著他、也就是東風背對的陽台上，有條影子坐在那邊，屋內的光略略照出了那張帶著些紫灰色的面孔，毫無表情的女孩——石靜恬，就在外面冷冷看著他們。

「什麼東西？」東風注意到虞因的動作，立即回過頭，卻什麼也沒看見。

那瞬間，虞因似乎聽見了喀的一聲，像是時針走動的聲音，只是這間屋裡並沒有那種會發出聲響的大鐘。

接著，他看見女孩身邊多了一雙腳，站著，緩緩地向後轉，消失在夜晚的黑幕中。

同一時間，他與東風的手機傳來接到訊息的聲響。非常不好的預感在虞因拿起手機後應驗了。

捲入公車下的女孩，死了。

□

「這沒辦法，看開點啊。」

嚴司看完手機短訊，然後瞟了坐在對面的友人一眼，「小女生的傷本來就很重了，原本存活率就不到兩成，也只能這樣，大家都盡力了。」

「嗯，知道。」黎子泓淡淡地應了聲。

「把精神暫時先放在別的地方上吧，不知道還有沒有類似的小女生被關著，我猜是有的。」嚴司翻著手邊的記錄，這是他早先時候去醫院採回來的樣，那時候就已經知道傷情不樂觀，認識的學長給他看過傷勢狀況，坦言如果能活下去才是不可思議。只是每個人都希望那個小女生能得到這個「不可思議」，但終究是落空了。「還是盡快查蘇彰是不是仍有留下什麼線索，他可能知道組織藏著的其他小地方，說不定會有更多的小笨蛋。」

同樣這麼想的黎子泓繼續看著警方查回來的各種資料，可惜的是，那棟房子的重要物品被清整得很乾淨，被燒燬的文件想要進行復原也得等上一段時間，看來目前沒有其他可以立刻再向前一步的線索。

「從那位小姐身上的痕跡，可以看得出來至少有五人以上對她動手；另外，讓我有點在意的是這個。」嚴司重新將話題拉回方才他們討論的事件上，然後放大手邊的照片檔案，將平板往前推，「她的手指上有被切割過的痕跡。」

看著有些青腫的手指局部放大照，黎子泓果然看見了上頭的確有舊傷疤，似乎曾有人拿著利器在女孩的手指關節上來回劃過幾刀，但並沒有截斷手指，只在上頭留下痕跡。

這讓他想起那具失去手指的少女乾屍。

「你是不是也想到那個快遞美女。」嚴司很肯定他前室友和他有一樣的想法。

「我在想手指對他來說有什麼意義，爲什麼會是手指？」黎子泓可以推測蘇彰截斷手指的舉動，比較像是在對那人示威；得知石靜恬姊弟的事情之後，他多少能夠確認蘇彰是在報復手指的事，所以才會截斷手指頭。

但是這個組織最原始的起點，爲什麼會是手指？

「可能是對手指有啥不美好的回憶？」嚴司聳聳肩，「搞不好只是單純喜歡收集手指也不一定。」

黎子泓抵著下巴，沉思著各種可能性。他覺得應該不是單純喜歡收集，喜歡收集的人會確保收集品的完整性，並非破壞。眼前看來，少女手指傷痕累累，並不像是被收集的樣子。

「對了，說起來，我取得石母的屍檢報告，上面並沒有關於手指方面的創傷，石家附近也沒有類似的就醫記錄，我覺得石靜恬應該是第一個在手指方面的受害者。」嚴司想想，說出自己的猜測，「可能是他在那段時間正好有什麼關於手指的事？或是女兒學習鋼琴激怒他之類的？不是我要說，這個問題可能很難當你的切入點，只能先列入怪癖裡吧。」

「嗯。」黎子泓確實沒有更多關於手指的資料了，眼下無法有更進一步的資訊套用在石漢岷身上取得行動模式。「不過可以確定，他也在這裡。」

因爲蘇彰並沒有離開，即使他的新面孔已經曝光而遭到追緝，他還是留在這裡；所以他的目標極可能也在附近，這應該是組織用最短的時間切割尤信翔的原因之一，他們的本營、甚至是頭目，有很高的機率就在這裡，只是自己這方挖得不夠深，所以才一直沒找出來。

「這可以算是延長賽嗎？」嚴司笑笑說著：「他們喜歡玩遊戲，顯然還沒玩完，該換我們去把人咬出來了吧。」

「他們知道我們已經取得石漢岷的身分，不會那麼容易查到。」黎子泓知道這一個多月來的調查或多或少都有受到阻礙，但是他不想這麼輕易放手。

「不過他們沒料到蘇彰會把地點暴露給我們，那些處理過的東西裡面肯定有什麼。」嚴司大致知道蘇彰是想利用他們翻出首領，否則那傢伙才不會那麼好心協助警方，現在只是雙方目標一致而已，「玖深小弟不知道有沒有保過勞死的險。」

「……」黎子泓打從心底生起一抹濃濃的歉意。

就在兩人想著不知身在何處的某人時，突然有人打了手機進來，一看來電顯示，就是剛才正談論可能會過勞死的苦主。

黎子泓接起手機，另一端傳來有點興奮的語氣，所以他乾脆把手機轉成擴音。

「找到了喔喔喔喔！」玖深在電話另一端，傳來有些高興的聲音，「那個地方遺留的列印機和一些小家電，我們把序號傳回總公司，查到配送這些電器的都是同一家營銷店面。比對了之前幾個組織據點——當時因爲那些據點物品很零散，所以沒往這上面想，但剛才查了一下，那些據點的家電與電腦類，幾乎都由那家店配送，可能也是他們旗下產業之一。」

「還在運作嗎？」黎子泓與嚴司互換了一眼。

「對，還正常營業。」玖深很快地回道：「我也告訴老大了，可是他說先不要驚動那個地方，詳細狀況他會再找你說明。」

大概知道虞夏想要做些什麼，黎子泓思考半晌，「我明白了，你們辛苦了。」

手機那端的玖深又說了些事情，之後才結束通話。

「如何？」嚴司挑挑眉，「要當魚餌？」

黎子泓笑了下，沒有回應對方的探問。

「蘇彰在這裡，組織的首領也可能在這裡，不知道這次拖出來的魚夠不夠大。」嚴司頓了頓，看著友人，「總該到終點了吧。」

總是該結束了吧。

4

兩天後，虞因按照約定去見了尤信翔。

坐在他對面的人悠悠哉哉地露出一抹冷笑，然後瞥了眼旁側的虞夏，嘲笑著對方無論如何反抗，最終還是不得不同意。

虞夏惡狠狠地瞪回去。

「你爲什麼一定要找我？」虞因打量眼前男人，看起來比先前憔悴不少，而且臉邊還有一點瘀青，不知道是不是在裡面受到什麼攻擊。雖然如此，仍散發出之前囂張跋扈的氣焰。

「因爲我對你有興趣。」尤信翔看著眼前的青年，微笑。

「……你吃飽撐著說廢話嗎？」虞因冷眼看回去。

「你知道東風還有祕密沒告訴你們嗎？」尤信翔等著對方變臉，悠悠哉哉往椅背上一靠，開口：「關於他自身的事，那個『另一個人』。」

「我不知道你想說什麼。」虞因知道東風應該有很多事情沒告訴他們，但他尊重對方的心情，想等到對方放下心防、願意開口，即使不說也沒關係。

「所以我才說你們根本不是他的朋友，如果他相信你們，你們就會知道這件事，既然你們不知道，還有什麼臉自稱是朋友。」尤信翔瞇起眼睛，冷下聲音。

「你很煩耶，還在講這個，就算是朋友，也是有一點祕密吧，想講不講都無所謂，和做朋友有什麼關係。」虞因沒想到這傢伙想盡辦法讓他來，居然是在扯這個無聊的話題，「我也不是什麼都告訴他，這樣行不行！」

「你的事干我們屁事，但當初他會想要組織，就是因爲這件事。」尤信翔冷哼了聲，一點都不意外地看著虞因有些訝異的臉色，「你以爲他身體的狀況是因爲我嗎？告訴你們，並不是。我遇到他時，他就已經是這個樣子了，每天吃的東西和我吃的點心差不多量，你知道他帶著一包小餅乾或小麵包可以吃一天嗎，如果不是我帶他到處去亂吃，他早就餓死了。」

「等等，不是因爲安天晴的事情？」虞因還以爲東風的厭食症來自於尤信翔這件事。

「那是造成後來比較嚴重的原因，但一開始他就遠避人群，而且吃得很少。你以爲他是遇到我之後才去小公園，或是逃學嗎？」尤信翔斂起所有嘲諷的笑意，面無表情地說道：「是我讓他越吃越多，安天晴那臭女人才有機會趁虛而入。」

「……我不明白，這麼說還有其他原因？」虞因思考了下，發現自己確實不清楚扣掉尤信翔因素之後，還有什麼是造成這種狀況的理由。對方說得沒錯，東風在敘述過去時，似乎早已遠避人群，不過當時他們都以爲是因爲他很會看人臉色，但那種年齡的小孩再怎麼怕麻煩別人，會怕到躲開人群嗎？

「廢話，不然我找你來幹嘛。」尤信翔往虞夏看了眼，「你可不可以不要待在這裡，我想和他單獨聊聊，反正你在外面也聽得到吧。」

「有話就直接說。」虞夏表明不肯讓步。

「二爸，就一下行嗎？」虞因回過頭，帶著些懇求，「拜託。」

「……」

虞夏斜了虞因一眼，朝另一邊的員警做了個手勢後，暫時退出房間。

等到空間內確實只剩下兩人，尤信翔露出一笑，「那個計畫，一開始是他想的。他自己想了個基礎，本來不包括我，那是他想要逃避很多事情替自己設計的未來，不過後來我們擴大了那個計畫，成爲祕密基地的初步藍圖。」

「他想逃避什麼？」虞因輕輕握起手，有點急切。

「所有在他身邊的人。」尤信翔微微側著頭，說道：「還有那個人——『大姊姊』，那才是他變成這樣的起點。」

「可是他沒有姊姊……」虞因很不解。

「所以叫你問他啊，我答應過不會把那些事情告訴第三人，他背叛我，但我還不至於背棄承諾。如果你們真的是朋友，他就會把事情都告訴你，到時候你只要幫助他就可以了，不過看來他還不想要接受你的幫忙。」尤信翔冷冷勾起唇，沉下聲音，「如果不是因爲我可能會被『清除』，我才不想要找你。」

「清除？有人要對你不利嗎？」看著表現出一副好像沒什麼事的人，虞因有點擔心，「你應該要告訴……」

「我又不是要找你們當後台，省點。」尤信翔揮揮手，止住多餘的話，「你只要記好，他沒有你們想得那麼堅強，不要太依賴他，別再讓其他人靠近他，尤其是組織的人。」

「這種話聽你說出來感覺很諷刺。」把東風搞得很脆弱的，好像正是對面這位仁兄，虞因想起來還覺得有點火大。如果當年不要惹出安天晴的事，說不定東風現在早就和一般人一樣開開心心過日子，根本不用活得像隻驚弓之鳥。

「那是他欠我的，我不准有其他人亂碰。」尤信翔有些不以爲然，「要怎樣動手是我的事，但是別人，就是不准。」

「你有病。」虞因很誠實地把想法說出來，「病態。」

尤信翔完全不在意對方的不友善，繼續開口：「隨便，總之我看來看去，應該只有你能做到我剛才說的話吧。」

「……？不用找我，只要告訴我爸或黎大哥他們，大家都會很注意東風的，不會有第二個像你一樣的神經病去害他。」虞因聽到這裡覺得有點疑惑。如果是要保護東風，現在周圍的人隨便挑一個都很願意吧，而且全比他更有能力，沒必要硬拉他出來講。

「你們那群人裡面，有幾個會跳出來幫我擋槍？」尤信翔淡淡地笑了。

「我那是反射動作！」虞因憤憤說著，他就是怕別人受傷，所以才想也沒想。自己都有點想爲這種下意識反應哭泣，不知道是第幾次了，這倒楣的神經反應到底是怎麼跟上他的！

「但是你說不出來有誰對吧，包括站在外面那個警察，他估計也只會保護自己人。」尤信翔瞥了眼門口方向。

「你錯了，我二爸會保護人，就算是你們這種神經病也會，他以前就是因爲這樣才摔過一次樓。」虞因想起令他很恐懼的那一次，吞了吞口水，握緊有些發顫的拳頭，「還有，其他人也會，即使你是個莫名其妙的壞人，他們還是會保護你。我只是比較蠢，才會拿身體去擋。」那天換成其他人，他相信肯定不會讓火虎有開槍的機會，更別說被槍打到。

「眞不知道是什麼家庭才會生出你這種天眞愚蠢的白痴。」尤信翔嘖了聲，抬起頭，看見虞夏等人打開門走入，顯然是時間到了。「算了，今天就說到這裡，既然你能來這一次，我們就還有機會可以再聊聊。下次你來，就得帶東風的消息給我。」

「說到底，你只是想要打探東風現在的生活吧……想得美。」虞因站起身，「他已經和你沒關係了，有多遠閃多遠，少在那邊糾纏不休。」

「你會說的。」

尤信翔微笑著，用極其肯定的語氣。

「絕對。」

□

離開關押尤信翔的所在處後，虞夏並沒有說什麼。

因爲下午和東風有約，虞因便沒跟著回局裡，有點抱歉地送走連午飯都沒能一起吃的虞夏，他連忙直奔約定地點。

幸好尤信翔並沒有折騰太多時間，所以虞因和聿會合後趕路，幾乎準時到達了目的地——東風的家。不是租屋，而是他眞正原本的家，看起來又大又漂亮，來開門的還是看起來很專業的保全，登記他的身分之後才讓他進去。

相較於不怎麼有反應的聿，虞因很好奇地左右打量著這裡的一景一物，再次深切體會到，東風家真的很有錢，父母不愧是擁有產業的菁英人士，房屋和花園看起來就是大手筆，設計與建材都很有品味，雖然乍看之下樸素，但騙不了看得懂的人，有部分根本是國外進口或訂製的高級貨。

虞因盯著花園地燈，那是很多長得不一樣的古銅小貓頭鷹，覺得做工非常細緻，如果能有隻放家裡滿足一下窮人之心就好了。

「……雖然那些地燈都是訂做的，不過如果你想要，可以拔走你喜歡的沒關係。」熟悉的清冷聲音傳來，虞因抬起頭，看見東風站在門前台階上，應該是收到通知刻意來這邊等他們，「我記得倉庫裡面還有備用的，不用客氣。」

「咳咳，我純粹欣賞，別理我。」虞因尷尬地抓抓頭，然後將手上的提袋遞過去，「伴手禮。」看到人家家裡這麼豪華，他現在有點擔心買來的東西會不會太寒酸了；來的時候沒想太多，只買了平常東風在他家多少會吃的那款麻糬蛋糕捲。

「謝謝。」東風接過袋子，領著兩人進了屋內。

屋裡如虞因所想，相當寬闊，裝潢素雅卻不失品味，一旁有人接過了東風手上的提袋，便退下去準備茶點。

「你這樣真的很像大少爺什麼的。」虞因很難把眼前這傢伙和窩在小空間裡做雕刻的人聯想在一起。

東風想要逃離的是這些嗎？

「這些都與我無關。」東風低聲說了句，轉開頭，腳步停在客廳入口處。

同樣裝飾得相當高雅的大客廳中坐著一名女性，是虞因曾見過的東風的母親，後者優雅地站起身，向他們微笑。

「東風受到你們多方照顧了。」婦人迎了上來，友善地向虞因和聿打招呼，「別客氣，儘管當自己的家，看要不要在這邊住兩天，讓東風帶你們到處玩玩。他幾乎沒帶過什麼朋友來，能看見你們真讓人高興。」

相較於婦人的熱情，一邊的東風看起來比較冷漠。不過虞因來回看看兩人，還是覺得果然是母子啊，真的挺像的，他和他媽媽好像就沒像到這種程度。

這麼好的母親，東風怎麼會想要逃離呢？

婦人說了一會兒話，便拉著他們在客廳坐下，隨後有人送來精緻的茶點，可能刻意囑咐過，裡面有相當多的布丁果凍，讓旁邊的聿看得眼睛一亮，難得出聲道謝，拿取點心後，吃得很開心。

「東風幾乎不太回來，即使回來，通常也是因爲要去別的地方。」婦人拉著虞因的手這般說著：「聽他要帶朋友回來，他爸爸也很高興，可惜有工作不能親自招待你們。之前見面時，我就覺得這次你們可以眞正和他成爲朋友，看來當時的想法果然沒錯。」

被婦人熱絡的話語說得有些不好意思，虞因連忙回答：「東風其實認識很多人的，大家都很關心他。」

不知道爲什麼，他好像看見婦人眼中暗了下，但隨即又重新抹上那份關懷，「如你們這樣的並不多，他以前連自己的事都不願意讓人知道，我們也不敢隨意說出去，讓他過得相當封閉。像這樣帶著他會吃的點心來、或是能和我們說上幾句的人並不多……我們周遭的人幾乎都無法和他往來。」說著，她嘆了口氣，語氣有些難過。

「嗯？之前曾遇到一位薛醫生……」虞因想起那個據說是言家體系下的人。

「薛醫生雖然與我們相交，和東風卻沒什麼往來，只有必要時碰面而已。先前受傷，東風彆扭著不讓他看看，寧願找外面的醫生。不過，他確實是位好人。」婦人勾起微笑，「但我們也不會和他討論東風的事，東風不太喜歡這樣。」

不太喜歡嗎？

虞因冒了很多冷汗，他們這群人常常討論，食衣住行都討論過，還把人拖出去旅行，現在連群組都有。

沒注意到虞因正尷尬，婦人又說了些話，請他們多關照東風。

不知道是不是自己的錯覺，虞因覺得婦人言談間似乎很小心，完全沒有提及東風過去和尤信翔的那些事，也很少說到東風在家中的私人事情，像是避諱著這些。

虞因覺得有些奇怪，但認爲可能是自己想太多，就沒追問了，隨著婦人多說了幾句。

寒暄過後，自始至終都沒什麼開口的東風終於出了聲音，一開口就是讓虞因滿頭問號的話：「我想帶他們一起過去。」

「你眞的確定嗎？」婦人漂亮的臉上浮現些許擔憂。

「嗯，我想讓她見見虞因他們。」東風點點頭。

「……見誰？」虞因有點疑惑。

「一位姊姊。」

東風話說完，突然瞇起眼睛，這時虞因才發現自己吃驚得太明顯，對方肯定在他臉上看出端倪，但是並沒有說什麼，只淡淡把視線移回婦人身上，「這兩天有點事，所以我想讓他們見見她。」

「也好，那派車送你們過去好嗎？」婦人橫過身拍拍東風的手，溫柔問道。

「不用了，聿會開車。」

於是，十分鐘後，他們已經在路上了。

那些精緻的布丁點心全部用保冷袋打包，讓他們帶在路上吃，據說目的地還得開上近一個小時的車程，是在人跡罕至的半山處。

「說吧，你怎麼知道姊姊的事？」東風坐在後座，冷冷看著副駕駛座上的人。

「……我來之前剛見過尤信翔。」不知道是不是命中註定的巧合，虞因上午才剛見過那個人，下午竟然就提到了相關的事，讓他覺得有點詭異。

「他說了？」東風握緊手腕。

「不，他可能是想要繼續折騰你，只要我問你『大姊姊』的事，但是什麼都沒說。我想那是你的私事，才沒講。」虞因轉過頭，看見東風像是鬆了口氣的表情，「如果你不願意，我們不用去也沒關係。」

「沒事，我本來就打算帶你們去，因為前兩天那個女孩子……我實在……」

細微的聲音消失在東風口中，虞因看他好像不太想說下去，就沒開口詢問。

駕駛座上的聿點開了音樂，柔和的純音樂很快填滿安靜的車內。

過了好一會兒，東風才主動開口：「等等我不過去，你們過去就可以了，說你們是來陪她聊天的志工。」

「咦？不說是你朋友嗎？」虞因有點驚訝。

「說志工就好了，我已經聯繫過，裡面的人會幫忙，不用擔心。」東風低下頭，用手指摳著椅座的紋路，「她人很好，你們可以多和她聊聊，她喜歡滿天星，那邊已經幫我們買好了，等等拿著送給她就可以了。」

「慢著，我有點搞不懂。」看東風一反之前的冷漠，露出有些猶疑、甚至小心翼翼的模樣，虞因對等等要見的「大姊姊」感到疑惑，「我該注意什麼嗎？或是不能對她說什麼？」

「……她以前遭遇過很可怕的事情，所以盡量不要觸碰她的身體；基本上與她保持大約一手臂左右的距離，她如果主動碰你沒關係，但是絕對別主動碰她。」東風想了想，又說道：「盡量坐著，別站得比她高，別讓她有威脅感。」

「我會小心。」虞因聽著，突然稍微知道他們待會兒可能會到什麼地方了。

車又行過一段漫長的路，最後在一棟有著漂亮花園的白色房屋前停下，雖然建築看似美好，但外圍卻圈著重重護網與保全警衛，像是用巨大的籠子籠罩著夢幻般。

「這是言家名下的療養機構，只收特定人士。」東風看著白屋，深吸口氣，然後下車。

通過保全進入白屋，很快便有人來為他們做訪客登記，接著虞因被塞了一束滿天星，和聿一起被帶到白屋裡頭的圖書室。

虞因回過頭，看見東風站在入口處沒跟上來，被陰影遮去一半的表情顯得有點寂寞。

隨後，他們被領到偌大的圖書室。

說真的，如果不是進來時知道這裡是療養院，光看這座圖書室，還以為是什麼飯店之類的，設置得特別用心，裡面有幾個人正安靜地閱讀，有老有少，看起來氣質相當好。

這次不用東風或其他人為他們介紹，虞因瞬間就知道自己該面對的「姊姊」是誰。

坐在圖書室最舒適的窗邊躺椅上的女性，與他們站在門口的朋友有著幾乎相同的面孔。

一樣的臉，一樣的氣質，同樣長長的頭髮挽在腦後，她坐在那邊，透過窗戶投射進來的陽光照在臉上，畫出一圈微亮的美好光暈。

她翻著書本，臉上露出清雅的微笑。

「這位是連昀兒小姐。」

聽著一邊的人這樣介紹著，虞因愣愣地看著那張漂亮的面孔。

然而不知從何而來的輕響，再度「喀」了一響。

□

虞因和聿從圖書室退出來時，看見東風坐在大廳會客桌邊，對面是個醫生打扮的男性。仔細一看，居然就是先前在醫院見過的薛允旻。

東風注意到兩人走出來，立即站起身，重新簡介一下，「薛醫生與另外一位陳醫生輪流每週三至四天在這邊排班，已經七、八年了。」

聽著介紹，虞因才發現原來他們之前所謂的認識是這麼來的。看來是因爲東風的姊姊長期住在這個地方，才有所交流，但又不是他所想像的那種深交，難怪東風之前在醫院會是那種反應。

「又見面了。」薛允旻依舊和藹地微笑，分別和虞因、聿兩人握過手後，請大家一起坐下，「沒想到東風會帶你們過來，我在這邊從沒看過他帶朋友，幾乎都是自己來的，看來你們眞的是他的朋友，不是那些仲介什麼的。」

聽別人這樣說，虞因不能否認自己有點高興。東風今天會帶他們來，是眞的把他們當自己人……尤信翔去吃屎吧，老是在那邊搧風點火！

薛允旻笑著隨意地閒聊了幾句，很快地，不遠處有人喊了薛醫生，他便站起身，「這邊晚上八點才關門，既然帶朋友來，就多留一會兒吧，看看連小姐吃晚餐也好，你們一起在這邊吃也好，這裡供餐很不錯。我先去忙了。」

等到醫生離開，東風才收回視線，有點躊躇地開口：「你們……聊得如何？」

「你說那位姊姊嗎？她人滿好的，很親切。」虞因在圖書室待了一個小時左右，剛開始訝異於對方和東風長得一樣的面孔，很快地，他便注意到這名女性年紀應該比東風和他們稍長，雖然好像沒留下什麼歲月痕跡，但皮膚、面孔仔細一看，多少能看出年齡差異，只是看不出來差幾歲。

話說回來，自家老子們也是這種看不出年紀的體質，而且因爲一直有足夠運動量，所以更不顯老，活生生的妖精，眞的逼死正常人。

照護人員介紹他們是志工後，虞因和聿按照先前東風的交代，並沒有靠得太近，保持著一小段距離，一搭一搭地與連昀兒聊了一會兒。女性也微笑著和他們聊天，沒有一定內容，想到什麼便說什麼，但說最多的還是她手上的那本書。

那是一本民間故事，連昀兒顯然正熱衷於裡頭的傳說故事，興致勃勃地問著虞因兩人現在的年輕人聽過哪些故事，交談頗歡。

「她到底是……？」聊天時，虞因一直疑惑著女子的身分，但又不方便直接問，難道真的是東風的姊姊？

東風並沒有回答這個問題，只深深看著圖書室方向，「你們運氣很好，她真的挺喜歡你們的，平常她不會讓陌生男人待這麼久，除了薛醫生與陳醫生之外的男人都得很快離開。」

「……我不明白你的意思。」虞因真的被搞糊塗了，這邊的看護人員確實幾乎都是女性，但這和他們有什麼關係？與一旁的聿互看了一眼，兩人都不懂。

「你知道我們剛認識時，爲什麼我會追著那個女孩子跑那麼遠嗎？」東風轉回頭，看著虞因和聿，有些不安地抓著手臂。

「你是說……譚雅芸？」雖然隔了一段時日，但那名受到惡鄰傷害的可憐女孩，讓虞因記得很清楚。

「因爲我發現她和……和她一樣，我想要幫忙她。」東風頓了頓，低下頭，手指不安地握緊了薄外套，然後又鬆開，「只是我沒幫上什麼……終究還是……」

雖然對方講得模糊不清，但虞因在那瞬間突然聽明白他的意思，他愣了有幾秒才回過神，內心有些驚愕。他想起他們剛見面時，東風蹲在地上動彈不得，卻還是讓他指著往大樓走的事情，「你說連小姐也？」

「嗯，她和前兩天那個女孩子一樣，也受過很嚴重的傷害，所以她們的狀況，我一看就知道，只是沒能幫上忙，我根本救不了人……」

見東風像是受到委屈的孩子般把頭越垂越低，虞因突然覺得有點難過。估計今天來這個地方，應該是被車撞死的那個女學生引起他心裡的痛，才想跑這趟，「這不是你的錯，她們肯定不會怪你。」

「譚雅芸死後，我回來過這裡，我很想看看她。最近不知道爲什麼，突然就想讓你們也過來，把這件事告訴你們。」東風緩慢地抬起頭，撥開頭髮，盡量讓自己的表情像平日般正常，「你之前說過，如果離開要說一聲，我只是想讓你們知道，無論去到哪裡，我還是會到這裡來，我有想做的事情，也有想去的地方，但是不會離開太遠，大概就這樣。」

「你相信我們了？」雖然這樣的心態很不好，但虞因突然有點高興。

「我想再嘗試一次……尤信翔之後，我想試試……」東風有點不自在地再度移開視線，看著外頭來來往往的看護人員們，「嚴司那渾蛋囉囉嗦嗦了一個多月，所以……」

「嚴大哥說什麼？」虞因很好奇，他只知道嚴司都在群組裡亂發一些有的沒有的，看著很像是在養什麼小動物的日記，但不知他們住在一起的詳細情況。他問題才剛問完，就發現東風臉色整個鐵青，看起來非常不想把嚴司的事情說出口。「……如果不方便就別說了。」

東風確實不想說嚴司那些讓人想掐死他的行爲，搖搖頭，轉了話題，「薛醫生人很好，你們如果有想問的可以問他，想回去再告訴我，我會在會議室幫忙分類一些物品。」

順著對方指的方向看去，虞因看見電梯門口有幾名工作人員正陸續搬進箱子，看來應該是院內正好在處理物資。

的確對於那名女性還抱持著好奇，而且看東風好像並不打算立刻回去，虞因便從善如流地點了頭。

「那麼你們就隨意逛逛吧。」

離開大廳，原本虞因想要把整個環境大致弄清楚，不過在經過廚房時，聿被裡頭正在準備晚餐的陣仗給吸引住了，問了廚師長便直接鑽進去觀摩。

因爲不知道自己能觀摩什麼，所以虞因繼續往其他地方閒逛。

很快他就發現，雖然這個地方相當大，蓋得簡直像個巨型豪宅，走來走去的看護人員與工作人員也很多，但眞正療養的人卻很少，可能用十根手指就可以簡單算完。住在這裡的大多是老人，每個人都擁有非常大又華麗的房間，配有專屬看護，還有各種電子通訊配備；經過某個房間時，還聽到像是在談生意一般的對話，什麼併購成子公司可以收入多少之類的，讓虞因確信這裡真的是很不簡單的地方。

「這裡是言家私人專用的療養院。」

正嘖嘖稱奇著這地方時，虞因被後方傳來的聲音給嚇一跳；轉過頭，看見薛允旻朝自己走來，依舊帶著很親切的微笑說道：「東風沒告訴你嗎？原先是他們一位長輩靜養用的私人住宅，後來連小姐也住進來了，那位長輩就乾脆把這裡交給言先生設置成療養院，讓一些家族裡想要靜養休息，又怕自己一個人住的人偶爾來這邊放鬆放鬆……但是私下告訴你，其實這裡滿多人都是被子孫送進來養老、別干預公事的，你懂的。」

「呃……」虞因有點尷尬地看著向他說八卦的醫生。

見虞因有些不知所措，薛允旻笑笑地開口：「東風這兩年還睡衣櫃嗎？」

「咦？」虞因愣了下。

「他以前住過這裡，十年前那件事之後，聽說他被送到這邊幾天，似乎是他父母要他避開誰，那時候他都睡在衣櫃裡面。」薛允旻向虞因做了個邀請的手勢，兩人一起走出二樓露台，在布置得很舒適的座椅坐下，「他母親說他小時候在家裡會躲在衣櫃裡，你去過他房間嗎？有三層衣櫃，他老是躲在最上面那一層，很難被找到的深處。」

虞因馬上理解為何東風想逃避他們時，都躲在壁櫥或衣櫃裡，看來已經是個習慣了，只是那麼小的時候，他在躲誰？

「其實我也認識會睡在浴缸的人，但他現在已經不會這樣了，我想東風會慢慢回到軌道上的。」虞因接過醫生遞來的茶水，看著上面浮著的小花瓣。

「往好的方面想，這也不是壞事。」薛允旻微笑著說：「躲避是爲了想活下去，所以他們才會藏在他們認爲安全、我們卻覺得奇怪的地方，他們只是想要活下去。雖然他們比較常解釋成『不想要有人煩我』，或者『不想要和人接觸』。」

覺得對方說的似乎有道理，虞因轉著杯子，裡面的花瓣隨之畫出圓圈圈。「薛醫生……你知道東風很多事嗎？」不知道爲什麼，他老覺得好像哪裡怪，但又說不出來。

「算吧？至少認識八年了，不過要說了解又還好，他很少開口，也不說自己的事，這邊的人都是主動找他聊天，大多時候他來看看連小姐，很快就走了。」薛允旻聳聳肩，「他那時候狀況很不好，應該不是你們這些快樂的小朋友想得到的，所以言家曾讓我們特別注意他來看連小姐時的言行舉止。」

「那你去過他在外面住的房子之類的嗎？」虞因想想，繼續問道。

「這倒沒有，都是在這邊見的，我怎麼可能知道他自己住在哪邊，言家並沒說過他平常的生活啊，他也沒提過喔，在這邊時頂多聊聊連小姐的狀況，幾乎都是很學術性的討論，不關私人範圍。」薛允旻笑了笑，看著露台下的花園，那名美麗的女性正在小花園裡剪下花朵，插進充滿滿天星的花瓶裡。

「所以你不知道他的生活狀況？喜歡吃啥也不知道？」虞因跟著看過去，下方的女性發現他們，笑著朝他們揮揮手。

薛允旻揮了回去，然後笑道，「是眞的不清楚，所以我應該不算太熟，你不用擔心我會搶走你的好朋友。」

虞因直接被茶水嗆了下，「不是，我不是那個意思。」

「我看他會帶你們來就知道你們是不一樣的朋友，所以不用緊張。」男人友善地遞過面紙。

「……我只是想問問，你知道他帶尤信翔來過嗎？」雖然這樣問，但虞因大概知道答案了，尤信翔就是來過，所以才會讓他問。

「應該有吧？這我就不曉得，事情是發生在我來之前，你可能得問問言家那邊了。事情發生之後，這裡的所有人都被撤換，現在沒人提這些事。」薛允旻用愛莫能助的表情看著青年，「言家也沒說過連小姐的事情——如果你想問，我們只知道她是連小姐，身體與精神受過嚴重創傷，不能受到太大的刺激。大家私下都在傳連小姐應該是東風的姊姊，可能就是因爲這種不名譽的事才沒有登記在言家裡面，畢竟他們太像了。」

「這樣啊……」虞因低下眼睫，正想思考時，突然發現花園中的女性揮舞著手上的花朵，想引起他們的注意。

等到兩人的視線都望過去後，連昀兒才從下面開口大聲說道：「吃飯嗎？」

「什麼？」虞因愣了下。

「要不留下來吃晚飯吧，你們看起來都餓了。」連昀兒這麼說。

「不不，我們還有事……」虞因想到東風的迴避，有些不忍。

「好吧，眞可惜。」連昀兒放下手上的花朵，卻笑得比花還漂亮，「難得想和學生聊聊，這裡已經很久沒有志工來了。」

「很久？」虞因被這麼一提醒，才想起這裡是私人療養處，照理說根本不該有志工。

「對啊，很久了。」連昀兒偏著頭，陽光照在她白皙的臉上，透明得幾乎都快滲透進去。她露出一笑，燦爛美麗得讓虞因反射性感到不安。

「自從十年前來過一次，就再也沒來過了。」

5

嚴司敲開黎子泓辦公室門時，後者一如往常又埋在一堆卷宗裡。

「大檢察官，你今天又加班嗎？」嚴司看了下時間，甩著手上的提袋，自動自發地晃到一邊。

「不，沒有。」黎子泓將手上紙張放進公文袋中，然後封緘，「我要去一趟玖深那邊，你跑來做什麼？」

「跑去玖深小弟那裡就叫加班啊孩子，你加班加到腦子壞了。」嚴司憐憫地看著以爲自己不在椅子上就不叫加班的友人，「我打你手機沒人接，想說你該不會又被塞到哪個天花板去了吧，只好委屈跑一趟。」

黎子泓翻了下被壓在層層公文下方的手機，去醫院時改成靜音，他忘記調回鈴聲，「你可以打室內。」

「我就高興做運動。」嚴司拋過提袋，「吃飯，順便告訴你那個小可憐身上的傷勢。」

黎子泓打開提袋，裡面塞著的是有點巨大的飯糰，他看看時間，稍微收拾桌面物品。

「大多是被隨意踢打的痕跡，但其中有一種特別奇怪。」嚴司倒了兩杯茶，遞過去一杯，「其中有個人對她的折磨很慢，非常慢，光是那十根手指的切割傷勢就時間不一，相隔好幾天，有的重複劃在傷痂上面，增加痛苦。」

「施虐者。」黎子泓皺起眉。

「對，我猜應該是他看受害者痛苦掙扎時能得到興奮感，所以刻意緩慢地施加這些傷勢。那些延長性的傷害都是在最初期，也就是一開始只有一個人在切割她，後來她才被轉手給其他人進行各種施暴，至於一開始有沒有被性侵，就很難說。」嚴司從包裡翻出備份報告，放到桌面上，「如果要套用我們之前的猜測，切割手指很可能是石漢岷的手筆，那就是說他是個虐待狂，不過他卻沒有像一開始石靜恬案子那樣，殺死這些女孩，而是賞給手下，這點就比較奇怪了。」

「依照蘇彰的說法，石靜恬是他暴怒之下的犧牲者，可能那時過於激動才錯手。」黎子泓咬了口飯糰，咀嚼到最後，嚐到怪異的味道。他把飯糰剝開一看，發現中間有一整條奇怪的迷你胡蘿蔔。

「不不，他還把手指都仔細切斷收走了，肯定不是完全失去理智。」嚴司挑起眉，「那玩意醃過了，乖，吃下去。」

「……難道他有其他的發洩口？或是他對這些女孩沒殺意？」黎子泓繼續吃著飯糰，反覆在心中推測。

「或許只是種處罰？」嚴司認爲這並非不可能。

「嗯。」對方確實說得也有道理。如果這只是處刑手段，那石漢岷未必是虐待者，畢竟組織先前的案件也用各種殘酷的手法處刑了不少受害者。

室內兩人正沉思著各種可能性時，辦公室的門被人敲響。幾秒後，門被打開，站在外邊的是顧問縈，「黎檢，你的車是不是停在C3？」

「怎麼了嗎？」黎子泓放下手上的食物。

「剛剛樓下打電話上來，說你車裡有聲音，請你下去一趟。」顧問縈有些抱歉地微笑了下。

「你手機不接就算了，內線也不接啊。」嚴司笑笑地站起身，「要不順便走人？」

黎子泓點點頭，快速收拾桌面物品，然後關掉檯燈。

兩人一起走下停車場後，果然看見法警正拿著手電筒往車裡察看。

還未走近，遠遠看著的黎子泓就發現不對勁了，他的車窗全被貼上黑色紙張，還是貼在內部，所以即使法警想要照光察看也照不出來，只隱約聽見車裡似乎有細小聲響。

將鑰匙交給法警，黎子泓與嚴司向後退開。接著，法警打開車門那瞬間，一個巨大袋子摔了出來，悶熱的空氣與臭味同時散出，接著某種東西在袋內劇烈地掙扎了起來。

法警立即拉開袋子，一個手腳被綁縛的女孩一身汗水地撞了出來。

「打給虞夏，立刻找名女警過來。」黎子泓蹲下，撕開女孩嘴上的膠帶，傷痕累累的少女立刻發出尖叫，扭動著身體想要離開他們。

「都脫水了還這麼有精神。」嚴司捂著一邊的耳朵，「我看看……三、二、一。」

「你在數……」黎子泓還沒問完，女孩突然白眼一翻，整個人軟倒在地。

「數消音的時間，快點叫救護車吧。」嚴司橫抱起一身水又體溫異常高熱的女孩子，直接往涼爽的室內跑。

黎子泓愣了下，正要站起身，突然看見別在袋子側邊的紙張，空白的小紙張上畫著一個笑臉，還附贈幾個字——「伴手禮」。

他眞的不明白蘇彰在搞什麼，但往他臉上揍一拳這想法，黎子泓現在是有的。

將人送醫前，嚴司快速檢視女孩身上的傷勢。

「一樣的狀況，手指。」

嚴司將第一手照片遞給友人，拉了拉領子，「蘇彰這傢伙眞把我們這裡當服務處……不過這個也這樣，石漢岷很可能眞是虐待狂，這些小可憐身上都沒有致命傷勢，他只是割著玩。老大說他會直接往醫院過去，阿柳同學往這裡出發。」

「我們也去醫院。」黎子泓看看自己的車，再看向身邊的友人。

嚴司只好把車鑰匙交出來。

一路上，開車的黎子泓並沒有說什麼，直到停了第二個紅綠燈。

「你是不是在想，機器貓也許會知道石漢岷整型過後的臉？」嚴司懶洋洋地靠在椅背，瞥了眼過去。

「不是。你認爲他知道？」其實是在想張元翔的狀況，不過黎子泓有點訝異嚴司提出這件事。東風之前確實做出推測蘇彰整型後容貌的一系列人像，也可以從原來的五官反覆推測人的年紀長相，或許他眞的有辦法知道石漢岷現在可能的樣子。

「你說呢。」嚴司其實不是很想抬舉機器貓，但人家就是有那種變態的圖形力，「要不把石漢岷的照片發給他看看？」

「……」黎子泓其實不是很願意，他知道學弟還在恢復期，那種心境不是一、兩個月能調整過來，得讓他慢慢重新適應生活。但眼下已經第二個人了，他們不能縱容石漢岷繼續傷害其他小孩。

「我傳給他，看他自己意願。」嚴司當然知道友人的擔心，但機器貓不是小孩子了，那傢伙有判斷能力，一味爲他著想也太過於保護。

說著，他打開手機，往東風的新號碼寄些檔案過去。

寄發完檔案，嚴司發現他前室友正在危險駕駛，一邊開車還一邊有點出神地想事情，逼得他不得不打斷對方以保護自己的生命。

「這位先生，快回魂喔，你想到哪裡去了。」

黎子泓愣了下，回過神，「……我在想石漢岷做過教職，還是學生很相信的那種老師，卻對自己家人下這種手。」這一個多月以來，他們回查蘇彰的家庭，發現石漢岷在曾任教的國中、國小風評不錯，教學上清晰易懂，與家長互動頻繁且良好，受到很多人的愛戴，特別是女學生，訪談時還有些女性承認國中或國小時偷偷愛慕過老師，是深具魅力的類型。

有時候，嫌犯就是如此，在社會上極受歡迎，在別人眼中極有吸引力，所以才會讓人防不勝防，就像誘拐兒童的人總是像個鄰人，永遠不會在臉上寫著「壞人」兩個字。

牽著小狗的大哥哥，很可能就是綁架犯。

嚴司看著苦惱的友人，一笑。

「你還不懂嗎，這就是個人吃人的世界啊。」

□

回到台中已是晚間時分。

開著車的聿從後視鏡看了眼睡著的東風，還有副駕駛座上打盹的虞因，放緩車速，左右找尋著停車位，打算到餐廳附近停好車再叫醒人。

「到了嗎？」虞因猛地頓了下，睜開眼睛，不知道是不是錯覺，他好像看到聿的白眼，接著似乎給他一枚白眼的駕駛搖搖頭。

虞因揉揉眼睛，打了個哈欠，正想要看看這是哪裡，突然看見映在窗戶上、正與他對視的白色面孔，他瞬間僵住動作。

那是張很模糊的臉，他看不出五官，只能確定不是自己的倒影，因爲輪廓有點小巧。

「怎麼了？」後座傳來咕噥聲。

「小聿，車開慢一點。」虞因盯著窗上的臉，越看越覺得很像先前無辜被撞死的少女。

聿分神瞥向旁側，然後將車開到路邊。

窗上白臉漸漸清晰起來，果然是那天沒救到的少女。虞因看著面孔緩慢倒退，自空氣中浮現淡淡身影，轉開的臉毫無表情，直直凝視著附近的街道。

「有什麼東西？」後座的東風注意到車內氣氛改變，甩甩頭，清醒過來。

「不知道。」虞因看著窗上留下的血色指印，外面那名少女似乎試圖想要摳出什麼，卻沒有足夠的力氣，手印太過輕薄，以至於很快就糊掉了。「我覺得她有事情想告訴我們。」

少女就站在路邊，些微淌血的身體透著黑暗。

「誰？」

「你替她穿了衣服的那位。」

東風立刻坐正身體，「在哪裡？」

「前面轉巷子那邊……我去看看。」虞因說著便打開了車鎖，直接推開門。這時路上車流量算不少，單獨過去應該不會有什麼問題。

「我也去。」東風看聿解開安全帶，連忙也開門。

還沒制止兩個小的下車，虞因眼尖看見巷子裡有道黑影衝出來，他本能地擋住，然而黑影也沒和他客氣，直接衝撞在他身上，力道大得兩個人砰的一聲摔倒在地。

「搞什麼——」

聽到自己上方傳來的聲音，虞因連痛都還沒喊，整個人便呆住半秒。他想也沒想到那名少女竟然讓他們來找這個人！

「欸？怎麼又是你？」坐在虞因身上的蘇彰甩出短刀，按在對方脖子上，然後微笑地看著正要衝過來的聿和東風，「有意思了，看來你們是開車的，正好，送我一程吧。」

虞因默默斜眼看向剛才少女出現的地方，那裡已經什麼都沒有了。

最近的阿飄都這樣陷害人的嗎？

還在思考這件事時，他突然聽見小巷尾端有些騷動，好像有什麼人追了出來。

「快走。」蘇彰抓住虞因的領子，塞進車後座。

聿和東風對看一眼，立即上了駕駛座與副駕駛座，接著發動車輛。

「眞剛好啊，我還在想是不是要讓他們見血再離開。」蘇彰收回刀，好整以暇地調整好坐姿，「看來我們眞的很有緣分哪，開個十分鐘左右隨便找地方放我下車就可以，謝謝。」

「誰跟你有緣！」虞因罵了句，「搞什麼鬼……」他沒想到那名少女竟然讓他們幫了蘇彰一把。

「我正在找人，看來又一次撲空。」蘇彰彎下身，完全無視前座兩人的瞪視，悠悠哉哉地從褲管內抽出一本筆記簿，拋給虞因，「這是石漢岷手下的帳戶往來，應該記錄不少他們的據點。記住，尤信翔管理的不到一半，大多數產業在石漢岷手上。尤信翔在檯面，石漢岷在檯下，他是整個組織的『老師』。」

「你說這些是什麼意思？」虞因把帳簿往前交給東風。

「讓警察去咬的意思，石漢岷已經不遠了，我得把他刨出來，還有那隻『白貘』。」蘇彰說著，撩開衣襬。一旁的虞因立即看見他左腹部有道傷痕，看起來應該是被刀削到，傷勢不嚴重，僅僅是皮肉傷，「小弟弟，別想開往警察局，你哥還在我手上。」

虞因痛了一下，發現蘇彰的刀尖刺進他的手臂，滑出一小串血珠。

聿冷哼了聲，將方向盤轉向，車輛滑入右方車道。

「你想利用警察讓你加快找到人嗎？」東風握著帳本，面無表情地側身看向後方。

「對啊。幫個忙。」蘇彰從口袋拿出一小罐粉狀物和繃帶拋給虞因。「我的臉曝光了，得速戰速決，他的臉我還不知道，這很劣勢。警察想刨他，對我而言是很大的幫助，不利用可就浪費了。」

虞因吸口氣，硬著頭皮先幫人處理傷勢，然後小心翼翼地包紮。

「你和先前被車撞死的女孩有交情嗎？」東風看著後座的一舉一動，問道。

「沒，但有交易，通常我會問他們需要幫忙嗎，如果需要，事後就得還我一個幫忙。」

蘇彰拍拍腹部的繃帶，「她倒是欠我一次就死了。」

「……難怪。」東風看了眼虞因，確定他們眞的被鬼給拐了。

「對了，有另一個，因爲沒看到你們，我就讓人帶去送黎檢。」看著外頭迅速飛過的景物，蘇彰說著：「要不約個地點好不好，如果我找到人就塞到那裡去，省麻煩。」

「你就好好地送到警局會怎樣？」虞因沒好氣地說道。

「你看過殺人犯送肉票進警局嗎？」蘇彰挑起眉。

「你不都送去給檢察官了！」

「那是做人挑戰自我的樂趣，你們不懂。」

「你——！」虞因決定放棄和這種人沒營養地爭論，按著手臂正想看聿把車開到哪裡時，忽然出現在車前的黑影讓他下意識喊了聲：「小心！」

聿瞬間踩下煞車，幸好他們已經轉進車較少的馬路，並沒有因爲急煞造成後車追撞。

車子靜下來的同時，車內人們聽見引擎蓋上輕輕「咚」一聲，好像有什麼落在上面。而後座的虞因則是看見石靜恬按住他們的車，青白色的臉在燈光下異常灰敗，原本漂亮的十根指頭滲出黑色血水，一截截地斷裂開來。

黑色眼淚滑下女孩臉頰，低低的哭聲傳入他的腦袋裡，帶來陣陣抽痛，似乎有什麼話語想要脫口而出——

「救他……」

「你說什麼？」

坐在身邊的殺人犯問道。

他搖搖頭，按著不斷發痛的額際，手指痛得好像有人正一刀刀割下似的。他模模糊糊地看向身邊的人，脫口——

「阿昇，事情不是你想的那麼簡單……」

蘇彰變了臉色。

「你想幹什麼？」東風快速伸出手，抓住蘇彰抬起的手腕。

蘇彰沒有理會不具威脅的人，只是瞇起眼，危險地看著低著頭的青年，「……『你』是誰？」

虞因沒回答，只慢慢抬起手，指向前方，「下一個……紅綠燈……左轉……」

聿和東風對看了一眼，有些猶豫。

「聽他的話。」蘇彰面無表情地看著兩人，「快開。」

雖然很不願意聽外人指揮，但聿還是重新開動車輛，往虞因指定的方向前進。就這樣走走繞繞了一段時間，他們開進一處新建的住宅區，可能因爲大多還在投資客手上，這裡的住戶並不多，很多房屋看起來仍是空屋，雖然路燈大亮，卻沒多少人氣。

「右轉。」

車輛轉進一條寬路，兩邊有少許住戶，最後依照指示停在盡頭一戶透天別墅門前。

「這是哪？」東風看向只點亮昏黃小燈的別墅，移回視線時，虞因已按額抬起頭，雖然臉色還有點蒼白，但好像好多了，「還好吧？」

「唔……」虞因甩甩頭，疼痛退去許多，手指也不再像剛才一樣痛，不過他的鼻子有點暖暖熱熱的，抽了衛生紙一擦，發現鼻血。「我們到哪裡了？」話才剛說完，他就看見石靜恬站在那幢屋子前，靜靜看著他們。

「你們眞的很有意思。」坐在一邊的蘇彰突然開口：「這地方不在我手上的資料裡，但應該是高級幹部的住所。」說著，他指向房屋門鈴的下方。

雖然很不起眼，但虞因等人確實看見牆壁上有淺淺的痕跡，乍看之下很像不小心碰撞到的小缺口，不過在他們眼中，那就是一個組織的傷痕記號。

虞因看著站在屋子前的女孩幽幽轉過身，就這樣消失在房屋門前。屋內那盞黃燈同時搖晃了下，卻沒引起屋內任何動靜，依舊一片死寂，看來應該是沒人在家。

「都來到這裡了，你們進不進去？」蘇彰收回短刀，打開車門。

「……我們是平民百姓。」虞因無言地看著邀他們闖民宅的殺人犯。雖然以前不是沒做過這種事，但被這個人邀請，就覺得很不對勁。說眞的，到現在他還是覺得很不自在，與這個人距離這麼近，他感覺到難以形容的毛骨悚然與威脅。

蘇彰笑了一下，沒說什麼，離開車內後一腳踏上邊緣石製的花台，三兩下沿著牆壁翻進別墅裡，竟然沒觸動警報，幾秒後，側邊的小鐵門被他打開，「平民百姓們，進不進來？」

「你知道這是犯法的吧，而且和他在一起還成了共犯。」東風看著好像眞打算要下去的兩人。

「可是她也在裡面……」虞因看著蘇彰身後不遠處，女孩像是在等待般望著他們。說話的同時，大概是懶得等了，蘇彰已大大方方地走進去，還移開一路上的監視器，順手把裡面的門開鎖。

「你在外面等我們吧，記得車門要鎖好。」虞因拍拍東風的肩膀，還是踏了出去，聿把鑰匙交給人，隨後跟上。

看著車後座位被抹了一堆血，東風嘖了聲，鎖緊車子。

□

首先踏進屋子的蘇彰察覺身後有人跟進來後，勾起笑，「都自動收掉腳步聲了。」

「其實我看你們也很熟練嘛。」

下意識放輕腳步的虞因白了男人一眼，左右打量起別墅。裡面沒什麼裝潢，只擺放簡單的日用家具，似乎剛搬來沒多久，許多物品仍維持封裝狀態，地上還有幾個貼著物流單的紙箱。接著他身後一亮，轉頭看見聿打亮了手電筒，對著那些物流地址單拍照。

虞因瞬間很想說別這麼專業，不然又要被已經往裡面走去的傢伙說他們熟練了。

猛一抬頭，他看見石靜恬就站在階梯口，手指著往地下室的方向，而這時蘇彰已經往樓上走去，能看見身影晃動了下，消失在二樓轉角。

自地下室飄起了一股讓人難以形容的氣味，但往反方向走的蘇彰和後頭的聿似乎都沒有嗅到。虞因看著女孩又消退了身影，便和聿打個招呼，轉往地下室。

才剛走到轉彎處，虞因便發現眼前出現一扇門；沒有門把，只有一個小洞口，腳邊門縫隱隱飄出細微的冷氣，像是裡面的空調開得很強，光站在外邊，就可以感受到截然不同的溫度。

「用這個。」後頭的聿突然遞上手機，虞因看見面板上顯示的是之前尤信翔給東風的那張高塔卡片圖樣。

「你怎麼會有？」虞因瞇起眼睛，不過聿只對他聳聳肩，於是他接過手機，默默斜了眼對方後，把圖樣放到洞口前。果然，門發出聲響，就這樣打開了。

看來蘇彰剛才翻進屋時應該也是用了同樣的方式，才沒引起警報。

門開啓後，傳來一絲淡淡的血腥味，撲面而來的冷空氣讓他不禁打了個哆嗦，順勢搓起爬滿雞皮疙瘩的手臂。

「你聞到了嗎？」虞因看見聿這次點頭了，他們連忙加快步伐向下，很快地，看見第二道門，這次門上有手把，不用再使用圖樣。一打開門，迎面而來的是更濃的氣味，以及寒流般的冰冷低溫，而且黑暗的地下室中似乎坐著什麼人，有個黯淡的輪廓在其中。

聿抬起手，直接以手電筒的光一照，赫然照出坐在裡頭的人——虞因悚然發現，竟是認識的，雖然臉上沾著滿滿乾涸的血液，且大半青腫，但這張臉確實見過，是張元翔！

當時回收場的房子被炸垮時，他的屍體並不在裡頭，搜尋也不見人影，此後便再沒聽到他的消息，沒想到現在竟然會在這種地方看見他。僅僅這樣一瞥，虞因看得出來少年傷得很重，雖然還喘著氣，但氣息已非常虛弱。

雖然不知道爲什麼張元翔會被關押在這裡刑求，但虞因幾乎肯定了石靜恬是想讓他們來救他。

「快點將他帶出去。」虞因接過聿塞來的手電筒，在聿鬆開人先做簡易急救處理時幫忙照著光，同時看見對方冰涼的身體充滿大大小小的傷痕、瘀青，施加暴力的人手段相當殘酷，竟然這樣對待一個未成年的孩子，讓他看到一半不忍繼續看下去。

虞因轉開視線，才注意到這個冷得不行的房間裡還擺著另一件物品，是個方鐵箱，約略爲排球般的大小，放在不太起眼的角落，看不出裡面是什麼。

聿固定好幾處骨折後，招招手，讓虞因小心翼翼地抱起人，沿路往上回去。

剛踏上通往一樓的最末一階，虞因突然感覺到一股冷寒的氣息從腳底鑽進身體，倏地衝了上去，腦門跟著嗡了聲巨響，整個人差點膝蓋一軟跪下去，倉促間，被聿硬是撐住背後，才沒三個人一起滾下樓梯。

「什麼東西……」虞因甩甩頭，用力閉閉眼，腦袋白花花一片，耳朵裡還有奇怪的餘響，沒反應過來剛才是怎麼回事。

過了幾秒，好不容易比較平息之後，他猛一抬頭，突然看見眼前黑壓壓的一片，無數黑影出現在正前方的牆壁上，好像有許多人的剪影貼在那邊，一雙雙青紅色的眼睛在黑色之中睜開，無聲地筆直盯在他們身上。

虞因頭皮瞬間炸麻了，愣愣地看向有著密密麻麻人影的牆壁，整間房子瞬間黑影幢幢，讓他霎時不敢邁出腳步，只能抱著張元翔停在原地，上也不是，下也不是。

後頭的聿可能注意到不對勁，拍拍他的後背。

「……你拿得到我的護身符嗎？」虞因輕輕開口，把音量壓到最低，就怕激怒牆壁上那些不明黑影。

聿側過身，往他口袋掏了幾下，拉出護身符。

同時間，虞因確實聽見像是刮著玻璃的奇怪聲響迴盪在他們四周，像是抗議著護身符的威脅。

「小聿，掛到身上。」虞因本來想先保護好聿，但沒想到下一秒，護身符就被套到他的脖子上，滿房子黑影唰的一聲全部四散退開，眨眼消失不見。

回過視線，聿慢條斯理地從自己的背包裡也拿出護身符，挑釁地瞥了他一眼。

爲了方便協助某些事物，所以虞因到現在仍然只把護身符放在口袋裡，在特別必要時候才會掛上，不過他沒想到聿也是這麼做，還以爲對方因爲不太容易受影響，所以很少帶在身上。虞因沒好氣地回了一眼，正想抱著人往外離開時，上方傳來細小的聲響，抬頭只看見蘇彰一臉陰沉地走下來。

其實很想問這傢伙，剛才那個狀況是不是他搞出來的，但蘇彰的表情實在太陰冷，帶著淡淡的殺意，讓虞因一時全身緊繃，沒問出口。

「走。」蘇彰丟下這個字，逕自走了出去，看也沒看張元翔一眼。

離開房子時，虞因回望屋子，黑暗中的門內再度浮現層層人影，默默目送著他們離去，接著門咿呀一聲，重新關閉。

一看見他們出來，東風便讓出了駕駛座。

本來以爲可以在這邊甩掉殺人犯，但虞因沒想到蘇彰竟然又跟著坐進來，而且手上還多了剛才看見的鐵盒子。

「你還想幹什麼？」東風看著再次坐回虞因旁邊的威脅，暗暗罵自己太大意。

「我改變主意了，再跟你們一段路，我有事情想問虞同學。」蘇彰說著，面無表情地看著身邊如臨大敵的虞因，「開車。」

「小聿，醫院。」虞因按著額頭，離開別墅之後，他有種反胃感，除了腦袋暈沉不適之外，還感覺身體很冷，似乎剛才竄進腳底的冷氣擴散了開來，在這種燥熱天氣裡，他卻覺得連骨頭都冷刺了起來。

過了一會兒，開始覺得鼻子癢癢的，拿衛生紙堵著，果然流血了。

總覺得最近遇到阿飄老是鼻子受苦，明明都不是養眼的狀況。

聿看看他們，還是發動車輛，盡快離開巷子。

「剛才在裡面，你感覺到什麼？」蘇彰無視虞因的不適，直接抓住他的肩膀問。

「你剛剛在裡面做了什麼？」虞因按著鼻子，咬牙抬起頭，不但指尖發顫，連眼睛都覺得有點花，已經顧不太上張元翔的狀況。

蘇彰抬起手，讓虞因看見被他揉爛在手上的一張黃色符紙。上頭寫了什麼虞因完全看不懂，只覺得那張紙腥臭異常，還有點發黑，看起來相當讓人反感。

「你看看這個。」蘇彰從口袋抓出一把東西，攤開手，這次讓虞因真的差點吐出來。

虞因完全沒想到蘇彰會掏出三、四根人類的手指，大多已發黑風乾，脫水縮得很小，看起來都是小拇指的樣子，有長有短，都是不同人所有。

「那個樓上還有更多，我姊姊的肯定也……」蘇彰說到一半，直接打開車窗，將那些手指和符紙重重摔出去，任憑那些不知道是誰的一部分散落在馬路上。

「就算不是你姊姊的，你幹嘛這樣亂丟。」虞因好不容易才吐出一口氣，罵道。

「其他人關我什麼事。」蘇彰冷笑了聲。

虞因仍然覺得很不舒服，壓根不想和對方吵這種事，只覺得肯定是蘇彰剛才在房子裡動手腳時，有什麼影響到他，即使現在掛著護身符，他依然沒感到舒緩，反而變得更加暈眩。他在心中罵了句，按著額頭低下身，希望暈眩反胃感盡快過去，然後再度換張衛生紙。

「你沒事吧？」前座的東風伸出手，看著對方的慘狀想幫點什麼，卻不知該如何幫忙，手懸空在那邊，尷尬地動了動手指。

虞因抬起手搖了搖，「讓我休息一下……」

「停車。」蘇彰赫然開口，很快地車輛便停了下來，「晚點我會再來找你們。」說著，他直接下車，看了眼虞因，接著轉身離開。

沒精神再去管渾蛋想幹什麼，虞因聽見關門聲後咬了下牙。

「快把張元翔送到醫院。」

□

虞夏接到通知趕到醫院時，只看見聿和東風兩人在急診室外。

「阿因呢？」虞夏皺著眉。

「我們向一些人討了點艾草，還有米，弄了水幫他灑灑，不知道有沒有效。」東風低下頭說道：「他現在在家屬室休息，張元翔還在手術中。」

「……哪來的？」虞夏本想先去問一下張元翔的狀況，突然收回腳步，疑惑地問了句。

「方法嗎？之前在網路上看到的，我記下來想說可能會用上。東西的話，是我問幾位病患家屬分來的。」東風不知道對方是問哪一個，很直接地回應，「因爲我不太確定用法，所以聿幫忙處理。」

虞夏想想，也沒多說什麼，伸出手往東風和聿的腦袋揉了揉，接著轉身往手術室走。

收到消息時，他其實正在另一家醫院處理黎子泓那邊發現的第二名女孩，所以接到這邊通知的當下，虞夏其實很火大。一整個晚上全無休息地趕到這邊，但看到聿和東風明顯擔心的樣子，他又不能揍他們，所以把火氣壓抑下來，決定等到虞因狀況轉好，一次打個夠。

跟在虞夏身後走到手術室外，東風不太確定對方是不是暴怒中，雖然看起來很生氣，卻又很冷靜，態度正常地問了在外面等待他們的護理師與員警必要的問題之後，就和他們一起在外頭等，並沒有怒火即將爆發的跡象。

「你們說蘇彰也待在車上、流過血……待會玖深會過來採樣，阿因醒後你們開我的車回去，別再亂跑。」虞夏淡淡說道：「知道沒？」

聿連忙點頭，順從地接過鑰匙。

「車上的血也有虞因和張元翔的，你們可能要稍微排除一下。」東風說著，把帳本交給虞夏，然後想起另一件事，「關於石漢岷，我會做看看。」他剛才才注意到嚴司傳來的檔案和信件，因爲蘇彰突然出現，所以他一直沒有打開背包去看手機，直到通知虞夏時才發現。

「別勉強，你傷還沒好，眞不行也沒關係。」虞夏看了眼東風先前被刺穿的手掌，雖然已經不用包紮，但上面的疤痕與手上其他細細碎碎的舊傷交疊，看起來格外怵目驚心。

「我知道。」東風下意識把手放到身後，點了下頭，「但是可能要點時間，我對這個人不熟，只有照片的話資料不太足，不一定眞的能做出來。」雖然嚴司把警方手上有的照片都儘可能發給他了，但畢竟是平面圖像，不像之前蘇彰的有影像，也有曾近距離見過的人的形容描述，所以要藉這些照片抓捏出這十年來可能的整型改變，得花上一番工夫做各種推算與準備，更何況，對方可能削骨、墊襯，可能性太多了。

虞夏當然曉得棘手之處。黎子泓告知這個想法時，他有點訝異，雖然不是沒想過東風也許辨得到，但資訊實在太少，而且小孩還在復健期間，他其實有些反對，提出可以找相關專家來替代。不過現在東風自己願意做，所以他只能這麼回答：「盡力就好。」

東風嗯了聲。

「你和聿先去阿因那邊，他如果可以起來，就全部回去休息。」知道醫院對虞因來說並不好，虞夏說道：「他可能還會有些狀況，你們兩個注意點。」

因爲虞夏驅逐令下得直截了當，東風和聿只能領命回到家屬室，確定虞因稍微可以移動後，扶著人先離開醫院，換了車便快速返回家門。

好不容易在深夜中回到虞家，兩人一番折騰地把虞因弄進比較大的房間，拉掉意識模糊的虞因身上一些衣襪，然後從外面的盆栽摘來更多虞佟種的芙蓉、艾草，加著米粒燒水，幫人擦洗完手臉之後，又灑了些在房間角落。

過了一會兒，虞因果然像虞夏說的發起了低燒，意識模糊地說了幾句聽不清楚的話。兩人仍繼續在沉默中輪流爲虞因擦洗，下半夜開始，對方就退燒了，看來也順利入睡，不再有任何掙扎和囈語。

等狀況穩定，東風靜靜退出房間，讓聿去守夜，然後旋身回到客房。

雖然一整天下來事情太多，讓人非常疲憊，但一番折騰之後他反而睡不著，除了擔心虞因會不會再有問題以外，他取出手機，看著上面一張張石漢岷的照片，不自覺便坐到書桌邊，用左手拿起筆，在紙張上開始畫下輪廓。

夜深人靜，筆在紙張上摩擦出的沙沙聲響特別明顯。

那一個多月，嚴司告訴他了什麼？

嚴司隔著拉門，問他：你想怎麼活下去？

他不會一輩子都活在尤信翔的陰影底下。他選擇從那裡離開，那他想要如何繼續走之後的路途？

那個每天都以氣他爲樂的混帳東西收起輕浮，在看不見臉的門後傳來淡淡的問句。

吶，你想爲自己活下去了嗎？

他想爲自己而活的時候，牽連了尤信翔、安天晴、安天晴的母親，還有簡士瑋，以及更多同學師長，只是因爲他那時候想要嘗試爲自己走看看，他伸出手，多麼希望有人能夠在自己身旁，卻獲得長達十年的痛苦和傷痕。

他知道這些痛，嚴司也知道。

除了厭惡嚴司那些大小惡作劇，他更不想繼續待在那個溫暖的房子裡被人看穿心事，聽著那些他根本回答不出來的話。

他眞的可以爲自己而活嗎？

那是被允許的嗎？

眼睛輕輕眨動，紙張上的筆跡被一滴水暈開，東風才意識到自己情緒失控。

「原來你的眼淚還沒乾。」

東風抬起頭，看見蘇彰蹲在窗口，自黑夜中俯瞰著他。

「你想幹什麼？」

東風擦掉眼淚，冷眼看著不知何時侵入的威脅，放在桌下的右手輕輕按在抽屜邊——他記得裡面有些剪刀工具，應該多少能做出抵抗。

「我不是說過等等來找你們嗎。」蘇彰不打算進屋，維持著姿勢蹲在桌前窗邊，勾起一抹笑，帶著嘲諷的意味瞄了瞄東風放在桌下的右手，「你們想做石漢岷的人像，我可以提供點資訊，十幾年前我還見過他整容後的臉。」

「……你又想利用我們幫忙嗎？」東風拉開抽屜，大大方方取出剪刀握在手中。

「你們資料肯定沒我多，我想殺石漢岷，做出來對大家都好，到時候看是我先殺到人，或是你們先逮捕，各憑本事。」蘇彰偏過頭，笑笑地說：「還有，我得提醒你們，石漢岷一手訓練出來的心腹也會整得和他很像，你們得小心，我吃過幾次虧，每次以爲得手的都不是本人，所以我無法百分之百篤定他現在的樣子。」

「說完，快滾。」東風自認不像虞因那麼好心。

「呵……」

蘇彰換了個動作，直接坐在窗台邊，開始將所知的樣貌與體型告訴東風，邊看著人快速畫出樣貌草圖，邊指點幾個應該修正的部位。

天空逐漸發亮，幾十張被畫滿的草圖已經鋪滿桌面。

東風揉揉疲澀的眼睛，感到左手開始疼痛了。

「大致上就是這樣，這是我最後確定的樣貌……有了這些，你應該會比較好推測吧。」自始至終都帶著抹笑的蘇彰用無溫的眼神看著那些栩栩如生的圖稿，像是想到什麼般，笑了聲，「你那時候在推算我的容貌時，也這麼費心嗎？」

「……那只是閒著無聊。」東風轉開頭，冷冷地說。

「爲什麼沒交給警察？」蘇彰很好奇這位鄰居爲何沒將他的塑像交出去。

「我那時不相信警察，還有……」東風頓了下，抿緊了唇。

「嗯哼，我猜猜，是因爲還我人情嗎？」蘇彰有些得意地笑開，「因爲我和艾艾救了你一命？還是你發現只要你一有動靜，我就會立刻對嚴司下手？」

東風並沒回答對方帶著興味的疑問。

「也或者，兩者都有。」蘇彰挑起眉，「不想說，我就當作是兩個都有，那麼救你一命那件事就不爲難你了。」

「你爲什麼這麼想殺嚴司？」東風雖然不喜歡那個人，但還是脫口問了。

「就和我可能也會把你列入必殺的目標是一樣的道理。」蘇彰看了眼圖稿，微笑，「有些人天生就是絆腳石，不能放過。」

「……」東風斜了白眼過去。

「如果有其他進展就通知我，虞同學知道怎麼找我，千萬不要想騙我。」蘇彰略帶著警告的口吻，「那個人一定得要我親手處理，其他人來都沒意義。」

「你在樓上看見什麼？」沒有回應對方的話，東風反問。

「邪門歪道。」蘇彰簡簡單單回了四個字，「可惜你們沒有這方面的人才，我也就隨便拆一拆，但看起來應該有效。」

「有效我們的人會變成那樣嗎？」東風瞇起眼睛。

「肯定是放了什麼出來，否則你們的人不會變那樣吧。」蘇彰有趣地應答回去。「還有，我看那些手指的創傷痕跡都不太一樣，應該不全然都是石漢岷動的手，是他教出來的人。石漢岷的學生都學會他那一套凌虐手段，該如何讓人極度痛苦又不會死，是他們擅長的把戲。」

「如果你想讓警方調查，幹嘛要丟掉？」

「反正扔在路上總會有人報警，我偶爾也想發洩一下怒火。」

沒想到蘇彰會這樣回答，東風實在很想再給這人一記白眼。就連環殺手而言，這人實在太過莫名其妙。

「這張給我，走了。」蘇彰傾過身，拿走最上面一張素描，接著在天空發白時退出窗口，「你還會掉眼淚，那表示你還是個人。」

「什……」

東風猛然站起，看向窗外時，已不見蘇彰人影，只留下一個鐵箱在窗邊。

□

清晨，廚房傳來細微聲響。

東風推開房門，聽見樓下準備早餐的動靜。他順著走廊走到主臥室，裡面的虞因睡得很熟，好像昨晚什麼都沒發生過，還翻了個身。

這時外面傳來停車聲。

稍微把東西準備好，東風快步下樓，看見虞佟和虞夏一前一後走進屋內。

「那兩人暫時沒事了，但還沒醒，得觀察幾天。」可能也有點意外對方這麼早出現，虞佟微笑著開口，「幸好發現得早。張元翔的父母已經通知到院，只要他醒來，意識清楚就可立即訊問。」

東風稍微鬆口氣，走了過去，將手上一疊圖紙交給兩人，雖然還是草圖，但上面的人像已清楚可辨。

虞佟和虞夏看著人像，雙雙浮現訝異神色。

「這是……」

「你們見過？」注意到他們的訝異神色不太對勁，東風皺起眉。

虞夏盯著紙張一會兒，說：「看過幾次照片，現場瞥過一眼，當時他是發現者之一——上次堤防的案子，帶頭招呼鄰里去撿垃圾才發現屍塊的補教老師，卓永誠。」那時筆錄不是他做的，所以虞夏不算正面訊問過這人，但對人有印象。

現在仔細一想，當時尤信翔等人就是刻意要他們發現堤防裡的屍體，爲了確保一定會有人發現，讓相關者主動引領普通平民去拾起那些塑膠袋也是種手法。

虞夏拿著圖紙，走到一邊去打電話，讓小伍等人立刻去查那名補教老師。

過了一會兒，小伍傳回部分資料，以及老師的相片。

「看起來確實很像卓永誠。」虞夏將手機上的相片轉給另外兩人看，上頭的面孔與圖紙上的人像有七、八分相似，「已經安排人請他過來協助釐清。」

「這些圖不一定可靠，而且……」正想把蘇彰和鐵箱子的事情告訴兩人，東風聽見後頭傳來聲響，回頭便看見虞因按著頭走下樓梯，看見他們三人站在玄關附近也很驚訝。

「你們在幹嘛？」虞因的視線落到幾個人手上的圖紙。

虞夏抬起手比比客廳，讓所有人換個位置，很快地，聿端了些溫熱的飲料過來，很隨意地在一旁空位坐下。

「這些圖我們得先核對查探，再告訴你們結果。」虞佟將那些圖稿仔細收整好，放在一邊，「你們昨天究竟碰上什麼？現在還要緊嗎？」

雖然是用「你們」作爲問語，但虞因知道自家父親問的是自己，只好硬著頭皮回答：「沒什麼問題，就是有點暈暈的，我想上班之前應該可以退掉。」照經驗看來，天完全亮之後就差不多可以恢復正常了。

虞佟微笑了下，「那麼我想問問，你們這段時間在嚴司家出入，曾遇過他的房東嗎？」

「欸？房東？」虞因愣了下，直覺往東風那邊看去。

「兩、三次吧。」東風不知道爲何會突然問這個問題。他在那邊住時，比較常遇到房東父母，因爲對方幾乎每隔一、兩天就會來整理庭院，送些吃的過來，偶爾他也會和老太太聊幾句話。

「我們著手查了下房東的背景，發現不太單純。」虞佟頓了頓，說道：「現在不很確定他究竟是單純碰巧租房子給阿司，或是有目的地租給他。你們最近出入時盡量注意周遭狀況，小心安全。」

「房東不是好人嗎？」虞因聽著有點擔心起嚴司。

「不，就商人這個身分而言，他是位不錯的人，經商風評挺好，也定期捐助不少弱勢團體，對父母很孝順。」如果不是因爲這樣，虞佟早就勸嚴司離開住處，「問題不在房東身上，而是他的親族，房東先生有一位姊姊，早年嫁給姓賴的丈夫……」

「咦？」虞因這次眞的驚訝了。

「沒錯，我們查出來之後，發現他是賴長安的舅舅，不曉得阿司是不是知道這件事……我們現在也懷疑他把房子租在那裡的意圖了，看起來實在不太像巧合。」虞佟確認情報無誤之後，深深懷疑起嚴司不但清楚知道房東的身分，還刻意藉著被催促搬家的機會住了進去，某方面來說，後期嚴司確實受到房東不少照顧與保護。

但是為什麼？

就先前的案子來看，賴長安並不喜歡嚴司，他的舅舅沒道理要這麼幫忙。

「果然如此，我住在那邊時，就覺得房東一家的舉動很不合理。」東風支著下巴，微微皺起眉，「那棟房屋實在是太好了，加上那些待遇，還有嚴司的態度，讓我一直覺得有些奇異。」雖然很不想這麼說，但以他對嚴司的了解，對方並不是會在實質上頻頻佔陌生人便宜的人，如果要他長期接受房東東請西請，他應該就不會住在那邊才對。只是這陣子東風無暇去管別人的事，應付嚴司的各種騷擾讓他根本沒心思去問，更別說嚴司肯定不會老實回答。

但如果有某種理由，那麼嚴司接受房東各種幫助而住在那裡，似乎就有個解釋了。

「我們會再問問阿司，現在還無法確認房東的意圖，你們就先多加留意，如果有不對就盡快聯絡我們。」雖然已查出房東的背景，但虞佟卻沒發現房東有什麼不利於人的舉動。對方一直在幫忙，不管在警備上或是生活方面，完全看不出想要挾怨報復的部分，讓他們一頭霧水。

又或者，這一切真的簡單只是個巧合，而房東正好又是熱心助人的表率也不一定。

大致結束了話題，虞佟和聿回到廚房準備早餐。

虞夏打開電視，轉到晨間新聞，邊翻開筆記與那些圖紙開始思考。

身體狀況恢復得差不多的虞因，理所當然上樓準備上班——現在已不像讀書時一樣，蹺幾堂課老師會睜隻眼、閉隻眼，所以該去的還是得去。

「我可以問些關於你們的私事嗎？」東風並沒有離開客廳，看著桌上的人像，然後小心翼翼地開口。

「什麼？」虞夏沒想到對方會主動開口問這方面。

「虞因……嗯……」有點不知該怎麼啟齒，東風支支吾吾了半晌，還是抓緊手指發問，「他是不是對一些事情不擅長……像是防身術老學得不太好、和開車一樣……」

「是啊，那渾小子閒事管很多，但該保護自己的老是做不好。」說到這個，虞夏就想揍人。明明也不是沒教過，小時候就開始拽著小孩教他滅了別人，但虞因老學得零零落落的、還不太會主動出手——雖然偶爾會打架，但很難大勝，現在竟然連聿都學得比他好。「騎車的話，別看他現在騎得很好。我記得當時學了很久，他自己打工存錢買的車，本來想耍帥，結果適應好一段時間才騎得不錯。」

「這樣啊……」東風低下頭，在心中盤算著，看來他的想法果然沒錯。

有些人，把受傷的往事深藏在心中，從未發現自己不擅長的事情和那些有關，他們只是下意識迴避，不自覺地變得很笨拙。

「你怎麼突然想問這些？」虞夏有些疑惑。不過對別人有興趣也不是壞事，至少他想主動接觸人。

「沒什麼。」東風想了想，搖頭。「對了，你可以上來客房一下嗎，我有東西想交給你。」

虞因和聿各自去忙也好，他認爲私下讓虞夏處理鐵箱比較不會再把兩人牽扯進去。所以東風就和虞夏一起上樓轉進客房。

關上房門，他便將蘇彰昨晚提供資料的事一五一十交代清楚，然後取出小鐵箱。

那是個約莫排球大小的箱子，拿起來有點沉，但不至於太重，看來是箱子材質本身佔了大部分重量，搖晃兩下，聽不出裡面是什麼。

虞夏很快地拿來工具箱，接著撬開鐵箱。箱子並沒有他們想的鎖得嚴實，所以很輕易就開了鎖。

放置在裡面的只有一件衣服，看起來是很普通的女性短袖襯衫，材質與品牌都不特殊，在賣場中很容易就能買到，看質感與花色，衣主應該是名中年婦女。讓虞夏比較在意的是，這件衣服沾了一些血跡，量不多，可能是穿著的人有些輕傷不小心沾染到。

「這是什麼意思？」東風有點疑惑。

「或許是個威脅。」虞夏若有所思地看著，「這些血跡有些點狀集中在前方，我想是原本穿著的人頭部受傷，但她還有餘裕自己脫換掉衣服，應該不是很嚴重的傷勢。」說著，他指了指穿脫時在衣襬留下的血手印。

接著他將衣服稍微翻後面，讓東風看見沾黏在上的殘渣，「這是一般家庭的食物殘渣，我想傷者受傷之後就把衣服向內捲起來打算丟棄，在垃圾裡被翻出來。刻意把這樣的東西拿走，我認爲就是有目的地想讓誰看看。不論怎麼說，讓人看這樣的東西，都不會抱有太好的心思。」

「的確。不過有沒有拿去作法的可能呢？」東風看著愣了一下的虞夏，「我是指，他們似乎也有用超自然的手段，對吧。」

「我會列入參考。」對方說的不無道理，所以虞夏不反對這個意見。

「還有，這件事情……別讓他們知道。」東風曉得虞夏知道他指的是誰，「人像也是，蘇彰不是什麼好人，能少一事就少一事。」再次近距離看著這個曾經的鄰居，他在對方身上看不見一個人該有的溫度，同樣地冰冷殘酷，人在他眼中說不定和食用肉品差不多，他在漫長的殺戮中已經失去正常的心，再讓其他人接觸不是好事。

說到蘇彰，虞夏想起之前還沒問的問題，「爲什麼你不告訴我們他就住在附近？」

東風沉默了半晌，才有點不甘不願地開口：「因爲他會殺了那傢伙……」

「誰？」虞夏這次眞的不明白他指的是誰。

「……我學長的前室友。」有些惱怒、有些尷尬，東風轉開頭，不情願地說：「只要我開口，他就會立刻動手，雖然我很討厭他，但他畢竟是學長重要的朋友。」

按照先前東風討厭警方的程度，以及這層顧慮，虞夏的確能了解對方的心情，但還是希望當時他能用些方式迂迴告訴他們，畢竟進他屋子的人並不多，能注意到塑像連貫性的人就更不多了。

「身爲一個人……一個正常人，這樣是錯的嗎？」東風看著地板，猶豫著。

「身爲一個人，才會擔心、顧慮別人，雖然你的處置不全然正確，但那是你的方法。」虞夏沒說出口的是，就是因爲太擔心別人被牽連受傷，眼前的孩子才會把自己和社會隔離，他採取的是對自己很不公平的生存方式。

即使再怎麼聰明，他的心中有一部分始終不認爲自己是受害者，更認定起因是自己的錯，讓他的生命幾乎被一層揮之不去的濃重陰影覆蓋。

就在兩人同時安靜下來之際，門突然被敲了兩下，接著打開。

「大爸叫大家下去吃飯喔。」虞因探頭進來，有點疑惑地看著好像在收拾什麼的兩人，「……你們在幹嘛？」

「沒事，我和東風說等等載他回去，順便看一下他的新家。」虞夏揮揮手。

「喔。」虞因看不出個所以然，只好聳聳肩，「那你們快下來喔。」

虞夏兩人對看一眼，「走吧。」

□

上午，警方調派了人手前去尋找卓永誠。

根據當時的資料，卓永誠在社區開了補教班，風評挺不錯的，相當受到學生與家長的喜愛，平日與鄰里相處融洽，是很有魅力的男性。

警方到達補教班時，上面貼著「暫時休息」的字樣，說明老師去旅遊，大約要一週後才回來，於是警方便開始調查卓永誠的外出蹤跡。

下午，張元翔清醒，在父親的勸說下，勉強抬起手確認卓永誠曾在組織裡教導過他們一些「便於生存」的事物，但張元翔不知道對方的身分，只曉得對方是高級幹部，曾與尤信翔一起出入，尤信翔對這人相當禮敬。

虞因看著手上沒見過的號碼傳來的訊息，默默關掉。

似乎有人想讓他知道警方的動作，難道眞是尤信翔的手段嗎？虞因有些疑惑，因爲上次見面時對方看起來很狼狽，如果還有人手，應該要先考慮保護自己吧？

總覺得有哪裡不太對勁。

「阿因，有客戶指定你喔，不過他好像在忙，要你過去一趟，就在附近而已。」

正發呆之際，前台的大姊突然走過來，遞了張便條紙，然後說出一個讓虞因有點吃驚的價錢，「是個不錯的案子，老闆說中午有人過來付了訂金，剛剛打電話說走不開，要你過去……奇怪了，溝通也不溝通就突然下訂金，反正你去看看吧，接不了其他人也可以做。」

「喔好。」虞因正好結束了手上的案子，上傳到雲端之後，稍微收拾幾件東西，方便等等和客戶溝通。

「因爲不知道會弄多久，如果眞的太晚，你就直接回家沒關係。」大姊說了說，不忘記多交代兩句：「如果是個怪咖，找藉口快跑，懂嗎。」

「好。」

虞因笑了笑，點點頭。

帶著背包離開工作室，虞因看著手上的便條紙，客戶指定的地方不遠，大概走兩條街，一間位於巷內的住宅，不知道是不是小店面。上面留有對方的手機號碼和指定時間，約還有半小時左右，足夠讓他慢慢走。

虞因邊想著提早過去確認地點，還可以在附近找個什麼吃的打發時間。

直到他轉進巷內，讓他看見超不對勁的人站在裡頭等待。

那個蘇彰好像沒事人一樣，衝著他冷笑了下。

虞因還沒開口說什麼，男人就朝他走去，說了一句：「你們公司所有的人我都知道底，不要牽連別人吧？而且我也付訂金了，算是半個客戶。」

「你還有什麼事情？」虞因盡量讓自己鎮定下來，冷靜看著眼前的威脅。

「想借用一下你方便的眼睛，先前說好要幫忙的。」蘇彰毫不介意對方的敵意，直接在光天化日之下手往虞因肩上一搭，不容抗議地將人帶著走。

「如果是那方面的事，我幫不了你，你應該去找專業的。」虞因有點反抗地不太想跟上，但蘇彰力氣出奇地大，扣得他很痛。

「我認爲你應該夠用了，還有你如果再繼續反抗，我就去找東風，某方面而言，他也很方便，而且更好控制。」蘇彰以像是說什麼笑話般的語氣開口：「看你如何選擇，快點，我沒什麼時間。」

「你——！」虞因突然察覺自己沒有退路，眼前這個人說到做到，他不能拿東風的安全開玩笑。

「那就當你同意了，手機先交出來吧，回去時還你。」說著，蘇彰便伸出手，「別想搞怪，否則我就拿你同事當墊背。」

虞因咬咬牙，交出手機。

蘇彰很滿意地收好手機，搭著人走到巷外，然後招招手，很快便停下一輛計程車，兩人上車之後，他才報了個地址給司機。

沒察覺異狀的司機還很友善地搭了兩句話，發現客人們似乎不太想聊天，便專心開車。

「你工作那邊我打過招呼了，說溝通可能會弄很久，他們會以爲你直接回家了，總之已經先付過錢，之後你隨便找個理由就好。」蘇彰環著手，「必要的話，我可以把整件案子的錢都付清，不會讓你曠工。」

「……我該感謝你嗎。」虞因只想往那高傲的臉揍上一拳。

「你想的話也可以。」蘇彰挑挑眉，「你如果怕對老闆難交代，就自己隨便想個企劃去交，看是要整套設計還是做櫥窗布置都行，那個價碼你應該知道怎麼處理。」

確實，蘇彰的訂金並不少，全付清的話算是中型案子了，一般較有規模的公司要外包整套活動設計差不多是這種價錢。虞因有點搞不懂這人究竟想幹什麼，竟然出手這麼闊綽。這錢他拿去請個「專業的」就行了吧，何苦爲難他！

虞因一邊想著，就覺得很憤慨，也覺得整個人毛骨悚然。

坐在他身邊的蘇彰一直給人可怕的感覺，這麼近的距離讓人非常提心吊膽，憂心什麼都不知道的司機會不會遭到不測。

幸好一直到目的地之前，蘇彰都沒突然發難，還付了不少車資，零頭甚至沒找，讓司機連連感謝地離開。

□

他們下車的地方是有點偏僻的郊區。

因爲造鎮開發計畫似乎停擺，許多土地閒置著正等待規劃，比較遠的區域有零散幾間已蓋好的房子，高掛各種販售宣傳，但似乎成效不彰，依然是空屋居多，感覺不到什麼人煙。

「跟上。」蘇彰看了虞因一眼，直接朝一販售中的小社區走去。

虞因硬著頭皮，看見石靜恬就站在不遠處後，便勉強自己提步跟在那人身後。

小社區中似乎已有幾間房屋售出，裝了一些窗簾擺設，但似乎沒人居住，長了不少野草；前方的樣品屋關著，只在外面掛著一塊招牌，上頭寫著想看房可聯絡的手機號碼，區內一片寂靜，毫無人氣。

「你有想過等等怎麼回去嗎，這裡應該很難叫車吧。」虞因走得有些頭皮發麻，只好率先打破沉默。

「我有認識的人在車行裡，到時候叫車就可以了。」蘇彰偏過頭，有些惡意地勾起唇，「當然，兩個一起回去，現階段我還不會動手，你儘管放心。」

虞因被這麼一說，覺得更可怕了，他開始覺得自己其實應該在巷子時就轉頭立刻逃離，外面人那麼多，對方應該不至於撲上來捅他兩刀。

但是蘇彰會捅他身邊的人兩刀……

「到了。」蘇彰停在其中一棟房子前，拿出鑰匙，在虞因目瞪口呆下，像是走入自家房子般，相當自然地走了進去。

不知道爲什麼，虞因看著房子，突然有種非常不想進去的感覺。看起來平凡無奇的房屋中，隱隱有著某種東西的存在。

雖然非常不想幫蘇彰，但虞因確實注意到淡淡的黑影浮現在二樓窗後，緊閉的窗內似乎有什麼正在窺探著他們，相隔一片玻璃的視線感讓人浮上一抹不安。

「你最好合作一點，別讓我花精神對付你，你們這種重要事物太多的人應該不想失去點什麼吧。」似乎發現虞因站在大門口猶豫不決，蘇彰警告性地開口：「早點把事情做完，你就早點回去，別拖拖拉拉的。」

感覺聽到耳邊有什麼喀的一聲，和前幾次聽見的有些相像，在虞因反應過來時，聲音便完全消失。他定定神，再度看向二樓，窗後已經沒有什麼了，他只好提起勇氣邁出步伐。

才剛往內走沒幾步，便很明顯感覺到不對勁，周圍有些冷，還有視線感，有人從角落處直直盯著，一瞬也不瞬，就這樣看著他慢慢走上台階。

在蘇彰身邊站著的灰敗暗黑少女，面無表情地緩緩消失在屋內陰影中。

昨天感到的強烈不適再次浮現，虞因只覺得腦門嗡嗡作響，踩進門口時一陣暈眩直接竄入他腦袋，整個人發暈想吐。反射性想要先拿出口袋裡的護身符，蘇彰卻快了他一步抽走褲袋裡的東西。

「這個我先保管。」蘇彰沒有露出絲毫同情，將護身符塞進口袋，然後抓住虞因的手臂，把人往二樓拖扯，「你最好能給我一些有用的訊息，好好發揮你那雙眼睛的價値，我已經不想再等了。」

一進屋就聞到一股難以形容的腐臭味，虞因很想反抗，但腦袋脹痛得不得了，那股視線感也越來越凶狠，非常不友善，像有什麼惡狠狠的東西想往他們身上咬。

整棟房子沒有任何家具，以至於被拉扯到二樓的主臥室空間時，虞因一眼就看見這屋內唯一的東西——屍體。

那是一具已死亡很久的屍體，潰爛腐敗得看不出樣貌，整具屍體仰躺在地上，雙手壓在背下，大半身體皆已爛得黏貼在地，擴散出去的已乾涸屍水和屍液，將周圍地板染得污黑。

看見屍體的第一眼，虞因就是想吐。

他看過很多次屍體，但還是想吐，不只是因爲這個屍體潰爛的樣子，還有至今仍發散著的不自然惡臭，與瀰漫在周圍、帶著強烈惡意的瞪視。

一抹黑色影子出現在屍體前，就像野獸般蹲在那裡，赤紅的眼睛直接與他對視。

「這個人我認識，她加入組織後覺得上當，直屬幹部讓她去做很多她不想做的事，壓根不是什麼天堂，短短幾年吸了一堆毒。後來因爲想逃離，和我達成約定，沒想到還沒行動就被逮住。我正想過去救人時她已經被帶走了，最近得到消息說在這裡。」蘇彰戴上手套，走過去在屍體邊蹲下，一點也不在意屍體腐爛的狀況，直接抓住潰爛無比的身體往側翻。「他們把她的手指切下來，像是要開戰一樣，故意放在明顯的地方讓人發現來警告我，現在那些手指就在你們那邊吧。」

屍體目前的狀況一被翻動，黏貼在地上的部分很快地撕下一大片爛肉，掉出各種分解中的人體組織。

虞因眞的有點受不了，往後退開幾步。

翻動屍體後，才看清楚已經快要斷離的雙手至今仍被綁著，用的是尼龍繩，奇怪的是，還用另外一種細線綑著，因爲壓在衣服下，有些捲進摺痕裡的線繩可以看出是黑紅色的，被縛著的手已經沒有手指，全被人切斷。

蘇彰取出短刀，挑斷發黑的紅線。

同一瞬間，虞因發現那道人影霎時就清晰許多，是個渾身是血的女孩，很可能和他差不多年紀，染血的面孔上充滿憤恨與憎惡，即使看著他這個無關的人，也帶著怨怒。

淡淡的聲音在他耳邊響起——

老師

爲什麼　要騙我們

這裡不是　根本不是

虞因按著頭，在門邊蹲下。憤恨的情緒過於強烈，被欺騙的悔恨交加，還有死前的苦痛，像針一般細細刺入思緒裡，在嚥下最後一口氣時，無比想要再看一次曾被自己認爲又煩又討厭而拋棄的那些生活。

如果不曾逃離，是不是就不會有這種孤伶伶躺在這裡腐爛的命運？

就算再怎麼吵架怒罵，還是會煮一碗熱湯撫育她的人已經離得很遠，怎樣都碰不著了。

如果可以再看一次就好了。

「如果眞那麼不甘心，就把石漢岷指出來。」蘇彰看著屍體，冷冷地說：「大家目標相同，不是嗎。」

雖然又劇痛又噁心，但虞因仍強打起精神，看著那邊的人，「你別做這種事……」

蘇彰轉過頭，瞥了虞因一眼，接著走過來，在對方面前蹲下、勾起唇。

「我來告訴你，石漢岷是個怎樣的人。」

□

深夜時分，東風正打算熄燈稍微休息，突然聽見門鈴被人按響。

這個時間應該不會有人拜訪。

想著會不會是誰在惡作劇，門鈴再度響起。

有些疑惑地起身要去開門，深鎖的門扉竟傳來了開鎖聲，打開門的是完全讓人不想再有交集的傢伙。

「你來做什麼。」

東風冷眼看著出現在他家的蘇彰，表現出最深的不歡迎之意。

「好歹我也算忙碌一天，借個地方休息吧。」蘇彰聳聳肩，「而且我想知道你的進度如何。」

「……我還在推算幾種可能的臉型。」依照先前蘇彰交給他的資料，東風發現石漢岷確實做了一些改變臉型的手術，以至於要推算的變數大了不少。雖然已做出神似補教班老師的面孔，但難保那眞的是本人，很可能會再有其他變動，最好再多計算幾次。

蘇彰走進來時，東風很明顯聞到一股腐敗味，但他完全不想問來由，默默看著這個人將他家當成自己家似地自動自發拿起東西吃，還順便嫌棄食物庫存太少，好像在餵寵物的量，接著就說要借浴室，逕自走進去。

看著對方的行動，不知爲何，東風有種很不祥的感覺，拿起手機直接發訊息給聿，問問有沒有什麼不對勁的地方，很快地收到回訊，大致上沒什麼，虞因比平常晚一點回來，臉色不太好，只說在路上看到不乾淨的東西，吃過飯早早去睡了。

似乎沒什麼問題？

想想，給虞因發了訊息，但這次沒收到回訊，看來連續幾天碰到不該碰的，還是會造成身體很大的負擔吧。

東風放下手機，想著接下來該如何應付不速之客，還沒想到辦法，對方已從浴室整理乾淨走出來，還不知道從哪裡翻出一件他當外套用的過大寬鬆襯衫，很剛好地穿著。

「你應該沒有去騷擾其他人吧？」東風瞇起眼睛，想從對方臉上看出點端倪，但就和先前一樣，蘇彰的表情和肢體動作都很自然，壓根看不出他在想什麼，或是想做什麼。

「你說呢？」蘇彰笑笑地回問。

「……我希望你不要再對其他人下手，你想做什麼就找我，別干擾其他人的生活。」還是隱隱覺得有些不安，東風說道：「否則我也會將今後你所有的樣子全都推算給警方。」

「嗯，你確實做得到。」蘇彰慢慢走到工作檯邊，拿起上面的圖紙，已經有幾張定稿，人物看起來簡直就像照片一樣。另外一側的桌面上則是放置幾團黏土，還有些人像的粗胚。

「就某方面而言，你和虞同學果然都滿方便的。」

「別再去打擾他們。」東風重申一次，「那些是你的私人恩怨。」

「喔？我記得你的私人恩怨也牽連不少人。」蘇彰有點好笑地放下圖紙，睨著不久前才剛發生完事情的人，「你不是到最後也利用最討厭的警方力量嗎，否則爲何不獨自解決就好？你不是只想一個人？看來你說的和做的也不盡然相同。」

「我不否認抓住了他們的好意，但我不想刻意扯入誰。」東風握緊拳，咬了咬牙，「和你不同。」

「對我來說，只要有路徑就行了，如果再錯過這一次，可能就不會有下次機會，現在是石漢岷暴露最多的時候，不論警方也好、你也好，我只要達到最終目的，手段對我而言不算什麼。」蘇彰說著冷笑了聲，「畢竟我原本就不是什麼正派，何必遵守你們那套笑話。」

「對你這種人果然還是得徹底講白。如果你對其他人有威脅，我就會對付你，不管你變成什麼樣子都逃不了。」東風毫無畏懼地回視那種玩味般的冰冷眼神，「再說一次，我不想再害他們，你最好也別再動他們的腦筋。他們都是好人，和你不是同一路人。」

「我看你也不會相信我的話吧，說眞的，我也勸你別相信，我這人只會做對自己有利的事。」蘇彰環起手，有些挑釁地勾著唇，看著已經和先前做鄰居時有所不同的人，「還有，想與我爲敵很危險，我和尤信翔不是一個等級的人，最好別讓我對你起殺意。」

「……如果你是來說廢話的，就快滾吧。」東風一點也不客氣地直接驅逐。

蘇彰並不打算滾，悠悠哉哉地晃到廚房，打開冰箱拿出兩罐冰涼飲料，「對了，那位虞同學是不是很容易出血啊？」

接住朝自己飛來的飲料罐，東風微微皺起眉，「爲什麼這麼問？」

「也沒什麼，只是突然想到上次他一直在車裡擦鼻血，如果有病，得盡快去檢查喔。」蘇彰說著，喝了口飲料。

「就我知道，那似乎不是疾病，是某種附帶影響，所以你別一直打擾他。」把飲料罐放在桌上，東風沉下聲，「你……」

「你知道石漢岷是個怎樣的人嗎？」蘇彰打斷對方的話，把玩著冒著水珠的鋁罐，「他是一個比我還擅長僞裝的人。僞裝得讓所有人都相信他表現出來的樣子，連我那死去的媽，都被搞得幾乎精神錯亂，還要我們相信他在外謙和善良的那一面，只要忍耐一下，家庭就會像外界認知的那樣圓滿。」

「或許你還比較懂一點，有些人就是天生擅於僞裝自己，而且沒有任何同理心，例如我，想想血緣還是有關係的。」蘇彰停頓了片刻，繼續開口：「但我覺得自己在解決人這方面還算乾脆，石漢岷則是以看別人痛苦爲樂，連自己的女兒都下得了手。」

「你不是說你沒心肺，還介意別人對誰下手嗎。」東風冷笑了聲。

「話是這樣說沒錯，但我總有一、兩個介意的人吧，像我姊就和你朋友一樣是個好人，她對我很好，多關心一點是應該的。另外，就是我那個不知道在哪裡的手足吧，我想她應該會很想知道那是誰，所以發過誓會找出來。」蘇彰搖晃著罐子，有些出神地想了半晌，才再度開口：「就那樣吧。」

「……你說石漢岷擅長僞裝，我知道警方的調查，他在原本住所附近的學校擔任教職，而且相當受歡迎。」東風決定不去聽對方的歪理，先探問更多情報。

「沒錯，還長得不錯，在外面一派溫文儒雅，對誰都很好，所以有許多小女生挺喜歡他的，街坊都只覺得他是個好老師，關上門之後所發生的事，說出去誰也不會相信，唯一知道我們家狀況的『外人』可能就是鄰居，當時隔壁有個租屋的，他經常聽見石漢岷折磨家人的聲音，但選擇當作什麼都不知道。石漢岷後來給他一筆錢當封口費，加上在地方很有勢力，那人自然保持緘默，不過就是個見死不救的惡鄰。」蘇彰笑了聲，又喝了口飲料，「明明她求助過。」

「誰？石靜恬？」東風下意識地問。

蘇彰側著頭，瞇起眼睛，有些冷漠地回憶過往，「是啊，石漢岷勾結地方上一些有力人士，做一些見不得人的勾當，像是開發、包商圍標回扣之類的，他在這方面滿有腦袋，也運用學校裡和不少家長的往來，吸引那些想要貪圖利益的人打下很深的基礎。你可能不會想得到，他同時讓別人『分享』他的女兒，兩次墮胎裡有一次就是那些人的種，這件事我當時還不知道。石漢岷私下把她拉出去陪一個喜歡小女生的官員幾次，曾有一次她被撕破衣服逃了出來，遇到鄰居當下立刻求助，對方竟然推開她跑了，完全無視她的哭泣求救，也不管她被成年男人給拖回去。前一天石漢岷暴怒地回來，我打歪了他的鼻梁，那天晚上她哭著告訴我這件事，隔天她就死了。」

「就是你說他喜歡的那個女孩跑掉的時候？」握著已經不再那麼冰冷的罐子，東風輕輕問著。

「石漢岷很喜歡小女孩，特別是國小至國中左右那個年齡，他在學校勾引很多女生心甘情願和他上床，事後沒一個人追究，那些小女生都以爲自己和老師是祕密的一次，心滿意足得跟什麼一樣。但是其中有一個他特別喜歡……就像我之前說過的，那個女孩最初年紀還很小，可能國小吧，和石漢岷走得很近，小孩子分不清楚感情，兩人一起過了一段時間，後來可能家人發現異狀，所以才斷開。石漢岷再遇到她的時候，約莫高中左右，他那天回來還向他老婆說什麼妳永遠也比不過她，那個女孩可以再讓他重新得到珍寶，就走人了。這些事情你也都知道，按時間推算，那小孩年紀和虞同學差不多。」蘇彰收緊手掌，看著被從中壓凹的飲料罐，無溫的金屬發出了哀鳴，「這也是虞同學連續插手幾次都沒死的原因，雖然他有父母，但是我不會殺同年紀的人。」

「……你殺死母親之後，心就死了嗎？」看著表情像是凝冰一樣的人，東風說道。

蘇彰微笑地迎上對方的目光，搖搖頭，「錯了，石靜恬死的那一天，我就沒人心了。那種東西既不能保護誰，也不能阻止誰，如果你想殺死惡鬼，就得比惡鬼更像鬼。這就是我能夠毫不手軟殺死那個女人的原因。什麼都不在乎的時候，殺人就和殺雞一樣，你們會在意食物的死活嗎？大多數的人，都是笑著站在肉攤前面挑選著各種部位吧。」

「確實，我能理解你的想法，我也曾想過你說的這些事，但是我依舊不允許你接近其他人，只要你對我身邊的人有所威脅，我就會與你爲敵。況且，我也不是沒有被追殺過，這條命對我而言並沒有你想像中的重要。」東風將飲料罐放在桌上，站起身，「我要休息了，你請便吧。」

走過蘇彰身邊時，綁在腦後的頭髮突然被扯住，逼得他不得不停下步伐。

「你害怕再聊下去會默認我的行爲，不是嗎。」蘇彰抓著黑色長髮，微笑，「最後再告訴你一件事，當年只是小孩的我問過石漢岷爲什麼要這樣對我們，他說了一句話。」

東風回過頭，看見對方張開嘴，卻沒有聲音，唇形緩緩傳遞——

我喜歡看你們痛苦。

7

虞因那天晚上睡得異常不好。

到後來他壓根記不清後面的事，只記得強烈的劇痛和蘇彰說的話，之後自己似乎隱約講了什麼，卻想不起來，然後被蘇彰摀著鼻子拉出去。再度恢復意識，是在計程車上，開車的是個臉色相當陰沉的中年人，車上沒有放置任何可以辨認司機身分的證件，就這樣回到了家門口。

被送回家後，擔心聿會看出異樣，所以他強打著精神，早早回房間倒下，整晚的夢境都是那具屍體。

那具屍體緩緩從地面上掙扎爬起，身上所有皮肉因爲動作而紛紛扯開、落下，它就這樣爬動到自己面前，混濁地發出「殺了他」這樣的聲音。

這個夢不斷重複了一整夜，直到天亮時，他才發現虞佟坐在他的書桌邊睡著了，桌上還放著一些淨水和使用過幾次的毛巾。他的護身符被好好地掛在胸口，衣服也被換過了。

才動了一下，虞佟立刻醒來，沒問什麼，只是看看他的狀況，拿了一些熱湯上來，然後溫和地說著如果很不舒服，就打電話去公司請病假。

虞因確實仍很不舒服，乖乖地先請了上午的假，鴕鳥心態地窩在棉被裡，直到虞佟等人離家去上班。之後聿上來了兩次，一次端了雞蓉粥，一次來收碗，收碗時，刻意盯著他看了很久，但是虞因什麼也說不出口，只看著聿又默默拿著碗走出去。

這件事必須告訴他們，至少屍體得處理，不能讓那個女孩一直留在那種地方，得還給家人。

可是他現在就是一個字也沒辦法說，關於蘇彰押著他去做的事情，還有可能會危及東風的事，都沒辦法立刻告訴其他人。

看著手機上的來電顯示，昨晚東風曾打電話給他，剛好是他失去意識、躺在床上的那段時間。其實虞因有個衝動想要回撥，把所有事情全都說出來，才不會感到那麼恐懼……蘇彰的做法讓他感受到前所未有的壓力，現在暫時不想離開家裡，想逃避還有可能上門的人。

昏昏沉沉地又在床上磨蹭了些許時間，近中午時，虞因才勉強自己下床，手機上收到來自公司的慰問訊息，還有嚴司一如往常在群組中的胡言亂語，他用力地做了幾個深呼吸，先強力壓抑不安的心情，才拿著換洗衣物去沖澡。

下樓時，聿如平常般坐在客廳看書，桌上還放著一些餐點，都用保溫盒收著，似乎是想讓他起床後隨時有東西吃。注意到虞因下樓，聿立即闔起書本站起身，臉上透出些微擔心。

「沒事，我下午去公司一趟……昨天有個交件，我想確保客戶那邊沒問題。」虞因露出連自己都覺得僵硬的微笑，邊擦著頭，邊在桌邊坐下，打開保溫盒，拿出裡面的小糕點，「東風昨天有沒有打電話給你？」

聿想了想，點頭，拿出手機讓虞因看昨晚東風傳來詢問的訊息。

看他們沒說什麼，虞因有些放心地暗暗鬆了口氣。他真的很怕蘇彰跑去找東風，如果把東風拖去那種地方看屍體，不知道又會造成他多大的負擔；還有他公司的同事們，絲毫不知情，卻已經被摸清身家底細。

「告訴我。」

淡淡的聲音從桌子另一端傳來，虞因抬起頭，看到聿用無比認真的表情盯著他，然後重複剛才那三個字，「告訴我。」

告訴我，你發生什麼事。

不用說得很完整，虞因便知道對方的意思，從昨晚回家那時起，聿一直在等他開口。張開眼睛時，他知道虞佟也在等他，沒有上來驚擾他的虞夏同樣在等他開口。

「我……」真的很想把事情說出來一起商量，但是虞因立刻想到蘇彰會去找東風和他的同事們，所以又猛地停下來，「……只是看到不想看的……非常不想看……我不想再看到有人死了。」

他現在突然有些明白爲何東風當年會安安靜靜地閉上嘴巴。安天晴死了，簡士瑋也死了，他再開口，只會牽連別人。那是個連喊救命都不敢喊的處境，而他先前卻說得很輕鬆，要對方把事情好好告訴他們，讓大家一起幫忙。

直到現在，他才知道所謂的好好開口有多難。因爲他知道蘇彰貞的會對其他人不利，所以他不敢賭。

「女生？」聿微微皺起眉。

看來聿以爲他看見了被捲入公車底的女孩，虞因順勢點了頭，迴避對方探問的目光。

聿有些半信半疑，但看對方氣色不是很好，便沒再追問下去。

又在客廳坐了一會兒，看看電視，中午時，虞因覺得身體差不多了，精神也比較好些，便準備出門。

□

到達公司之後，大哥大姊們自然不免靠上來問昨天的客戶究竟開了什麼好案子。

虞因不知道該怎麼解釋，有點勉強，笑笑地說客戶自己也還沒個定論，不知道會怎樣，就被一堆人笑著說難得被指定，案子成要請大家吃飯什麼的。

過了一會兒，有人來說有外找。

當下虞因很緊繃，以爲蘇彰直接找上門。不過在看見大廳的人之後，稍微鬆了口氣。

「你怎麼了？」站在牆邊打量上頭海報的東風回過頭，皺起眉，「好像不想看到誰？有麻煩嗎？」

「呃，沒什麼。」虞因笑了笑，發現同事居然偷偷尾隨上來窺視訪客，一秒把東風推到旁邊有遮蔽物的地方，「你怎麼會來？」

「有人找我，約在附近，就想說來看看。」東風打量著對方有些倉皇的神色，沒說破，「你要過去喝個什麼嗎？上次的仲介就在隔壁的露天餐廳。」

「咦？你和鄧先生出門？」這次虞因眞的大大吃驚，先前知道仲介對東風多方照顧的事，不過原來東風還會和對方約出門？自己對他的了解果然不夠多。

「他有時候幫忙搬東西沒特別收費，說得請他吃飯，這樣很奇怪嗎？」東風想了想，補充說道：「以前我會寄餐券，但是現在好像約出來吃比較好。」

「寄餐券……」虞因有點傻眼，然後抓抓後頸，「我去跟老闆說一聲。」

「不用，我傳訊息通知一下就行。」說著，東風打起手機。

「……你認識我們老闆？」怎麼沒聽他提過？

東風指指剛才看的海報，虞因跟著看過去，那是張遊戲宣傳海報，他記得這件案子是前年老闆親做的，平面美術花了很長一段時間。當時宣傳現場還特地展出一款遊戲內的妖怪雕塑，等人大小的塑像栩栩如生、魄力十足，引起會場一陣震撼，大受好評，成爲展會最多人拍照的焦點。聽說那件雕塑現在還擺在老闆家裡，就算遊戲商出高價，老闆還是沒賣。他們工作室並沒有模型好手，所以大哥大姊們一直在探問這件事，但老闆好像和誰有什麼約定，始終沒說是找誰……

「啊！」虞因愣愣地看著正在收訊息的東風，突然覺得世界眞小。

「他說你下班前回來就可以了。」東風將收到的回訊傳給對方看，「走吧。」

有點滿頭黑線地跟著走上去，沒幾秒，虞因收到老闆傳來的訊息，大意是「早知道你認識他，當初你老闆我就不用拜託一堆人找人情了啊啊啊啊啊——」後面是交代他要懷著恭敬的心，務必把人服務得妥妥當當。

「怎麼了？」看虞因一臉不知道該哭還是該笑的表情，東風有些疑惑。

「沒事，你當初怎麼被我們老闆找上？」虞因收起手機，覺得先前的緊綳心情舒緩了不少。

「我學長介紹的客戶的朋友看見客戶委託的成品，拍照給他朋友看，朋友親戚看見照片就又傳給朋友，你老闆就是那個朋友，我聽說是一路找過來的。」東風無視虞因那張變囧的臉，「原本我不接這種商業性質的委託，是我學長勸我試試，因爲太囉嗦了，只好接下。」

記得東風之前做的的確大多都是個人訂製、或是小店委託的物件，虞因已大致了解對方的接件模式。

兩人就這樣邊閒談邊走到約定地點，遠遠看見鄧翌綱已在露天座裡，發現他們時，也揮了揮手。

見到虞因一起出現，鄧翌綱似乎不太驚訝，反而笑笑地在打完招呼後，連東風都還來不及阻攔，便先開口說道：「我就知道東風主動把地點約在這裡，肯定有什麼事情。」

虞因往旁邊一看，東風已尷尬地轉開頭。

可能是因爲昨天的事，東風仍在擔心他吧。不過難得看到這個人主動前來，雖然有點奇怪，不過還是感到滿安慰的。

接著三人各自點了些東西吃。

有外人在場，虞因兩人當然不會聊什麼特別的事，倒是鄧翌綱相當會找話題，可能與他的職業有關，說了不少當房仲時遇上的有趣事。

「對了，這幾天好像有颱風，聽說不小，你們外出時要帶雨具，小心安全。」吃到差不多後，鄧翌綱說道：「也少去偏僻地方，沒事別亂走動，盡量待在家裡總是沒錯的。」

末了，又聊了些有的沒有的，鄧翌綱才因爲有其他約，先離開餐廳。

看看時間也差不多了，東風買了單，和虞因漫步往工作室的方向走。走了段路後，他開口：「這兩天如果你們有事找我，就打電話，別直接來我家，我有點事。」他想，如果這些人又跑來他家突襲，撞上蘇彰就不好了。

「嗯？喔……好。」虞因隨口答應。

「你是不是有什麼事想告訴我？」今天打從見面開始，東風就覺得這人說話吞吞吐吐，而且表情很不自然，似乎眞的遇到什麼事情，想說又不打算說，一直糾結個沒完；剛才吃飯時鄧翌綱在說話，虞因也有幾次出神，並沒有很專注地聽，相當異常。

「也沒什麼，就是看了一些不想看的。」虞因頓了頓，想想自己的表情可能瞞不過東風，便似眞似假地說道：「有些事，我也不是自願想看，但看見時還是覺得他們很可憐……即使感覺很不舒服，卻又有點想幫忙……」蘇彰的威脅雖然很糟糕，但扣掉那些，那個腐爛的女孩，死前的掛記確實讓人很難過。

「爛好人。」東風嘖了聲，「你眞是……」

「我每次都覺得他們那樣一定很痛，所以想幫點什麼。」虞因有點爲難地笑了下，按著脖子，也很無奈，「別看見就好了。」

如果不會看見這些東西，可能今天蘇彰也不會拿他身邊的人來要脅什麼，他可以過著像平常人一樣的生活，不用擔心這個、同情那個。而且也不會常常遇到無妄之災，每隔一段時間就把自己弄得東一個傷、西一個傷的，想想都覺得心酸。

「你如果看不見……」東風停下來。

虞因偏過頭，身旁友人正看著他，然後開口——

「你就不會認識我們了。」

東風的表情很認眞，筆直看著對方，「因爲你的多事而認識的人，你一個都不會認識，你也不會幫忙那些你曾經幫忙過的人，有些人就會因此而死，不是嗎？」

虞因迎視著清澈的目光，突然笑了，他想起這是自己曾和別人說過的話，「沒錯，我還滿慶幸能因此認識不少人。」

「對吧，反正無論什麼事都是一體兩面，看不見也好、看得見也好，總是有好有壞，至少你不是用這些在害人……和我不一樣。」東風稍稍低下頭，看著人行步道上精心設計過的裝飾磚，「所以……」

虞因伸出手，不自覺地就摸摸對方的頭，接著立刻被揮開，還收到一記白眼。

不知不覺回到了工作室前，東風正要打招呼離開時，收到一則訊息，看了眼訊息，他立刻面無表情地按掉。

「誰啊？」虞因覺得對方好像看到什麼天殺的東西，瞬間眼神變得很冷。

「有個不想看到的人等等要去我家，我得先離開了。」東風左右看了看，現在車流量還算不少，應該很好招到車子。

「……小心安全。」虞因直覺般脫口而出，連忙再補上一句佯裝沒事，「過兩天你看要不要來我家吃飯，聿好像又做了不少東西。」

東風點點頭。

目送友人離開後，虞因嘆了口氣，走回工作室。

踏進大門那瞬間，同僚說又有人來找時，他完全沒聽進去，只感覺自己的指尖在顫抖。

蘇彰就站在大廳，看著先前東風看的那張海報，接著轉頭朝他一笑。

「我來找你談工作了。」

□

再次走出公司，這次老闆直接說談完就先回家，不用再進工作室了。

虞因看著竟然直接進他公司的人，又開始覺得全身緊繃。

在他回去之前，蘇彰其實已經在公司待了一會兒，還和不少人聊天，同事們顯然都認爲這位「客戶」既友善又好相處，是個難得的大貴客，虞因甚至聽到女同事稱讚客戶帥又有禮貌，大家都覺得他遇上很好的案子。

「你的同事都很不錯。」蘇彰打開剛才拿到的餅乾，順便遞過去問問對方要不要。

虞因推開餅乾，沉默了幾秒才開口：「你可以不要打擾我身邊的人嗎。」這人到底爲什麼可以表現得好像是什麼親朋好友來探班的態度。

「我是客戶，你的客戶一步都沒進過公司不是很奇怪嗎？」蘇彰順便從口袋掏出張摺疊的紙，「他們剛才問我是發什麼工作給你，原來你還沒編好，害我只好當場講了下概念，你也記一下吧。」

虞因劈手奪過紙張，很無言地打開，發現上面還眞煞有其事地寫了些產品需求和註記，

「爲什麼是茶葉……」

「你要我浪費時間捏造什麼公司嗎？當然是私人批發包裝比較快，眞要做一點什麼出來，去外面隨便買回來拆就有了。」蘇彰瞥了對方一眼，「走吧，今天還有其他事要做。」

「如果像昨天那樣……」才正想說他打死不去時，虞因突然覺得背後一冷，回頭就看見昨晚那個女孩和石靜恬站在離他們有些距離的屋簷下，面無表情地看著他們。

「喔，你不記得你昨天後來說什麼嗎？」蘇彰咬著餅乾，歪頭看過去，「你說了兩個地點，其中一個上午我去過了，被收拾得很乾淨，現在我們要去另一個，有點遠，所以你要買點什麼在車上吃嗎？」

虞因眞的不記得有這件事。「既然你知道確切位置，幹嘛又要找我。」

「因爲這個。」蘇彰從口袋裡拉出一些成團紅線，上面沾染不少污漬，有些發黑，「我想帶著有備無患，不然我就得半夜再去你家把你拖出來，多跑一趟。」

「你——！」

「快走吧，你應該希望晚餐前回家吧。」蘇彰說著便往馬路招下計程車，交給司機一個地址。

虞因本來還想說點什麼，但聽到地址時愣了下，那個位置就在他前陣子剛去過的地方附近。

被催促著坐進計程車，虞因心驚膽跳地拿出手機查位置，其實沒有他想像中近，稍隔一段距離，但也不算遠，就在該處的山腳下。

「你去過嗎？」蘇彰笑笑地觀察對方的動作，沒急著收去手機。

「我只是想知道我們會去哪裡。」虞因抓了抓胸前的護身符，知道剛才是因爲這個，所以「它們」才沒靠上來。

「到了之後和昨天一樣，東西記得交出來。」蘇彰環起手，閉上眼睛，「休息一下，到了叫我。」

看旁邊的傢伙還眞的放心地進入休眠，虞因突然想往他臉上打一拳。

一個小時後，計程車到達目的地。

下車時，司機還特地問要不要在這邊等他們辦完事，被蘇彰笑笑地婉拒了，給了司機不少車資。

司機這麼問也是好心。

虞因環顧四周。這裡很偏僻，幾乎沒什麼住戶，這點上一趟來的時候就知道了，大概在二十分鐘前，車子還有經過兩、三戶零散住家，現在就只剩下郊區的野草叢、雜樹林，以及一小片已經沒人住的老舊房子。

大致可以看出這裡以前應該有不少住戶，很可能是因爲人口外移或其他因素，現在已經搬空，反而另一條直通往山腰的道路還比較多住家。

「這邊。」蘇彰指著往內深入的方向，那裡還有一些廢棄房子。接著他順手收走虞因的手機和護身符，「如果等等裡面有人，你就在外面等。要是你想進去，我就不保證安全，畢竟你很弱。」

虞因沒有回答對方充滿調侃的話，他看著就在前方不遠的黑色影子，紅色眼睛靜靜地看著他們，正等待他們通過必經的這條路。

「是說，你知道警方那邊的進展嗎？」蘇彰走在前頭，悠哉地開口。

「什麼？」虞因回過神，才反應過來對方的意思。

「我送去另外那個女的，好像因爲吃太多藥又被修理得很厲害，清醒之後神經錯亂，什麼話都講不出來，倒是張元翔似乎指認了叫卓永誠的人。」

卓永誠這部分他倒是知道。虞因記得東風幫警方畫了畫像，但第二個女孩現在的狀況他並不清楚，看來蘇彰在警方那邊果然還有人。

「說不定卓永誠眞的就是石漢岷。」蘇彰看著越來越接近的廢棄住宅，然後向虞因指了指似乎近期被人清出來的一條路，在一片雜草藤蔓中特別明顯。「這樣我就可以結束這件事了……」

「你就不會再殺人了嗎？」虞因下意識開口詢問。

「這是兩回事，你吃麵包就不吃饅頭嗎。」蘇彰停下腳步，比了個噤聲的動作。

前方不遠處的房子中，隱隱透出亮光，從半掩的半破窗戶看去，確實有人在裡面走動，而且還不只一人，似乎有兩、三人。

「等著。」蘇彰拍拍虞因的肩膀，接著悄無聲息地往房子接近，很快便隱沒了身影。

當下虞因其實有點想攔人，正要開口時，視線卻突然一黑，那個赤紅著眼睛的女孩站在他面前，惡狠狠地瞪視著，似乎不想讓他去礙事，同時引起他陣陣頭痛。

虞因按著頭，仔細一看，周圍不知何時已出現幢幢黑影，就像那天從地下室上來後看見的，每道影子都擋住他的路，透出深深的恨意與怒氣，不想讓他妨礙蘇彰。

就在這短短時間裡，屋內傳來一陣騷動，似乎是打起來了，有摔東西發出的巨響，在這種安靜的地方特別清楚。

差不多同時，原本包圍在四周的影子似乎被那些聲音驚擾，突然散開。

接著，他聽見一個細小的聲響在他腦後響起。

「你們這些老鼠眞的有洞就冒出來。」

冷冷的女性聲音出現在他後方。

虞因沒想到會在這邊再度遇上這個女孩。

先前見過的銀白色安全帽女孩，現在正站在他身後，用槍指著他。

「我現在看見你們這些人就一肚子火，正好自己送上門……我是不是應該把你的屍體送回去給方曉海那個賤女人？」渾身帶著怒意的女孩惡狠狠說著。

「……小海有惹到妳嗎？」虞因眞的不太清楚小海又做了什麼，最近沒聽其他人提起，仔細想想，小海好一陣子沒出現了，不曉得在忙哪樁。

「廢話少說，你們這些自以爲是……唔——！」

女孩話還沒說完，突然整個人往前撲倒，摔在虞因身上。讓虞因錯愕的是，拿著一顆石頭出其不意從後面把女孩敲倒的，居然是不知哪裡蹦出來的東風。

「她沒死吧？」東風看看自己手上的石頭，再看看女孩好像有點流血的腦袋，他自知力氣不大，所以剛才事態緊急，他算是用盡全力地敲了過去。

虞因在錯愕中把女孩翻過來。看來對方只是短暫暈過去，不知道有沒有腦震盪，幸好呼吸還很正常。

「你怎麼會在這裡！」虞因抱起女孩，壓低聲音問，與東風先退到較能遮蔽行蹤的廢屋邊上。

「雖然不知道有什麼事，但是你說謊我還看得出來，所以我馬上調頭回你工作室，就看見你和蘇彰上了車。」東風冷著聲音，帶著怒意，「你可以直接告訴我蘇彰找上你。」他沒想到蘇彰眞的不能信任，在要脅他的同時，也脅迫虞因。

對這種人有所期待，眞是他的錯。

原來蘇彰剛才那通訊息，說要去他家、讓他立刻回去，是因爲要找虞因不想被他發現，想先調開他。幸好因爲在意虞因的反應，最終無視那通訊息又折回，否則不知道還要被耍騙多久。

「先別說這些，你搭來的車應該還沒開遠吧，立刻叫回來，太危險了。」虞因雖然不知道爲什麼東風那麼生氣，但他和蘇彰在一起原本就不正常，身邊的人看到應該都會想揍他。

「你也馬上離開。」東風決定立刻把所有事情告訴虞夏和黎子泓，先前的顧慮實在是太可笑了，要脅他們的人眞是完完全全將他們捏在手心上玩。

「我……」正想告訴對方自己的顧慮，虞因突然瞥見一抹黑影從東風身後撲出，他沒想太多，反射性衝過去一把擋住人。撲來的是名中年男性，完全陌生的臉，但手臂上有組織的刺青，被他擋下的手還握著刀。

虞因照著先前的練習，回身直接用手肘撞在對方腹部，接著順勢奪下刀，還沒進行到下一個搏倒動作時，撿回剛剛那顆石頭的東風直接把石頭砸過去，不偏不倚敲在中年人頭上，襲擊者被敲得一個趔趄，摔倒在地。

「你這樣會死人啦。」虞因倉促間回過頭，很嚴肅地抗議飛石。

「你和這種人說什麼會不會死人，自己別死比較重要，先把他們綁住再說。」東風說著，便去脫了女孩的小外套，用衣服先把對方手綁住。

虞因立即依樣畫葫蘆，也把男人的手捆到後頭，四下察看後，沒再看見其他人影。

虞因想讓東風盡快遠離這裡，不遠處卻再度傳來一陣聲響，仔細一看，是蘇彰走了出來，衣角沾到一些血。

乍見東風也在場，蘇彰挑起眉，露出一個挑釁的笑容，但沒說什麼，直接開口道：「進來看看，把人也帶進來。」說著，便先拽住那名中年人，示意虞因帶上女孩，往屋內走去。

虞因看了看東風，後者並沒有獨自離開的意思，他也只好抱起女孩，跟著走進那棟房子裡。

比起外面的凌亂，屋內顯然打掃整理過，乾淨不少，還有幾件能使用的桌椅——大部分已經在剛才的衝突中被砸爛了，地上還有翻倒的飲料罐，糖水香料氣味混雜著空氣中的血腥味，形成讓人很難形容的詭異味道。

虞因一進門，果然看見屋內已倒了三個人，其中兩人的手腳還在流血，似乎失去意識，臉朝地板沒有動靜；另外一個則是趴倒在窗戶邊，右手明顯被折斷，很不自然地折成奇怪角度，平日看起來應該挺友善、好看的臉，現在變得扭曲。

這個人，就是卓永誠。

蘇彰看向東風，「你檢查看看他的臉。」

東風瞇起眼睛，先走到蘇彰面前，一語不發地直接一巴掌搧過去；蘇彰也沒躲，就在虞因震驚的目光中被抽了臉，不過並沒發怒，依舊維持著那種笑，完全不爲所動。

雖然想再多抽幾下，但東風仍壓下怒意，轉頭走到卓永誠面前，蹲下身往對方臉上摸去，細細分辨著臉形，很快，他發現不對勁，「這人不是石漢岷，基礎骨骼與石漢岷原來的樣子不同。」而且不知道爲什麼，他總覺得這個人的身形很眼熟……

「我就知道，太好對付了，而且這裡是撤退屋。」蘇彰翻起一張比較沒被破壞的椅子坐下，「他們組織每當有重要幹部要離開避風頭，都會前往只有幹部才知道的約定地點，石漢岷會派人來藏匿他們，看來卓永誠和那隻白貘是這次要送走的。」

「白貘？」虞因下意識往女孩看去。

「她的代號。」蘇彰側過頭，盯著卓永誠，「石漢岷讓你裝成他幹什麼？」

卓永誠陰狠地回視蘇彰，混著血的嘴巴露出冷笑，露骨地表現出嘲弄並瞧不起對方的態度。

「我知道你們這些重要幹部的嘴都很硬，那……」

「東風，你怎麼了？」原本想要轉開頭不忍看接下來可能會有的血腥畫面，但虞因突然看見東風整張臉刷白得像紙張一樣，血色盡褪。

東風幾乎忘記呼吸，整個人嚇得往後退開，沒注意後方雜物，一不留神踩進了混亂折斷的家具裡，引來虞因驚愕的喊聲。

「你是……」根本不在意腳上被劃傷的痛，認出卓永誠身形的瞬間，東風只覺全身冰冷，像是墜進冰窖，腦袋隨之暈眩起來。

這個人……

他不會忘記，在尤信翔的案子之後，他重新深深記住了影片中被拍到的另一個身影，那個買了麻糬、又被警方判定爲流浪漢的第三人。

殺害安天晴的眞正凶手。

□

「沒事吧？」

虞因按住東風的肩膀，驚疑不定地在他與卓永誠之間來回看了幾眼，「他是誰？」

東風並沒有回應這個問句，反而是趴在地上的卓永誠盯著人，過了一會兒突然陰惻惻地笑了起來，像是對某些事感到很得意，接著語氣森幽地開口：「你認出來了對吧……」

「……」東風看著眼前的人，突然覺得很沒眞實感，而且他完全沒有準備會在這麼突然的狀況下遇到這個人，等到從震驚中回過神時，只感到非常噁心想吐，好像很多蟲用力捲繞住他的胃部，瞬間上湧的強烈反胃感讓他推開虞因，跑到外面用力吐了起來。

直到眞的什麼都吐不出來後，他才偏過頭，看見虞因很擔心地在旁邊等著。

東風接過對方遞來的水，稍微整理後，語氣有些發顫地把卓永誠就是當年那個流浪漢的事情告訴對方。

虞因聽了也很吃驚。

「那怎麼辦？」講出口的同時，他發現到自己在說廢話，當然得立刻報警。

東風搖搖頭，沒說什麼，只抱著手臂沉默著。過了好一會兒、穩定下來後，才握著水瓶走回屋內，屋裡的蘇彰看見他們回來，笑笑地開口：「要換你來問嗎？我可以教你們一些方法喔。」說著，他掂掂手裡的小刀，朝卓永誠的手比劃幾下。

看了眼正在看好戲的傢伙，東風回過頭，直視地上的卓永誠，無聲地張了張唇，好半晌才發出讓他喉嚨發痛的乾澀聲音：「爲什麼你要殺她？一個學校的老師，應該和組織不會有什麼關係吧，也不會阻礙到你們。」尤信翔想對付安天晴還有理由，但他就是不明白當年爲什麼眼前這個人會動手，如果只是想吸收尤信翔，這個代價未免太大，畢竟當時這並不是什麼小案子，他們得動用很多關係才能蓋過去。

卓永誠看著眼前的人，又是冷冷一笑，「你不懂嗎？我只執行命令，爲了什麼，問你們自己啊。」

話才剛說完，一旁的蘇彰突然往對方嘴巴一腳踹去，在後面的虞因壓根來不及阻止，眼睜睜看著卓永誠被踹出一嘴血。

「我沒他們那麼有禮貌，既然你是石漢岷的人，就不用對你太客氣。」蘇彰蹲下身，按住卓永誠的頭，「你們殺一個老師幹嘛？石漢岷這隻縮頭烏龜不是喜歡做這種招人注目事的人，到底有什麼目的？」

卓永誠惡狠狠地呸了聲，什麼也沒講。

「那就……」蘇彰甩出短刀，正要往對方嘴巴割去時，突然被人抓住手臂。

「把他交給警方吧。」虞因拉住人，「既然不是你要找的人，而且這地方算是我找出來的，這些人應該交給警方吧。」

「嚴格說，也不是你找的喔。」蘇彰冷冷勾起唇，「我相信找的人比較想要他們死。」

「……至少要讓他們把做過的事情交代出來吧，受害的肯定不只這些人。」虞因看了看卓永誠，努力說著：「除了老師，還有簡士瑋那些人，你現在對他動手，那麼所有眞相不就沒了嗎？要怎麼對那些人和他們的家屬交代？」

「你確定他會講嗎？」蘇彰哼了聲，「我看就算留著，他也不會講什麼眞相，不然剛才東風問的時候，怎麼就不見他講，這種人留著和死了沒兩樣，況且他咬死不認，恐怕很快就會被放出來了。」

「那麼就……」虞因正想反駁對方的話，突然看見蘇彰身後有人撲出來，是剛才躺在地上的另外兩人之一，「小心！」他反射性推開了襲擊者。

同時反應過來的蘇彰抬手一擋，將對方重新摜倒在地。「嘖。」看著插在手上的刀子，他毫不猶豫直接抽出，順勢帶出大量血花。

覺得那個出血量不太正常，虞因連忙過去檢查，猜想對方很可能被割傷血管了。

「不用管。」蘇彰迅速幫自己止血，接著看見摔在地上的那人身側滾出另一支手機——他剛進來打倒這些人時，已經拿走他們身上的通訊器材，看來仍有疏漏，「他們通知人了，先離開這裡。」

「卓永誠……」虞因看著地上滿臉是血的男人。如果被他跑掉，那麼警方要再抓到人可能真的很難了。

「帶著這傢伙跑不快。」蘇彰拾起手機，快速拆解後隨意丟棄。「我受傷了，沒辦法扛太多人，我答應人要把這隻白貘帶走。」

「可是……」

「往上走。」

平靜的聲音打斷虞因的焦急，站在一旁的東風緩緩開口：「往上走，去那裡。」

虞因訝異地看向主動提議的東風。

「那裡警衛很多，可以就近讓轄區警方過來接手，你們的傷也能得到治療。」東風看著虞因的手。「最近的醫院得搭車到外面，起碼近一個小時的車程，還是個會通報警方的市立醫院，更別說你們還得先叫到車，不想流血到死的話，自己看著辦。」

因爲剛才事態緊急，虞因這時才發現手臂上不知怎地被割了一道，但傷口很淺，只冒出一點點血珠。

「不論是白貘或卓永誠，都是警方的。」東風迎視蘇彰充滿興味的目光，「這裡，是我們的地盤，你想接受治療，就必須幫我們把卓永誠抬上去。」

蘇彰聳聳肩。

「你說了算。」

虞因沒想到第二次來療養院會是在這種狀況下。

他揹著女孩，而蘇彰則扛著被他打暈的卓永誠，在東風領路之下，從很隱密的小路爬上半山腰的車道，好不容易到達白屋門口。

警衛看見他們狼狽的樣子時很驚訝，但他們認得東風，馬上便打開鐵籠子的大門，讓幾個人先進去休息。

東風一邊讓警衛看好卓永誠和女孩，一邊讓他們報警，接著帶蘇彰與虞因進大廳，在同樣訝異的院內人員的詢問下，他先請他們找來醫生，並且騰出無人的會客室供他們暫用。

不知道巧或不巧，薛允旻竟然正好當班，立即跑過來幫忙。

「這是怎麼回事？」薛允旻驚愕地問著，不過手上的工作也沒落下，在護理師的協助下，很快先幫兩人打點好傷勢，順利幫蘇彰止血並妥善包紮，接著揪住東風幫他處理腳上的傷口。

「路上遇到一點事情，我們已經報警了，沒什麼。」東風輕巧地避開對方的詢問，左右看了看，「別打擾到其他人，言家我自己會去解釋。今天不是陳醫生嗎？」

「他臨時有事，我趕過來代班的。」看對方的樣子，薛允旻知道他們不想被問太多，只好點頭，「不過幸好你們沒太晚來，不然我正打算離開，也差不多快到晚餐時間了……既然都來了，警察來之前，要不要去看看連小姐？」

東風看向虞因。

「等等我去看一下好了。」虞因回以一笑。

「誰呢？」蘇彰很有興趣地搭腔。

「和你無關，不准你踏出這地方半步，車來就滾出去。」東風知道這人已自行叫了車，隨時可離開。

「眞不親切啊，不想想剛才最重的都是我扛上來的喔。」蘇彰很悠哉自然地端起旁邊的茶水，慢慢喝了口。

「不想想你這兩天說多少謊。」東風惡狠狠地瞪過去。

見他們之間氣氛似乎不太友善，薛允旻不得不開口打斷，有些疑惑地看著蘇彰，「這是你朋友嗎？」

「不是！」東風立即否認，說道：「不用和他多說廢話。」如果不是考慮得把卓永誠弄上來，他壓根不想讓這種人踏進來一步，讓他在原地流血至死都算便宜他。

「我們認識很久了，還當過一陣子鄰居。」蘇彰換上一張友善的臉，露出極佳的親和力，向醫生與護理師自我介紹，「我先前經常在他家走動。」

如果不是因爲這裡有大量不知情者，怕他們受到什麼傷害，東風眞的想扯爛這人的虛僞面孔。

一邊的虞因同樣傻眼，但覺得不能在人多的地方爆出蘇彰的眞面目，萬一他對這裡的人不利就糟了，雖然有警衛，卻無法保證絕對不會有人受傷害，尤其薛允旻竟然還眞的和蘇彰聊了起來，兩人相距並不遠，很容易遭到波及。

沒多久，變得相談甚歡……

虞因無言，看了看東風，對方只能白眼。

「你先去看看她吧，我怕剛才的騷動可能會打擾到她，她對外來的聲響很敏感。」東風決定留在原處監視蘇彰。總之讓虞因先過去，即使蘇彰發難，虞因也有時間和機會帶著人找警衛得到保護和脫身。

「喔好。」虞因看看會客室裡的幾個人，想想應該暫時不會有什麼問題，便站起身，正要走去時，門口突然起了一陣騷動，還沒意識到發生什麼狀況，連昀兒赫然已出現在自己面前，旁邊的院內人員正不斷勸離對方。

「怎麼了嗎？爲什麼剛剛有點吵。」手上拿著書本與玻璃杯的連昀兒抬起頭，看見愣在原地的虞因，露出溫和的微笑，「原來是你來了呀？帶朋友來了嗎？」

「呃、不，那個……」虞因記得先前東風的交代，不敢伸手把人攔下來，只好堵在門口。「連小姐，我們去圖書室……」

「讓開。」

連昀兒冰冷的聲音打斷虞因的話，毫無溫度的話語與方才帶著微笑的表情完全不同。

虞因愣了下，沒有照對方所說移開身體，反而下意識覺得不對勁，擋得更嚴實。

「連小姐，我們先回去吧，薛醫生在忙呢。」包圍過來的幾名看護連忙勸說。

「薛醫生也在裡面嗎？爲什麼我不能進去？」連昀兒有些迷茫地看著身邊的女性們，然後疑惑地看向虞因，「薛醫生，讓我進去好嗎？」

「連小姐……」看護們彼此交換了眼神，正想軟硬兼施地帶走人，連昀兒卻突然往虞因身上靠過去。

沒想到對方會無預警往自己懷裡鑽，虞因抬起手，反射性往後退，一個沒留神，連昀兒就這樣側身竄過旁邊的縫隙，進入會客室。

他回過頭，接下來發生的事快得讓所有人來不及制止，短短一瞬間，連昀兒突然將自己手上的玻璃杯朝來不及走避的東風頭上扔去，不偏不倚砸在東風的額頭上，引起室內護理師的驚呼。

接著她眨眼間撲上去，與剛才溫和漂亮的面孔完全不同，眼睛瞠得極大，像是看見什麼恐怖的東西般，發出憤怒吼叫——

「你怎麼還不去死！你怎麼還活著！」

憤怒的聲音聽起來就像與對方有什麼不共戴天的深仇大恨。沒想到會出現這種狀況，虞因足足愣了好幾秒，瞬間反應不過來，猛一回神想要拉開人時，蘇彰已將連昀兒拖開，被拉扯的女性仍不斷發出尖銳叫聲，一點也不配合地踢踹著手腳，扭曲的臉上露出猙獰凶光，混合在尖叫裡的吼叫不斷重複充滿惡意的話語。

「你只會帶來死，你憑什麼活著！快去死！」

薛允旻一手接過護理師遞來的針筒，差點被掙動的人撞飛，試了好幾次才把針扎進去。期間連昀兒不斷吼著，像頭被觸怒的猛獸，如果沒有人壓制，很可能真的會撲上去把已經退到角落的人撕咬到死。

「快把連小姐帶回房間。」薛允旻讓看護們按住掙扎力道越來越小的女性，好不容易才讓她們將連昀兒帶出會客室。

蘇彰看著地板上碎裂的玻璃碎片，接著望向虞因。

像是沒有立足之地般站在角落的東風，臉色一片慘白，紅色的血從額頭緩緩拉出赤線，滑過他的臉頰。

「對不起，可以先讓他靜一下嗎。」虞因連忙抱歉地朝薛允旻等人說道，待在這裡的人似乎並不奇怪這種發展，皆明白地退了出去，什麼話也沒說。

薛允旻離開前，把急救箱放在桌上，順手帶上會客室的門。

「你要我也離開嗎？」

虞因看到東風靠著牆壁滑坐下來，抱著膝蓋縮成了一團，他拿起急救箱，打開來放在一旁，現在的情況也不能伸手把對方的臉從膝蓋裡拔出來，「我先幫你消毒傷口好嗎……」

東風伸出手，抓住虞因的衣角，沒說話，但攢緊的手指有些發顫。

過了好半晌，虞因聽見身後傳來走動聲，才想起蘇彰還留在裡面，他沒好氣地回頭給對方一記白眼；後者聳聳肩，又指指東風，表示剛剛有人叫他不准離開這裡。

虞因回了個口形，大致上是問對方會不會看情勢。

蘇彰也回了個口形，但虞因看不懂，因爲他發現對方講的不是中文，所以他朝渾蛋比了記中指。

又過了約莫五、六分鐘，東風才慢慢抬起頭，眼睛紅紅的，臉上的血糊成一片。虞因趕緊拿出食鹽水先幫人洗傷口，順便檢視是否有殘留碎片，剛才那一砸眞的很用力，玻璃杯都砸破了。

幸好除了傷口四周青腫得比較嚴重外，沒什麼殘渣，虞因上好藥後便拿紗布壓著貼上。

「我沒事……」包紮完，東風才垂下眼睫，「沒事……習慣了……」

「習慣？」虞因不可置信，聲音跟著大了不少，「怎麼會習慣？連小姐到底——」

「那位是你母親吧？」蘇彰的話打斷了虞因。

原本正想抱不平的虞因，瞬間沒了聲音，瞪大眼睛看著蘇彰，久久才回神，轉頭看向臉色很難看的東風。

「我說過我曾調查過你們。奇怪了，你的戶口明明是言家人，出生證明也是，怎麼你的母親會在這裡？」蘇彰挑起眉，順便瞄了眼虞因，「你也是，我都查過你們的背景，不過你應該沒什麼問題。」

「你的意思……」虞因有些結結巴巴地開口。

「剛才你背對著可能沒看見，不過我看他的表情很複雜，很想看門外那個人。原本我以為是什麼熟悉的親朋好友，但看著又不太像，他的表情就像個小孩子，很想看親人的模樣，那女的衝進來後，我覺得更明顯了。」蘇彰覺得有點好玩，蹲在兩人身邊，「言家為什麼要編造你的身分啊？外遇嗎？」

「閉嘴啦！」虞因推開好像在看戲的渾蛋。

但一瞬間，虞因不禁想起東風曾說過他們或是那些事物和他沒關係之類的話，而且，正常疼愛孩子的父母，眞的會讓小孩從小這樣逃學、蹺課，不加以保護管教嗎？

甚至在東風躲避尤信翔時，為何頗有地位的言家沒有好好保護他，而是任由他在外面租屋四處遊蕩？

他們眞的疼愛東風嗎？

虞因突然覺得背脊冷了起來。

靠在牆邊的東風，緩慢地發出細小聲音，「……之前我去你家時，看見你家擺的照片，我覺得你眞好，親生父母都那麼疼愛你。從一開始認識你這個天眞的爛好人，就知道你有多保護你的家庭，所以讓人感到很生氣。」

「生氣？」虞因呆呆地看著對方，想起東風前兩天看著他媽媽照片時的樣子。

「我覺得你這種腦殘怎麼會有那麼好的父母……」東風眨眨眼睛，眼淚突然滾了出來，他連忙用手掌抹掉，「我只想好好看她一次，卻沒有辦法。她一直要我去死，一開始我不懂，身邊的大人都說那是胡說，沒什麼意義，要我別記住。但是我查了什麼叫作去死，才知道那是她不想要我在這個世界上的意思……我是多出來的東西，只會帶給別人麻煩……」

「怎麼這樣……等等，你爸不會這樣對你吧，言家不是對你很好嗎？」虞因抓住對方的手腕，有些激動地問。

「你還不懂嗎？我說過，連昀兒遇到的是和譚雅芸她們一樣的事情，她被折磨過——我是強暴犯讓她生下的小孩啊！」像是要發洩多年來的痛苦，東風不管蘇彰是不是在場，或是外面的人會不會聽見，用盡力氣吼了出來，「我根本不知道父親是誰，到現在那個人還逍遙法外！連昀兒精神不正常就是因爲她的遭遇，還有我這個骯髒到不行的『紀念品』！」

虞因整個腦袋「轟」的一聲，突然無法思考，他只想起最初遇到東風時，那具像骸骨一樣的身體，費盡力氣追在譚雅芸後頭，對方當時抱持的心情，他一點也不了解。

接著，他想起尤信翔說過的話，那張臉上始終帶著看不起他們的冷諷表情——尤信翔知道這件事。

「我名義上的『母親』是連昀兒的表姊，雖然年齡有差距，但她們以前感情像親姊妹一樣，而且就住在隔壁。連昀兒出事之後，是她和丈夫……言家的人用自己的醫療資源讓我生下來，然後將我登記在他們名下。」東風緩慢地勾起嘴唇，一字一句地說道：「就算他們對我再怎麼好，也是因爲她和連昀兒的姊妹情……有誰會眞心疼愛被強暴犯搞出來的小孩……我很早就看出來他們根本不知道該怎麼做。他們很想照顧我，但又在我身上看見強暴犯的影子，讓他們不知所措……我不想要麻煩任何人，也不想要再給他們多增加什麼困擾……我很怕言家的其他人知道我的來歷，會對『父母』施加壓力，也怕外人知道之後會改變對『父母』的想法，認爲他們帶著一個髒小孩……原本我只想一個人安安靜靜地找個地方生存就好……」

他不想和外人有太多交集，就怕另外一半來源不明的血液會招來各種臆語，也害怕因爲這些而被攻擊。讀著人們的表情，他知道人類是一種很容易看輕別人的生物，特別是那些善於將這些對他人不利的事情無端擴大來打壓別人的人。收留他的言家在社會地位上本就比別人高一些，他無法想像自己看不到之處會有多少人想扯他們下來。

自己一個人，不要給人帶來麻煩是最好的選擇，別讓人們臉上出現困擾，也別讓他們爲難。即使如此，他還是想認識更多事物，好不容易可以向更博學的人們提問，才發現這樣也是一種添麻煩，所以他只能再退開。

只是他沒想到會遇上尤信翔對他伸出手，而他也伸出手回握對方溫暖的掌心，然後是安天晴、學校那些對他好的人，這讓他開始想要捉住更多溫暖，才造成無法彌補的後果。

他只是，想要一點點能容忍自己存在的地方就好。

「當時尤信翔是唯一知道這件事且如常對我的人，他完全不介意我是什麼東西生的。」東風帶尤信翔來過這裡，在年紀尚小時怯怯地說了原因，對方卻不改原先的態度，讓他太過放心，忽略了後來的那些改變。

「你也別太看輕自己了，我是變態殺人犯生的，也沒有比較好喔。」蘇彰插了一句，然後笑笑地看著虞因，「不過，有一對好父母又倍受寵愛的虞同學，就不知道我們的想法和處境了吧，畢竟人家親生父母照顧得多好。」

「你少在這裡搞分裂！」虞因踹了蘇彰一腳，接著深深吸了口氣，按著東風的肩膀，「你聽我說，那些都不是你的錯，完全不是你的錯，強暴犯什麼的都和你沒關係，你是受害者。而且對我們來說，你就是你，與你的出生無關。」

「你看看，多天真的說法。」蘇彰冷笑著。

虞因實在很想掐死還想搧風點火的人，他瞪過去，「警察快來了，你不是自己有叫車嗎，還不快滾，還是你想開了要留下來投案？」

「當然是沒想開。」蘇彰笑著站起身，有些遺憾地看著兩人，「雖然很想繼續聽下去，不過轄區員警確實快到了。我們的事，只好晚點再繼續處理。」他看看時間，拿出虞因的手機和護身符拋回去。

虞因接住自己的東西，用最大惡意回以中指一記，然後只能眼睜睜看著蘇彰囂張地離開，重新關起的門外似乎還能聽見他和別人打招呼告別的聲音。

「我絕對不會改變對你的看法的。」

蘇彰離開後，虞因再次說出自己的想法，「和你的父母無關，因為我認識的就是你，一個人給別人的看法取自於他的行為，而不是那些他沒做過的事。我知道你是好人，和那個強暴犯一點關係也沒有，這樣難道不行嗎？」

東風扯了扯嘴角，「你知道你現在說的話，很像坊間影劇裡那種廉價台詞嗎？」

「……我很認真的喂。」虞因瞬間有種好心變成驢肝肺的感覺。

東風笑了笑，抹抹臉，「我知道，所以才決定帶你們來。」經過那麼多事情之後，他想要再一次相信，也想再試試。即使他曾說過不要再接近他，這些人還是照樣靠過來，他就知道對方不會因爲出身的關係而將他當作特異。

最開始，他就只是想要有一個地方，僅僅如此。

「等等，所以你從很小就知道？言家把這些事告訴一個小孩？」虞因把時間往回推，尤信翔說東風在遇到他之前就已經在躲避了，也就是說，所有的事，東風在國小、或者更小的時候就已經知道，言家竟然這樣對一個小孩？

「也不是他們說的，最開始，是我注意到他們會在固定時間去附近的屋子……連昀兒那時還沒住在這裡，言家將她安置在附近的空屋，請人照顧她。每次他們回來，都會看到『母親』在房裡哭，所以有一次我就躲進後車廂，偷偷跟去，在那邊看到漂亮的『大姊姊』。當時只遠遠看著，想說要找一天問問她，爲什麼我媽媽每次來這裡都會哭；等到某一天他們出差了，我就從窗戶偷偷爬出去，靠著記憶到了那間屋子……小孩體型小，眞的挺方便的，就這樣讓我鑽了進去。」東風低著頭，淡淡說著：「我誤打誤撞繞進了她的房間，當時她在陽台看書，穿著白色的洋裝，頭髮很長，透著光看起來非常美，像天使一樣。」

東風回憶起那天的情景，連昀兒輕輕翻著書頁，微風吹動著一切，空氣似乎凝止一般。幼小的他還不懂得如何形容這畫面，只覺得大姊姊很好看，繪本上看到的天使也就這樣了。

接著，連昀兒發現他的存在，一開始是很美地微笑著，說是哪家的小女孩闖進來。

他愣愣地走過去，想摸摸美麗的大姊姊。

直到連昀兒問了他的名字。

「就像你剛才看到的一樣，她失控了，掐著我的脖子要我去死，我嚇得躲進旁邊的衣櫃裡，她在外面吼著；直到很多人衝上來，發現我的存在，連忙通知言家，之後我在家裡也不敢待在房裡，就睡在衣櫃……言家的父母回來，以爲我睡了，在書房大吵，說到底是誰讓小孩發現的，生作強暴犯的孩子已經夠可憐，親生母親還一而再再而三地要殺他……我聽得很清楚，雖然那時不明白是什麼意思，但把所有話都記住了，直到我弄清楚，才知道原來言家根本和我沒關係。所以我很想問問，到底爲什麼媽媽要這麼討厭我，於是再次偷偷進了那間房子。」

這次，連昀兒看見他，只是微笑，但笑容裡卻沒有任何笑意。

「她說，我的名字不是我的名字，我眞正的名字是這樣寫……」

東風伸出手指，在地上慢慢勾出筆畫，就像他初次認識尤信翔時，所寫出的那個同音異字——

冬風。

「『因爲冬天的風會帶來死亡，這麼冰冷、讓人討厭，就像你一樣，所以不是很適合嗎？』她是這麼說的。」東風記得女性說著這句話，伴隨著輕輕的笑聲，毫不在意他的感受，像是說著什麼令人發笑的輕鬆話語，「這才是她取的名字，言家的人可憐我，改了字，從小告訴我東風是被人需要的好名字，直到我知道原本的寫法……我眞的不懂爲什麼自己會被生下來，明明遭到強暴的話，是可以把孩子流掉的，這樣沒人會痛苦。」

虞因不知道應該說什麼安慰對方，但覺得安靜陪著也是個辦法，畢竟他們想說什麼、想安慰什麼，東風都知道，再多說，似乎像是在可憐他。

「總之，就是這樣了。」聽見外面再度傳來其他騷動聲響，東風停止說話，有些無力地嘆了口氣，按著牆面站起身，「應該是警察到了。剛才的事……」

「如果你不想告訴別人，我就不會說，連聿我也不會說。」虞因覺得這件事只能當事人自己決定。

「你可以告訴他們。」東風想了想，說：「玖深哥他們也可以，如果你相信他們。我是不想再開口了……如果不是因為剛剛那狀況。」

虞因看對方的表情有些尷尬，大概是因為突發狀況才讓他整個爆發出來，不然這件他瞞了很久的事，未必真的想讓自己知道。

就在室內安靜下來之際，門被人敲了兩下，房外的人通知說是警方來了，讓他們出去解釋一下。

「我先打電話向學長知會狀況，你也通知虞警官他們吧，看來蘇彰這次是利用我們的心態耍了我們一把。」東風說著，便把畫像事情的始末寫了訊息寄給黎子泓。

「什麼？利用……啊！難道他也找上你！」虞因這才驚覺為什麼東風之前會往蘇彰臉上打，他真的沒想到蘇彰竟然說謊。該死！早知道剛才也補上一拳。「太過分了！虧我還一直怕你們受波及！」

「所以說被利用了，那種人……」東風嘆了口氣。他也沒看出蘇彰的歹意，那個人實在太擅於偽裝，竟然連自己都被騙。

虞因搖搖頭，真不知道這兩天幹嘛過得這麼委屈，他發了簡訊告知虞佟大概狀況，不過當然是簡略版。他還是保留一些事，不想讓其他人太擔心，等到訊息發出去後，東風已開門走了出去。

大概是他看起來有點慘，所以從外面進來的幾名員警很小心翼翼，問了幾句之後，黎子泓的電話就到了，幾人便先去確保卓永誠兩人的狀況，同時請求派人察看山腳下的現況。

「我看你們兩個先在這邊吃點晚飯吧。」薛允旻走過來，有些鬆口氣地說，「連小姐睡了，等你們吃飽，我開車帶你們回市區，這麼晚，叫車不太方便。」

虞因和東風互看一眼，算是同意。

今天一整天發生太多事，確實滿疲憊的，便這麼接受。

□

下山時，東風在後座睡得很熟。

坐在副駕駛座的虞因回頭看了看，確定人睡得很安穩，剛才在白屋裡對方沒吃什麼，雖然強撐著，但精神狀況應該還沒恢復，只喝了果汁，上車後終於支撐不住，整個昏睡過去。

「開得慢一點沒關係吧？」薛允旻同樣看見後座的狀況，微笑著詢問虞因，「這樣開山路比較穩。」

「謝謝。」虞因感激地點點頭，覺得薛允旻滿貼心的。

因爲已經發布颱風警報，所以下山時多少能感覺到風勢開始變強，黑暗中的雜林不斷搖晃，間隔距離相當遠的路燈不時會被遮掩，造成詭異的閃爍感。

虞因邊看著車窗外讓人不安的黑暗夜景，邊低頭看看手機，收訊不好，不過離開白屋前曾收到虞佟的訊息，要他盡快回家，不要在外面逗留，也把東風一起帶回家裡，晚點他們返家會問他們一些話。

「家人擔心嗎？」薛允旻輕巧地投來一眼。「還沒問你們是怎麼了，山下那片廢屋已經很久沒人住，怎麼會跑到那邊、還發現通緝犯，這樣很危險喔。」

「……一切都是巧合，眞的。」虞因苦笑了下，不知該怎麼和外人解釋，只能草草帶過。

不過薛允旻似乎沒想要草草結束這個話題。他邊開著車，熟稔地穿梭在黑暗中，邊繼續詢問：「是東風帶你去的嗎？」

「不是，我和另一個人有些事……呃，我的工作需要一點圖片樣本，本來想說拍點照片回去使用，沒想到會在那邊撞見通緝犯。」虞因一邊在心中不斷地抱歉，一邊說著勉強合理的解釋，「東風那時候也在場，剛好就跟上來了。」

薛允旻沒有回應虞因的話語，只微微皺起眉，讓虞因有些尷尬，心想對方可能知道他在說謊。

因爲有些不自在，所以虞因裝作很自然地移開視線，看向窗外。

同一瞬間，他看見疾駛的車窗外，赫然出現被車捲死的女孩面孔，雖然立即被拋到車後，黑暗的身影很快就消失在飄搖的雜林之中。就在虞因反射性轉頭看往前方時，前方道路上猛地就出現另外那名死得很慘的女孩，血淋淋的面孔被車燈一照，猙獰且扭曲。

「小心！」虞因還沒反應過來就先喊道。

薛允旻立即踩下煞車，但不像之前聿那樣停死車輛，只是緩了緩車速，「什麼東西？」對方開口詢問，虞因卻回不了什麼話，在車輛即將撞上女孩之前，他看到腐爛的女孩跳到引擎蓋上，發出「咚」的一聲，車子便硬生生熄火、煞停了下來。

薛允旻似乎完全沒看見這一幕，他重新發動車輛，但卻無法發動，幾次過後，他有些莫名其妙地看著虞因，「你知道發生什麼事嗎？」

「……」虞因抓著胸口的護身符，看著就在車外的黑色面孔，突然感覺手上的小紅袋一鬆，縫線竟然直接整個散開了。

「看來這裡不太乾淨……我聽說山裡以前曾死過人。」薛允旻橫過身，打開前方的置物櫃。

虞因看著男人從置物櫃裡拿出一塊木牌，雕著他看不懂的符文，然後用紅線捆繞著。不知爲何，虞因覺得好像曾在哪看過這樣的東西，但一時想不起來。

趴在引擎蓋上的女孩在木牌取出的同時，發出動物般的嚎叫，就這樣消失了，而車輛也隨即發動成功。

虞因回過頭，見車輛後方有許多黑影，一雙雙紅色眼睛在不遠處看著他們。

薛允旻笑了下，把木牌掛到後視鏡上，重新驅車向前。

看木牌隨著車子一下一下地晃動，虞因突然想起自己在哪看過這東西了。

「薛醫生……你怎麼會有這個？」他很希望只是巧合，因爲對方實在看不出是那種人。

「嗯？朋友送的啊，聽說我常常跑山區，所以他幫我弄了一個，還挺靈的，你這種體質也該去找一個看看，說不定比較不會被那些亂七八糟的東西纏上。」薛允旻帶著有些關心的口吻說道。

「你怎麼知道我是什麼體質？」

虞因看著和藹的醫生，瞬間起了防備。

他從來沒告訴過眼前這只見過短短幾次面的陌生人，自己能看見什麼。

「和東風聊天時聊到的啊。」薛允旻有些奇怪地看著他，「有陣子他在找相關資料……這是你們之間的小祕密嗎？」

「雖然我不知道你們聊天時都說什麼，但東風不是那種會隨便亂說話的人，更別說他似乎和你沒有那麼熟。」虞因感覺車子似乎加速了，極度警戒。

「我們偶爾還是會說話啊，就像上次和你聊天時說過的，知道一、兩件事應該沒什麼好奇怪的吧，言太太也會告訴我東風以前藏在衣櫃裡，要我多關心他。」薛允旻依然微笑著：「畢竟我們認識七、八年之久了，可比你這位近期才交往的『朋友』還熟喔，我可是很擔心他自己在外面會遇到什麼事……」

「我母親沒有告訴任何人我藏在衣櫃的事。」

冷冷的聲音自後座傳來。

虞因回頭，看見東風不知什麼時候醒了，眼神銳利地看著駕駛座上的人，「我也沒和你說過，虞因是我『近期』認識的朋友。還有，言家當年怕『那人』對我不利，對外從來沒說過我『自己在外』，除了特定的一些人，就連家族的人都以爲言家有人住在我附近，照料我的生活並幫我搬家，仲介也是一直如此配合。」

「對，你的確說過你不知道他自己住在哪邊這樣的話……」虞因猛然想起他和薛允旻先前的交談內容，「你還說他媽媽告訴你他小時候躲在衣櫃，還是三層衣櫃。」仔細一想，那時候這人的說詞就有些反覆了，說他們不熟，卻又知道這些私事，只是當時他很認眞地在思考其他事，並沒有發現不對之處。

現在一說出來，他也想起言母當時與他聊過的話，和醫生的說詞相反。

「三層衣櫃的事，外人幾乎不知道，我父母怕連小姐再受到什麼影響，也爲了保護我，所以封鎖這事、絕口不提，甚至換掉當時所有照護人員，這就是你八年前會被替換進來的原因，不會有人告訴你我睡在衣櫃裡。而先前與我聊過這話題的人已經死了，當時聽到的警察也不可能告訴你，你爲什麼知道我的房間有三層衣櫃？」東風慢慢坐起身，看著非常熟悉的面孔，「你爲什麼會知道我房間的布置？白屋裡的人不曾去過我家，更別說進到我房間。」

薛允旻笑容不變，但已沉默下來。

「薛醫生，你眞的是薛醫生嗎？」

薛允旻重重踩下煞車。

如果不是因爲繫有安全帶，虞因差點撞上前方玻璃，後座的東風則是重心不穩，摔在椅背後。

「你們想要我說什麼？」薛允旻微笑著，按下中控鎖，所有車窗門應聲鎖死。

「你爲什麼要混進白屋裡？你是尤信翔的人嗎？」東風按著撞痛的右肩，有些失望心冷地看著男人，「八年前……應該注意的，那時候尤信翔設置了很多眼線監視我，威脅周遭所有人，我以爲他不會動連小姐……他保證過不會，但是他讓你進來了嗎？」

「如果你覺得是這樣，那就算是吧。」薛允旻慢慢鬆開領口釦子，讓兩人看見胸膛上的刺青。「不過，你認爲眞的是嗎？」

「你想幹什麼？」虞因徒勞無功地開了幾次車門，發現眞的一動也不動，心一橫，攔在車座之間。「尤信翔已經被抓了，爲什麼你們還要對付東風？」

「你們做了那麼多事情，眞的能全身而退嗎？」薛允旻也不急著做些什麼，只保持著笑容，用那張友善的面孔看著像是籠中老鼠的兩人。「雖然我不算是為了這個原因而來。」

「……！卓永誠的接應人是你嗎？」猛地想起撤退屋的地緣關係，虞因才驚覺原來這不是巧合。

「喔對，還有這事，言家警衛太多了，又都是軍警退下的身手，不得不放棄卓永誠。」薛允旻幽幽說著：「不過無所謂，卓永誠知道應該怎麼做，我已經給他下過命令。」

「薛醫生……」

薛允旻轉過頭，看著後座發出虛弱叫聲的人，以一貫疼溺的態度回應，「怎麼了？」

東風伸出手，慢慢地越過虞因，按在薛允旻的臉上；而後者毫無反抗，只勾著唇，任由對方慢慢按著五官輪廓，直到那些冰冷的手指逐漸發顫。

「這不是你的臉……」

東風看著八年來熟悉的面孔，覺得恐懼，「那時候，你出現在醫院真的是去找朋友嗎……」會不會，他其實只是追著那名死者到院？而死者過於激動的反應，是因為看見了薛允旻？

就在薛允旻被東風的反應吸引注意力時，虞因趁對方分心，快速扯下掛在後視鏡上的木牌，用力扯掉上頭的紅線。

薛允旻發出怒吼之際，一直跟在後頭的黑影幾乎同時撲了上來，整輛車猛烈震動著，所有車窗門鎖全數彈開，無人按的喇叭轟然大響，車燈與車內燈一起瘋狂大閃。

「東風！快跑！」虞因向前用力按住薛允旻，朝後座的人喊。

東風立刻跳出已經完全彈開的車門，跑了幾步，被地上沒看見的野草絆倒，還沒爬起身就被人用力一拽，很快跟上的虞因扶住他，大步往雜林裡跑去。

他幾乎可以聽見後方車門被甩上的聲響，伴隨著喇叭聲在黑夜中特別刺耳。

他們沒有往後看，就這樣漫無目的地在林子中東跑西竄了半晌，直到遠離了聲音才停下來，發現已經離對外道路很遠，周圍連一盞路燈也沒有，只有無止盡的黑暗與摩擦枝葉的沙沙聲響。

「你應該不會剛好有帶手電筒吧？」虞因一邊喘著氣，一邊問道。

「誰會帶那種東西！」東風抓著對方手臂半蹲下來，也跑得很喘，整個胸口痛得厲害，有些喘不過氣。

虞因這時突然有點想念最近會從背包裡拿出很多東西的聿。

「薛醫……薛允旻好像沒追上來，先找個地方避避吧，在這裡亂跑，如果踩到蛇或是窟窿會很危險。」東風等到順過氣後才站起身，拿出手機按出光源，「似乎沒什麼訊號。」

東風手機亮起那瞬間，虞因倒抽了一口氣，他在旁人身後看見好幾張黑色的臉孔，都是赤紅著眼睛，離他們異常接近，幾乎快貼到東風臉側。

「在這裡？」立刻曉得那張阿飄臉代表的意思，東風回過頭，卻什麼也沒看見。

「我們先想辦法回到路上吧。」虞因看著那些黑影，帶著人慢慢向後退。雖然想要快點離開，但四周不知爲何，呈現出一片無法分辨方向的黑暗，連雜林的位置看起來好像都一樣，完全分不清剛才他們是從哪裡跑來的。

抬頭看看天空，樹影遮蔽，更不用奢望能看見什麼指引方向的星星了。

「萬一薛允旻還在路上呢？」東風拍掉跳到身上的小蟲子，嘖了聲。

「這裡應該還有其他路吧。」虞因記得到山腳廢屋那時，計程車走的就是另一條路，薛允旻總不可能神通廣大到出現在每條路上吧。

「我記得有，不太好走，而且我們也不知道自己在哪邊。」東風看看黑暗的雜林。「這算是鬼打牆嗎？」

虞因無言了，周圍確實有不少影子晃動，搞不好還眞的是。正想要說點什麼，才發現東風還拽著他，手很冰涼，看來可能還沒從薛允旻是組織的人這件事中調適過來，只是在勉強自己說話，試圖不讓狀況變得更糟。

虞因將護身符放進口袋，再次環顧周圍狀況，看向那些黑影，「你們對我們應該是沒有敵意的，如果想要幫忙，請讓我們好好離開這裡。」

黑影又晃動了一會兒，其中慢慢浮現出先前見過的那名腐爛女孩，依舊一身血，但已沒有之前那麼凶狠。

「我知道妳想回家，警方一定會聯繫上妳的家人，也會努力處理這些事。但請妳明白，卓永誠他們還不能讓蘇彰殺掉，因爲有更多人的事情沒有被釐清，大家都需要一個交代，也有其他人想回家，我希望能幫忙將你們一個個找回來，送還給你們想要再見一次的人。」他的確無法認同蘇彰的手段，那只是在殺人。雖然受害者希望凶手付出代價或死並沒錯，但如果可以，在這件事上，虞因希望儘可能將眞相還給他們，再去處置凶手。

他只是一個外人，沒資格對這些事情指手畫腳。

他知道有的人就是希望凶手立刻死，不須要還原眞相，況且現在的法律判決未必盡如人意，無法保證眞正公道。

所以他只能替這些人完成最後一些事。

女孩看著他，半晌，默默地抬起手，指出一個方向。

「走吧。」

兩人沿著黑路走，可能是因爲溝通起了點效果，這次小路似乎長得有些不一樣。

「你覺得他們會聽進去嗎？」

東風小心翼翼地在看不見路況的地方走著，有些踉蹌，似乎剛才那一摔，加上先前在廢屋的割傷，讓他走得不是很順。

「我也不知道，但是我理解他們的想法，因爲我也曾有過想報復的念頭。」虞因撥開黑暗中阻攔的枝葉，「每個人想法不同，也只能那樣……」

東風張了張嘴，最後沒有說話。

「對了。」虞因停下腳步，「你是不是腳痛？不然我揹你吧？」剛才他就注意到了，東風走路的速度越來越慢。

東風確實腳痛，所以也不跟他客氣，直接爬到對方背上。

走了一會兒，虞因突然笑了出來。

「怎麼？」東風眞不知道現在的情況有什麼讓人好笑的。

「我們第一次見面時，你不是也掛了嗎，然後我揹著你走一段路，現在你比那時候重不少。當時我還眞的以爲是在揹女孩子，而且是很輕的那種。」虞因突然有點懷念。雖然不算很久以前的事情，但現在想想，竟好像是久遠前的回憶。

「你還真放得下心想這些亂七八糟的事啊。」東風想白眼在這地方還輕鬆得起來的傢伙。

「就突然想到。」虞因感覺到身後的人可能想搥他，「還是變重好，希望下一次揹的時候，可以重到揹不起來。」

「……你腦子有病嗎。」東風只有這個感想。

「也還好啦。」

走著走著，虞因突然覺得不遠處好像有燈亮了起來，雜林之外傳來很多像是車燈閃爍著的光芒，讓他連忙加快腳步。

這種數量，總不可能是組織瞬間弄了很多車子來拐騙他們吧。

其實當時他只以爲應該是走到車道邊上了，沒多想，所以衝出雜林差點被一輛急煞的機車撞到時，虞因才發現他們竟然已不在原本的山區了。

根據他大學經常到處亂跑的經驗，眼前的風景絕對不是原來白屋那座山，他們根本莫名其妙跑到其他地方，而且幾乎已經回到台中附近的山區了。

回過神，周圍是一大群車隊，而爲首的人他見過。

「大溫，這是不是玖深的朋友？」

車隊的首領如是說。

□

「嗯，我和東風在玖深哥朋友這邊，晚點他們會送我們回去……」打了通電話將目前狀況回報給虞佟後，虞因又交代了些薛允旻的事情，才掛掉電話，往東風所在的地方走去。

現在車隊停在一處觀景台邊，數量比虞因以往夜遊時那些狐群狗黨的人數還要多一些，看來這支車隊規模頗大，而且還挺團結的，沒什麼人脫隊。

東風坐在邊上的石椅，接過大溫泡來的茶水，邊回答對方的問題。

「你們說張元翔傷勢很嚴重？」大溫有些訝異。雖然小溫認識的是黃旭光，但張元翔離家一事，他們多少有所耳聞，「這些垃圾，拐騙一堆小孩入夥，竟然還這樣對待他們！」

「很意外嗎?最近我們對付的也都是一些到處傷人的小屁孩啊。」宋鷗坐在一邊,冷哼了聲,「方曉海發出的追捕還不也是個小女生。」

「小海在追誰?」虞因返回時正好聽到這段話。

「一個暱稱白貘的,好像是犯了方曉海吧,所以她追得很緊,聽說掏了不少那女的手邊的人,滿多都被她收拾掉,我看那個女的應該已經被追到無路可走,現在不知道如何了。」宋鷗聳聳肩,毫不在意被追捕的人會怎樣。「既然你們是玖深的朋友,自己小心點,我們車隊最近也在追殘餘的那些飆車族,雖然已清得七七八八了,不過難免會漏。」

「知道了,謝謝。」虞因默默在心裡打點著,原來那個白貘女孩是因爲小海在追她才會被撤走,難怪要怒罵小海。

兩人在車隊稍微休息一會兒,宋鷗就找來開車的人,讓對方幫忙先把虞因兩人送回家。

因爲一整天下來事情實在太多,別說東風,連虞因一上車放心之後,也立刻睡死過去,直到車主在家門口好心叫醒他們,也已是深夜的事了。

回到家中,客廳的燈還是亮著的,聿和家裡的兩個大人都在等他們,這陣仗讓虞因有種好像會被嚴刑逼問的感覺,本來睡得暈沉沉的腦袋,一下子清醒過來。

幸好虞佟並沒有要他們馬上招供,而是讓他們先休息一會兒,洗洗手臉、吃點東西,才讓兩人回到客廳。

隱瞞了東風生母的事情，虞因補完電話裡沒詳細說明的部分後，就看見虞佟和虞夏用幾乎一樣的表情思考、沉默著。

過了半晌，虞夏才開口：「卓永誠和白貘已經被我們接手，薛允旻方面正在追查，早先時候轄區員警發現他的車在山路上，人不見了，但車子的狀況有些奇異。」

「奇異？」虞因瞄了眼稍微打起瞌睡的東風。

虞夏沒特別說明，打開手機中收到的幾張照片，往前遞給虞因。

一看到照片，虞因立時明白了。

薛允旻車子所有車門都被打開，不管內或外，車燈皆是大亮，整台車看起來卻異常老舊——他們離開時，虞因確定車子看起來沒這麼髒舊——而且布滿大量砂土；最讓人在意的是，所有車窗上的厚厚泥土，看起來像被很多人砸上去的，有些地方甚至出現詭異的手印。

「按照你們所說，加上對方的年紀與行事給人的感覺，我們懷疑薛允旻可能就是石漢岷本人，但確切身分還在追查中，只有懷疑，明天應該就會有點什麼傳回來。總之，你們兩個盡量先不要到處亂跑，阿因的公司我已經先幫你請兩天假了，家裡會有員警監看，避免蘇彰或薛允旻再對你們不利。」虞佟看了虞因一眼，「不管如何，你們都不許再和蘇彰接觸。」

話題差不多在這裡結束。

解散回房後，虞因躺在床上，才深刻感覺到全身已經不是痠痛兩字可以形容，簡直是整組快散光光，完全不想再爬起來。

拿起手機，看見老闆發的訊息，內容是家裡有事的話，讓他在家裡把案子好好做完，反正最近他也就接那單大的，很夠他拚命一陣子了。

虞因苦笑地想著那單大的還眞的差點讓他拚命。放下手機，他閉上眼睛，準備先好好睡一覺。今天事情眞的太多，爆炸地多，好像什麼東西累積一次解壓縮，差點反應不過來，剩下的就等明天醒來再看看吧。

雖然這麼想，但才剛閉上眼睛，他就感覺到周圍氣溫陡然下降。房內隱約出現不少看著他的視線，像是有什麼急著要他現在爬起來。

虞因只好再度半爬起身，果然毫不意外地看見了房裡黑影幢幢的畫面，如果不是因爲已經有心理準備，現在應該會嚇得瞬間昏睡過去，一切都等明日再續之類的。

站在前面的女性抬起手，指向窗外。

虞因從床上翻起，跟著看出去，似乎看見外面有人，但很快便消失在陰影處，好像正在窺視他家的狀況。

薛允旻嗎？

如果他確實是組織的人、甚至就是石漢岷本人，那麼知道他們住哪裡並不奇怪，只是他竟然就這麼肆無忌憚地跟上來，看來真的還有其他目的。

轉過頭，那名血淋淋的女性已經退入陰影處，取而代之的是石靜恬，看起來仍有些陰暗、相當古怪的樣子。

那瞬間，虞因突然想到一件事，「妳知道蘇彰在找的那個『他』是誰嗎？」其實他沒抱持著多大希望，畢竟石靜恬死前並不知道有這麼一個弟弟或妹妹，死後再怎樣神通廣大，也未必事事知曉。

石靜恬只是看著他，臉上突然出現很悲哀的神色，什麼都沒說就逐漸淡去，周圍那些黑影也跟著緩緩消失。

不知道除了告訴他外面有人以外，這些好兄弟還有什麼事，虞因一頭霧水了半天，強打起精神想等等看是不是還有後續，就這樣等到整個人迷迷糊糊地睡著了，再睜開眼睛時，已是隔天上午。

□

翌日上午，外頭明顯出現不小的風雨。

虞因醒來時，窗外的天空很灰暗，窗戶上也拍滿雨水，隱約有著強颱來襲前的氣勢。

邊打著哈欠邊下樓，除了聿和東風外，他完全沒想到會出現意料之外的人。

「嗨，被圍毆的同學，太陽從頭頂曬到屁股了。」坐在沙發上看電影的嚴司回過頭，很大方地打招呼，「我買了些吃的過來，趁冷加減吃。」

「……嚴大哥你怎麼會在這裡？」虞因有點無言。

「放假、沒事幹。」嚴司給了簡單易懂的五個字，然後搖搖手上的蘋果片，「聽說你們又被集體關禁閉了，所以大哥哥只好來陪你們玩～順便告訴你們，薛允旻極有可能眞的是石漢岷。」

「已經查到了嗎？」虞因有些訝異竟然會這麼快，畢竟還不到中午。

「應該說，老大他們分了兩批人下去調資料，一批是按歷年順序，另外一些人從八年前、也就是他應徵言家職缺那時候開始查，發現薛允旻原本有自購住宅，但卻搬出該處，另外租了房子後去應徵。上午警方分別攻進這兩處，租屋那邊當然是人去樓空，然而自宅的部分……」嚴司拿出手機，讓虞因看上面的照片。

照片拍的是住宅內部，裝潢得非常完善，居家用品一項不缺，油鹽醬醋之類的日用品製造日期已是八年前。而在書房中，一具枯骨赫然坐臥在書桌前，顯然已沉寂非常久的時間。

「這位很有可能才是眞的『薛醫生』。」嚴司收回手機，「有趣的是，他的朋友同事都沒發現異常，顯然組織調查了很久之後才動手的，我想應該就是在小東仔的事件過後花了兩年、或更久的時間觀察，進而取代吧，畢竟臉部整型也得有一段復元期，正好疊合在觀察時間中。」

虞因轉向坐在落地窗邊的東風，背對著他們的身影正默默揉捏著手上的黏土，旁邊放著半成形的人像。

再次被身邊人背叛的感覺，不用說虞因也知道很難受，經過一晚的沉澱，顯然東風打算振作起來，先做出醫生的樣子來。

他這次並沒有再選擇把自己關入小空間的命運，而是選擇面對。

有些出神的虞因，在衣服被拉了兩下之後才反應過來是聿正在叫他；回過神，對方給了他一些紙張，才看了幾眼，他就苦笑了，果然是一堆強烈的抗議，大致上是虞因自作主張遇險之類的，明明說好會告訴他一起應對。

「事發突然，抱歉。」虞因只得老實道歉。

聿分別看了他和東風兩人一眼，嘆口氣。

「你們不用出去採購嗎？」坐在落地窗邊的東風突然冒出一句話。「颱風天，正常人應該去買食物和備用品回來？」

「這兩天不是不能亂跑嗎……」虞因雖然這麼說，但也覺得應該要買一下備品，而且總不能讓員警們在颱風天還待在外面，得請大家進來才對。

「那被圍毆的同學你們就去吧，小東仔交給我照顧囉。」嚴司很快地揮揮手，表明不想去外面風吹雨打。

「……好吧，如果你們有想要買什麼，再打電話告訴我。」虞因多少感覺到東風是想要他們給個空間，所以便順勢同意了。

拉上聿一起出門，兩個人在雨勢變大之前先行離家。

「你說東風是不是想和嚴大哥商量什麼？」

坐在車上，虞因看著外頭的風雨，問著身旁的人。

聿瞟了他一眼，繼續認真開車。

虞因沒得到回答，只好默默先自己思考，就在接近超市時，一邊的聿似乎突然看見什麼，把車迴向，往對面轉去。

虞因正想問對方怎麼了，只見聿指了指停在附近點心店的車，剛好從車裡走出一名婦人——就是前幾天他們見過、名義上是東風母親的那位。因爲聿還不知道這件事，所以虞因雖然有點吃驚，但沒表現得太明顯。

可能留意到有什麼接近自己，婦人並沒有立即進店，而是持著雨傘左右張望了下，等到虞因兩人把車停妥、搖下車窗，她才朝著車內兩人笑了下，「原來是你們。」

「阿姨怎麼會在這裡？」虞因看婦人打扮得很漂亮，似乎是要去什麼地方。

「正想去拜訪你們呢……要不要在這邊坐一下？」

婦人指指身上漸漸被雨水打濕的衣服，微笑地問。虞因兩人連忙先停好車，很快地與對方一起進入點心店。

這家店因爲有名且不遠，所以虞因和聿想解饞時都會往這邊跑，老闆和店員大多已熟識了……不得不說兩個男的經常跑來這裡吃甜食，不招人注目也很難。

雖然颱風將至，不過冒雨前來的食客不少，店內已有幾桌坐了人，隔絕掉外面的風雨，正愉快地聊天，似乎玻璃窗外發生的一切皆與他們無關，像是全然不同的另一個世界。

坐在他們面前的婦人收了收有些散亂的髮絲。

「阿姨，妳找我們有什麼事嗎？」摸著裝冷飲的玻璃杯，虞因有些疑惑。

不對，應該說爲什麼東風的這位母親會覺得這時間來家裡能找得到他們？如果不是因爲虞佟先幫他請假，照理來說今天還是上班日，突然拜訪可能會找不到人吧。

「我打電話去你公司，說你請假了，心想應該在家裡。」婦人掛著完美的微笑開口：「有些事情想找你說說……」

「關於東風的嗎？」既然特意打電話去公司，虞因確信對方要找的就是自己。

「嗯，你們昨天在白屋的事情，我已經全部知道了，所以我想你應該也知道昀兒……與東風的事情。」婦人動作優雅地攪拌著咖啡杯，直視虞因，「沒錯吧。」

「……這件事，東風告訴我了。」虞因看了下一旁正在吃東西的聿，後者似乎一點也不關心他們的交談，表現得像是來陪吃的。但他知道聿什麼都聽在耳裡，也會把什麼都放在心上，「我承諾過，只要他不願意，我不會告訴任何人，如果您擔心的是這個……」

「昀兒確實是東風的親生母親。」婦人好像毫不介意聿也在場，相當直接地開口：「他既然親口告訴你，表示你們值得信任，不用做那些多餘的保證。不會開口的人，即使不發誓也絕不會說；會四處宣揚的人，就算發下多重的毒誓，依舊會弄得人盡皆知。這些諾言在商場上，分文不值，你說是吧。」

虞因有些懾於對方刀般銳利的氣勢，不禁點了頭。

「只是我沒想到薛允旻竟然也是尤信翔那邊的人，我們當初爲了保護他，明明相當小心選人，還是防不了。」婦人拿起杯子，蹙起漂亮的眉頭。

「我不太明白你們所謂的保護，爲什麼要讓他自己在外面承受那麼多年？」虞因知道言家勢力不小，但在東風這件事上，他眞的很不理解。

「……你沒見過他害怕得想要連自己都殺死的那種畫面。」婦人嘆了口氣，搖搖頭，「安天晴的母親死後沒多久，他幾乎崩潰，不僅將自己關在房裡，甚至只要有人過於靠近他，都會讓他緊張得喘不過氣。他覺得靠近他的人都會死，到最後，我們不得不妥協讓他搬出去，一個人過日子。希望你能理解，當時我們也是出於無奈，無法眼睜睜看著他這樣逼死自己，讓他出去，獨自生活總是必須購買物品，至少還可以接觸外界。」

回想剛與東風認識不久時，對方那種急於想撇清關係的行爲，虞因就有點難過。

「那天你們來，東風想讓你們見見昀兒，這幾乎是前所未有的事——除了尤信翔曾去過一次以外。昨天又發生白屋那件事，所以我能肯定那孩子這次眞的打算重新開始生活，而且是與你們這些認識不算很久的人，便想正式地和你談談。」婦人的表情瞬間變得很嚴肅，

「昀兒的事，我想讓你知道，好有個心理準備，如果你只是想當一般朋友，那就告訴我，別讓東風又對你們寄望太深。雖然他看起來很不喜歡人，但其實那孩子只要認定了人或事，就會死心塌地地無條件倚靠，當年就是如此，才會在尤信翔的事上摔得很重，是很吃虧的類型。」

「我並不是想和他當一般的朋友。」虞因立即回答對方的話，「雖然我很不成熟，但我希望我們能是一輩子的好朋友，只要有事，都能夠互相幫忙，也不會再讓他經歷像尤信翔那樣的事情。」

「我也是。」

坐在旁邊的聿突然開口，虞因嚇了一跳，因爲這次聲音滿清楚，不像平常小小聲的。

婦人沉默了半晌，微笑著點頭，「那好，我就告訴你們昀兒的經歷吧，這件事的細節，其實連東風都不知道。」

□

嚴司關掉電視。

外面的風雨好像又更大了些，入夜可能會開始掀屋頂，出門時他忘記先把一些小東西收起來，那間日式小屋看起來很像會被捲走。

「學弟，你有什麼話想告訴我呢～」

「我不是你學弟！」東風反射性罵了句，用力掐扁手上的黏土。

「小東仔，做人何必計較虛名，人生在世不就短短一瞬，你常常糾正不覺得很浪費光陰嗎。」嚴司笑笑地說著，接著一坨黏土直接砸到他身上，在淺色襯衫上留下一道印子，「你力氣眞的變大了，楊德丞該痛哭流涕、死無遺憾。」居然準確無誤地砸在他衣服上，換作之前，那團黏土可能飛到一半就掉在半路上陣亡了。

其實比較想把雕刻刀扔過去，但他克制住自己的手，「我想問你一件事。」東風咬牙說著，很不想去看嚴司那種得意的神情，「你手上是不是有簡士瑋詳細的資料？」

「是啊。」嚴司晃到對方身邊，一屁股坐下，順便看看人像，才一個上午，已經做出卓永誠與薛允旻的基礎面孔。「你想到什麼嗎？」

「我一直不明白，爲什麼簡士瑋非死不可，他的證據有很多都被污染了，並不會被採信；而且依照組織的做法，他無法追得更深，他們究竟爲何要殺他？只是給我一個警告？」東風揉捏著手上的黏土，「很多事情我不明白，爲什麼卓永誠只因爲想要收尤信翔進組織，就可以輕易殺了安天晴，還做到那種地步。」

「是滿不合理的。」嚴司不否認這點，應該說組織用這種方式介入他們其實滿奇怪的。

「還有他爲什麼會跟蹤安天晴……」東風記得先前的報告，說他們進出安天晴的住所時，附近同時有跟蹤狂，才會認定凶手是跟蹤狂。

「簡士瑋的事情的確很乾淨，至今沒有任何證據指向是他殺，如果不是有人先開口，完全不會有人知道內情。」嚴司即使拿到所有相關檢驗，也和他快過勞死的好朋友徹夜研究過很多次，還是不懂簡士瑋當年究竟是怎麼被殺的，那件案子看起來就是件意外。

「安天晴的事也可以比照推論，他們刻意弄成這樣讓人去追查，到底爲什麼？」雖然尤信翔的事已經結束，但東風仍搞不清楚當年究竟爲什麼會搞成那樣，明明只是他再努力點就能夠好好說開的事。發現卓永誠是當年的殺人凶手之後，他幾乎徹夜無眠，反覆思考當年的種種細節，扣除掉尤信翔的報復，似乎還缺了某種起因……某種讓卓永誠殘忍下手，使他們兩人徹底翻臉的原因。

「小東仔，別說你搞不懂，我們也想了很久，是不是你以前太蘿莉了，給人無限遐想，卓永誠發現自己的壯年玻璃心被欺騙、破碎之後，才想報復你？」嚴司才剛說完就收到一記白眼。「好吧，或許是你曾經做過什麼引起人家的反感？」

「沒有那些事的印象。」當年自己幾乎是一個人，不太與人往來，圖書館裡的人都是很單純的過客，東風完全不認爲自己得罪過什麼組織人員。

「不過你……」嚴司正想說點什麼，手機突然響了起來，顯示的是剛剛才提到的過勞死之友，他站起身走到旁邊接電話。

過了半晌，嚴司走回來，「老大他們好像發現薛允旻的行蹤了，他在……小東仔，你的臉色怎麼那麼差？」才接了兩分鐘的電話，回來活人就變殭屍。

「我、我突然想起來……蘇彰說他曾打歪石漢岷的鼻梁……」東風並沒發現手上的黏土已經落地，整個人驚慌地站起身。

「啊？那又……等等。」嚴司突然驚覺到不對勁之處。

「……那會影響整型的結果。」東風看著地上的黏土，有些恍惚，「石漢岷最初的整型很可能不是蘇彰認知的那模樣，蘇彰遇到的也不一定是石漢岷本人。我必須馬上回去一趟……不走不行……」

「你等等，我載你回去。」發現東風的樣子很異常，嚴司不再開玩笑，轉身就去拿背包，然而等他返回時，卻看見東風已經打開落地窗，有些跌跌撞撞地走到庭院外，連傘也沒撐，整個人站在外頭，大雨迅速把人淋個通濕，「小東仔？」

東風站在庭院中，無語地抬頭看著傾盆大雨，直到淡藍色雨傘遮蔽他的視線。

「言東風，你如果不想和我聊，就打電話給黎子泓或虞夏。」嚴司站在一邊，面無表情地開口：「現在你身邊有很多人，天塌了總有高個子先擋，你這麼小隻，不用自己去撐。」

「我……」東風愣愣地轉回視線，看著對方，「我只是不明白，我的人生到底爲什麼會一團亂……命運到底是……」

「那種隨時可以反抗的東西，不用掛在嘴上。」嚴司按著東風的肩膀，將人帶回屋裡。然後鎖好落地窗，跑上樓先去抽兩件聿的衣服下來幫忙更換。

東風漠然地看著死對頭幫自己換好乾淨衣物、幫忙擦頭。良久，才有些發抖地開口道：「先讓我回去……」

嚴司放下毛巾。

「走吧。」

□

「薛允旻的行蹤已經確定了。」

虞夏收起手機，推開自己辦公室的門，裡面的人抬起頭，「他去過兩次玖深先前找到的店面，裡面應該有人正在幫他安排撤離；已經布好線，等他們一行動，就能一網打盡。」這兩天他們很妥善地利用那個店面據點，在周遭設立許多人手，就等著時機成熟，把這個點完全撬起來。

「卓永誠那邊的狀況呢？」虞佟收整了下手邊的紙張，問道。

「依然緘默，正在核實他的身分，倒是另外那個小女生。」虞夏停頓了下，說道：「告訴她張元翔的狀況後，她回答那是對方想要逃走所受的處罰，似乎因為尤信翔被捕，他手下那批未達幹部級別的青少年們，為了保護自己、躲避追捕，大多各自散逃，並沒有直接併入石漢岷手下。我想這應該是因為石漢岷那邊以成人居多，而這些加入組織不久的青少年還無法相信成人，顯然張元翔也是其中一員，他們可能選擇重新自立門戶。」

「這在我們的預估之中。尤信翔一倒，他下面的人不一定都會留在原處。」虞佟對這結果不意外，和很多組織幫派一樣，樹倒猢猻散，然後部分人重新集結起來成為新的存在。在翦除組織據點的這段時間，他們聯繫了許多家長協助將這些孩子帶回，也有部分成效，剩下的，僅能盡量快點搗破，讓他們回歸正常社會。

「『白貘』的身分也已經確定了，不過她的背景有些複雜，是被遠親領養的養女。」虞夏翻看著早先時候的記錄，「原父母因交通事故身亡，所以親戚才認養少女，但少女和原父母並無血親關係，似乎也是從別處認養回來，少女是從現在的親戚處逃家，原名『姚郁臻』。」不知道為什麼，他總覺得這經歷相當耳熟。

耳熟到他認為很像是上次玖深在車隊那案子中從袁政廷口中聽來的事。

看來有必要找到袁政廷來確認兩人的親屬關係。

「白貘逃家的原因確認了嗎？」虞佟問完，坐在對面的兄弟只回了「本人不願意開口，所以現在正詢問養父母，但養父母也推說不知道」的話。

「對了，你記得打電話和小海打個招呼，看來小海在道上通緝她已經有段時間，聽說檯面下追得很激烈。」虞夏是從少女的謾罵內容知道這件事，問了轄區員警，回以最近那邊確實有些動作，但都避開警方的視線，所以只聽見一些風聲。

「我已經知會她人在我們這邊了。」虞佟微笑了下，當然不會說明女孩接到他的電話通知時，發出了有點可惜的語氣。小海抓人之後想要做什麼，他無從得知。「她說待會兒會把她抓到的一些人送過來。」

「風雨這麼大，叫她小心點。」虞夏看了眼緊閉的窗戶，外面正颳著風，海上警報已經發布了，看來入夜之後得特別小心，新聞發布說是中颱，但不排除會轉大。

「不用太擔心她，小海知道該怎麼做。比起這件事，玖深和我這邊也各有發現。」虞佟朝兄弟招招手，「玖深傳來的簡報，張元翔和另外那名活著的女孩身上採樣下來的跡證分析已經出來，包括被車撞的那位死者在內，他們三人身上皆有一些所在地的不同附著物，有些是空屋內的黴菌、有些是郊外的蟲，但卻有著奇怪的共通物——他們身上都有點土的粉屑，看成分像是陶土，呈現乾粉狀，應該是晾乾很久的碎屑。」

「陶土？」虞夏有些疑惑，接過分析報告，上面寫的判定的確是微量陶土，還有一些黏土元素。玖深用這些細微的物質組成下去追查，查出是三款不同雕塑用土，一般美術社皆有進貨，來源還待追查。

「極細微，相當陳舊，應該是同時接觸過這三人的嫌疑人從別處沾染，在他自己沒有發現的狀況下，再度轉移到受害者們身上。可以認爲這人可能接觸過某些老舊的雕塑品。」說到這裡，虞佟不得不認爲玖深確實是位非常認眞的好同事，這種很容易被忽略的微量跡證他竟然取出來了，可見他在物證上下了多大的工夫。

虞夏沉默了半晌，心中莫名出現一種奇異的想法。

虞佟看著若有所思的兄弟，繼續說道：「另外，我研究了蘇彰給的帳本，以及我們掃蕩各據點所拿到的各種記錄，發現一件事。」他將手上幾張做好的表單遞給對方，「關於他們的資產買賣、各處的建築和土地，從接觸賣方開始，到購入的時間，相當迅速，有的甚至讓我懷疑他們究竟有沒有考慮過。這組織在購買地產上幾乎可說是快狠準。」

「尤信翔的父親從事建築業，應該也脫不了關係吧。」虞夏看著單據上整理出來的買辦表格，漸漸瞇起眼，「等等，地區差異太大。」

「裡面涵蓋許多二手屋的交易，有投資客也有個人委託販售，帳目上與實價有所差異，我覺得與尤信翔父親無太大關係。」虞佟將這陣子得到的資料交互比對過，雖然相當龐大，但逐漸翻找出某種規則，「與其說是建築商，還不如說是……」

「老大！老大老大！」衝進來的小伍完全不知道自己打斷了室內的沉重氣氛，直大喊著，「快快快！薛允旻進入那家店之後就沒出來了，而且幾個我們正在跟監的對象也開始陸續進入！」嚷完之後，他才發現辦公室內的兩人都盯著他看，尤其是虞夏，簡直是用要把他抓去撞牆的眼神。

「你先處理帳目吧。」

虞夏走過去，把常忘記要敲門的小伍踹出去，然後回過頭，「……小心些。」

「我知道。」

虞佟看著關上的門，慢慢嘆了口氣。

嚴司將車開進停車格，看著越來越大的雨勢。

「半夜不知道會不會開始掀屋頂，小東仔，你要不要先把窗戶貼一貼啊？」嚴司覺得剛才經過一些店家時，應該順便買點東西的。

「你第一次遇到颱風嗎？」東風冷冷哼了聲，接著開車門下車，快速在強大雨勢中跑進公寓的騎樓底下避雨。

嚴司鎖好車，跟著跑過去，然後在對方的帶領下往樓上走，「我以前有個業務，颱風天瓦斯氣爆的，就是颱風天玻璃被颳破，結果屋內架子倒下來撞在瓦斯桶上，各種巧合之下就砰了，所以什麼事情都會發生，還是預防一下比較好喔。」

「囉嗦。」

東風拍著身上的雨水，走到家門前時，突然停下開鎖的動作。

「怎麼？你發現你Ａ書忘記收，要先進去藏一下嗎？」嚴司挑起眉。

「……我之前怎麼有辦法和你住那麼久。」東風翻翻白眼，直接推開沒鎖的門，果然在玄關處發現一雙鞋子，鞋主人正拿著膠帶黏貼緊閉的窗戶，聽見他們回來的聲音愣了下，接著回過頭。

「仲介也太萬能。」嚴司向鄧翌綱打了個招呼，後者連忙走過來，回了禮。

「東風不太注意這些，每年颱風季都是我在處理房子的。」鄧翌綱舉舉手上的膠帶，苦笑了下，「還有……」

東風無視鄧翌綱的熱絡，筆直走回房內，順勢關上門，喀的一聲上了鎖。

「他心情不好，抱歉啦。」嚴司聳聳肩，看著一臉神色尷尬的好心房仲。

「沒關係，以前也常常這樣，不是第一次了。」鄧翌綱擺擺手，表示自己不在意，「現在還好一點。」

「剩下的換我來弄吧，你也先回家，這天氣還在外面幫客戶搞東搞西的，當心你老婆跑掉。」嚴司接過膠帶，笑笑地說道。

「你們真的處得不錯。」鄧翌綱微笑說著：「有意思。」

嚴司目送走房仲後，將剩下的窗戶處理好，順道收拾散亂的小東西後才坐下休息。

都還沒眞正開始偷懶，他的手機就響起來，拿起一看，依舊是他那過勞死的好友。

「大哥哥今天休假喔。」嚴司接起電話，很愉快地向對方宣布。但是接下來友人說的話，立即打斷了玩笑的氣氛。

「尤信翔被同室的人襲擊，傷勢很嚴重，現在已經送醫了。」通話那端傳來的是黎子泓嚴肅的聲音：「據稱是起了口角，但詳細情況不清楚，我正要趕過去。」

「……我現在過去。」嚴司很快地問了下地點，結束通話後，他站起身敲了東風房門，「學弟，我有事得先走了，保護你的警察就在樓下，要不要讓他們進來這邊？好歹風大雨大讓人家有個地方休息？」

房內一片死寂，完全沒有回應。

嚴司習慣這種狀況了，只好自動自發地決定，「等等回來我會順便帶飯，你……」話還沒說完，他突然聽見房內傳出非常巨大的聲響，聽起來像是房裡的鐵架被人推倒，沉重的聲響很不尋常。

「學弟？」嚴司準備踹門。

「……我沒事……快滾……」

巨響平息後，從裡面傳來的是有些氣息不穩的聲音，「只是撞到……」

嚴司不太相信對方的話，「尤信翔住院了，要不你和我一起過去。」直接說出後，房內果然又陷入一片寂靜。

過了片刻，才傳來細小的聲音。

「不……我想靜一靜。」停頓了兩秒，又說道：「你幫我問尤信翔……當年他派人僞裝成鄰居又監拍我，到底是想做到什麼地步？」

東風這個問題很奇怪，嚴司也說不上來那股怪異感，但在尤信翔住院的這個當下，他突然問這種問題有點不對勁，「學弟，這種話你當面問本人不是比較好？」雖然是下下策，但他覺得應該要把裡面那隻機器貓先抓出來。

「你記得那時候你說過什麼嗎？」

沒有回應嚴司的話，門那邊再度傳來奇怪的問句。

「哪時候？」嚴司覺得這個範圍太廣了，他這人生平話多，還眞不知道對方是在問哪個時間點。

「衣櫃前。」

「我記得，怎麼了嗎？」嚴司記得當時機器貓受到打擊，將自己關在衣櫃裡不肯出來，後來還是他把人帶回家養在壁櫥的。

「你那時候說什麼？」

嚴司抓抓頭，不知道爲什麼現在要重提這件事，不過還是將當時的話再說了一次：「禍害遺千年啊學弟，我這禍害絕對會活得很長久，不會死在你面前。」當時，他知道東風是害怕再與人接觸，因爲向振榮的下場讓他懼怕，所以那些安慰的話語和勸說根本沒有什麼作用，「要我死，沒那麼容易。」

「記住你講的話。」

門後傳來淡然的聲音，「有事就快滾。」

「那我先出門啦，你別亂跑。」

□

東風將頭靠在門板上，過了許久才喘過氣來。

房內鐵架翻倒在地，上頭擺設的幾個小東西摔滾得到處都是，他打開畫面的手機和桌面的紙張也都摔在地上，大亮的電腦螢幕上，相片不斷閃爍著。

如果可以，他並不想接受這個事實。

東風抱著頭，聽著嚴司走出房子的聲音，慢慢蹲下，然後從指縫中看著畫滿人像的白色圖紙。

如果沒有計算錯誤……

他竟然從來沒有注意到異常之處。

又發了片刻的愣，等到冷靜後，東風才慢慢放鬆自己，同時發現到自己似乎沒有想像中倍受打擊。薛醫生的事也是如此，雖然很令人震驚，卻沒有當初尤信翔那種幾乎走投無路的窒息感。

是因爲現在已經有能退的地方了嗎？

不知道從什麼時候開始，自己竟然已經在一個他以前很想要、卻只能看著別人擁有的立足之地，而且這邊的人不會用各種介意的目光看他，就像對一般人一樣，毫無差別。

「祕密基地嗎……」

原來，這就是一般人平常的生活。

東風抹抹臉，重新打起精神，走向那些圖紙。他拾起被自己扔開的手機，一一把這些剛才自己草畫的人像拍下，正想把圖片傳送給黎子泓時，房門突然被人敲了兩下。

東風想著應該是嚴司或是外頭被叫上來的警察，沒多想便直接打開了房門，卻猛然看見蘇彰站在門口，似笑非笑地盯著他看。

這次眞的完全沒有任何心理準備，東風嚇了一大跳，但馬上鎭定下來，寒著臉看著不速之客，「上次你的保證根本是假的，我不可能會再幫你任何事。」

「原本是眞的想要找你做點事情，不過看樣子也不必了。」蘇彰視線越過屋主，停留在那些圖紙上，然後發出算是讚歎的聲音，「原來是他……竟然一點也沒注意到。」他拿起紙張，慢慢收緊手指，將紙張抓出大量縐摺。

「不能光憑一張圖就認定，還得經過警方調查。」東風看著蘇彰，後者微微瞇著眼睛，全身充滿難以形容的冰冷，給人相當不祥的感覺。不知道爲什麼，他突然興起制止這人的衝動，「而且你自己也明白，時間過久，推算並不準確，別傷及無辜。」

「眞沒想到你會說這種話，還以爲你也是同一種人。」蘇彰摺起紙，露出淺淺的冷笑，「我不會再來找你了，虞同學應該也不會，不過看在先前說謊騙你們的份上，這次就老實說，接下來我離開前還得再找個人，免得未來處處阻礙。」

「你還沒放棄嚴司？」東風突然覺得喉頭一陣緊縮。

「用你的話，說白了，我們都看得出誰會成爲未來的阻礙，當初他那個學長女朋友大概也是下意識發現這點才會處處針對。有些人就是永遠不肯妥協，且還有能力可以緊逼在後，不管如何，都是很麻煩的絆腳石。那麼，我既不想被警方抓，也不想以後處處受限，你不覺得我應該好好把這裡的事也做個了結嗎？」蘇彰轉過身，慢慢走出客廳，在玄關處停下腳步，把玩了下鐵架上的小木頭，「很早以前我就說過了，我會再回來找他。」

「你——！」

「說到底，他也不是你什麼朋友吧，我記得你們挺不合的，那要從何處下手，就是我的自由，少多管閒事。」蘇彰轉過身，抓住追上來的東風的脖子，「現在開始，我不會再和你們玩扮家家酒喔，虞同學也好、你也好，如果誰敢再妨礙我，我就不會像之前那麼友善。」

說完，蘇彰甩開手，然後奪過東風手上的手機，退出卡片很快折斷，「讓你通知他們就不好了，這個人我要先弄到手。」他摔掉空機，轉身離開房屋。

看著已經不能使用的手機，東風拾起後連忙回到房間解開螢幕保護，這才發現網路線已被截斷，無法對外聯繫。

他收拾背包，跑到公寓鄰居門前，敲了好幾戶都沒人在，好不容易有人開門，才發現公寓的網路和電話線都斷了，且對方的手機也呈現收不到訊號的狀況。

冒著雨勢，東風跑去敲了外面員警的車，透過車窗，他看見兩名員警竟然早就昏厥在車上，顯然蘇彰已做了極佳的準備。

滂沱雨勢中，竟然有種被遺世孤立的無助感。

東風用力往自己臉上一拍，快步跑至外面的大馬路，迎面而來的正巧是輛計程車，他想也沒想，伸手將車攔了下來。司機乍見他全身濕淋淋的，還不太願意讓人上車，直到東風把錢包裡的錢全部拋出來，才立刻連聲邀請，讓他上車。

「我要去警局。」

這次，他不會再退回高塔。

□

「哇靠！雨好大！」

小海一身濕淋淋地衝進警局，與正好走進來的虞因兩人撞個正著，「呦！」打完招呼，她發現虞因明顯心神不寧。

「妳怎麼會跑來這裡？」虞因愣了下，才反應過來。

「來送禮的！」小海指指外面。

跟著看過去，虞因看見很多黑衣……很多穿著黑色雨衣的不良青少年，拖著不少大黑垃圾袋，每個垃圾袋看起來都沉重到不行，而且被拖著走的時候，明顯呈現有人被綁在裡面掙扎的樣子……

接著警局裡便有人慌慌張張跑出來接手那些垃圾袋。袋口鬆開後，裡面果然都是一個個青少年，身上大多有組織的刺青。

聽到通報的虞佟很快下樓，看見虞因和聿也在場，他有點驚訝，「你們到休息室，小海先沖個澡把濕衣服換掉，我櫃裡還有乾淨的備用衣褲可以用。」

虞因就這樣看著小海在聽見他家老子衣服可以用的時候整張臉炸紅，接著扭扭捏捏地結巴了，「老……我……那個……」

「嗯？抱歉，我疏忽了，我幫妳問問女同事吧。」虞佟笑了下，他的確還掛心著帳目的事務，沒留意就忘了小海是女孩子，很自然地用平常對虞因和聿的方式說話。

「不不不！絕對可以！老娘上次也穿過別的男人的！」小海立刻跳起來，用力說道：「謝謝條杯杯！」

看著巴不得把衣服捲回去裱框當紀念品的小海，虞因無言了。

「阿因，你們怎麼會來這裡？」虞佟看著才剛交代過別亂跑的兩人，皺起眉頭。

「東風在這裡嗎？」虞因有些急地反問，「家裡沒人，我打電話給嚴大哥，他說東風回家了。但是打他手機是關機中，東風家裡也沒人，鄰居說他好像有什麼事急著出去；保護的大哥們也不見蹤影。」與婦人交談花了一段時間，等到虞因兩人回家後，家裡居然一個人也沒有，全都跑光。

「發生什麼事？」虞佟見對方神色很焦急，先把人帶到休息室。

「我遇到東風的媽媽，說了些事情。」虞因有些躊躇，和聿對看了一眼，「所以想快點找東風確認。」

「和案件相關的事嗎？」虞佟問道。

「大爸爲什麼這樣問？」虞因有些意外。

「你二爸剛才打電話回來，說圍堵到薛允旻與一批幹部人員，現在正要押回來，但是風雨太大會比較慢。你說東風的母親告訴你一些事，我想或許和薛允旻有關？」

「不不，和那個沒關係，是……」虞因停了下來，他承諾過不會把東風生母的事說出去，即使是單方面。

虞佟正想要進一步追問，卻聽見門邊傳來聲響，接著是另外一組人推開了門。

「被圍毆的同學你也來啦？」嚴司和黎子泓一前一後走進休息室，「怎麼？小東仔眞心斷聯嗎？」

「嚴大哥你知道他會去哪嗎？」虞因有些擔心。

「他應該還有我家鑰匙，說不定會過去。」雖然覺得不太可能，不過嚴司還是先打了電話回家，果然沒人接聽。「出門時他樣子有點怪怪的，也有可能是想找個地方安靜一下，先聯絡看看跟著的員警吧，我離開時他們還在。」

虞佟轉撥了同事的電話，順口問道：「尤信翔那邊狀況如何？」

「不算太好，但和他動手那個人同樣受創嚴重，都被送醫了。」黎子泓淡淡地說：「似乎被下了指示，兩人什麼也沒說。」

「有說啦。」嚴司接過聿幫大家泡好的茶水，「小東仔要問的事情倒是問到了。」

「東風問什麼？」虞因皺起眉。

嚴司將出門時的奇怪問題告訴休息室裡的人，「奇怪的是，尤信翔否認他曾經派人偽裝小東仔的鄰居，也說被搞瘋的不是他的人，更別說監拍什麼的……這人好像也沒我們想像的那麼無孔不入嘛，我還以爲肯定連浴室都裝了。」

無視嚴司後面那兩句，黎子泓轉向虞佟，「我認爲尤信翔在這件事上沒說謊。」

「既然當年的人和監拍不是尤信翔，那會是……」

虞佟猛地停頓，和嚴司兩人交換一眼，三個人同時想到同一人。

「原來，難怪小東仔會是那種反應！」嚴司嘖了聲，走到一邊打電話。

「大爸？」虞因看他們三人表情陡變，突然有種不安感。

「東風那位仲介可能也是組織的人。」虞佟早一步和虞夏看那些地產資料時，便已經有這種感覺，組織裡必定有個房地產相關業者，才會大量購買房產，進而營運各式業務。

「鄧翌綱手機沒接，不過他才剛去過東風租屋，應該不會跑太遠。」嚴司冷笑了聲，「如果他也是組織的人，那我還真是難得看走眼。」他完全沒發現那個仲介有異常，連一絲懷疑都沒有過。

「之前薛醫生也是……」虞因到現在仍然很難相信那個醫生居然會是組織的人，明明非常和藹近人，如果不是因為那晚被那些死者攔路，或許他們壓根不會發現。

「卓永誠在補教班也相當有魅力，家長們並未察覺任何問題。」黎子泓說著，「原本犯罪者就不能以這些外人所見的表象來做定論，越是內心深沉的人，看起來越與常人無異，甚至還極具吸引人的特質。」

「也是……」虞因點點頭。

「我們派出去的人沒有回音。」虞佟憂心忡忡地切斷已重撥好幾次的電話，「阿司，你確定離開前沒有任何異狀嗎？」

「沒，我還和他們打過招呼，說如果招牌會掉下來，還是先進屋子裡比較安全。」嚴司邊說邊拿出自己的手機，看了眼，便出去外面收訊息。

黎子泓看著友人走出門外的背影，擔憂地沉默思考著。

「你們又誰不見了啊？」

隨著清亮的聲音響起，幾個人轉頭，看見梳洗後換上一身乾淨衣物的小海走進來，一反平常的清涼打扮，有些樸素寬大的衣物，讓她看起來瞬間變得清秀許多。

「東風似乎失蹤了。」虞因將手上還沒喝過的熱茶遞給女孩。

「又不是小孩子要人看前看後，眞怕他亂跑，我讓幾個小弟馬上找人。」小海說著，拿出自己的手機，「比我大呢，擔心什麼。」

「東風和妳同年。」黎子泓下意識回應。

「……？他比我大啊。」小海眨著黑亮的眼睛，不解地看著黎子泓，「上次他嗆過我，說他比我大，不是應該和我阿兄他們差不多歲數嗎？」

「什麼時候的事？」黎子泓聽著覺得不太對勁，因爲他很確定東風比虞因小一歲，也就是和小海同年，這點東風本人自然很清楚。

「上次挖寶箱時候的事了，老娘才叫他一句東風小弟，他就說不要叫他小弟，他比我大。」小海歪著頭，有點莫名其妙，「你不是他學長嗎？連他幾歲都不知道喔？」

「黎、黎大哥……」站在一邊的虞因背冷了起來，連忙打斷黎子泓的疑惑，「是眞的……東風和我同年。」

「阿因？」虞佟看著臉色很難看的小孩。

「他媽媽說，他出生後晚了一年才報戶口，所以他的記錄上少了一歲。」虞因吞了吞口水，在心中對東風感到很抱歉，但是就在剛剛，他突然想通了一件事，讓他全身發寒。

「他和我同年生。」

「請把事情說清楚。」

黎子泓看著虞因，非常冷靜地開口。

同一時間，外面的大風呼嘯撞上玻璃窗，整個休息室傳來一聲巨響，接著是傾盆大雨，像是有人拿了桶水直接潑上一般，水量大得滲進了窗框。

虞因抓了抓手臂，「東風的媽媽是一位叫作連昀兒的女性，現在住在療養院裡……」

他將白屋的事緩緩告訴面前的人們，即使東風允許過，但虞因還是說得很有罪惡感，他覺得自己正在出賣對方，但是這件事現在不說不行。

「中午言家的媽媽來找我，告訴我連昀兒以前遭遇的事。」

窗外又是一聲巨響，讓虞因不由得震了下，總覺得好像有誰一直在搥窗戶，但是旁邊有小海，應該不至於發生什麼奇怪的狀況。

「連昀兒在很小的時候，大約國小中高年級左右，曾有一陣子不太對勁，經常在學校待到很晚才回家，但她的成績很優異，家人只覺得是留校和老師課後討論，並沒有想太多，事實上連昀兒也確實都在校內和不同的老師討論作業，一直到他們注意到連昀兒好像變得喜歡打扮自己，才發現不對勁。」

刻意來找自己的婦人娓娓說出塵封許久的往事，在點心店內，聽得虞因全身發寒，完全沒想過會有這樣的事情發生在那名漂亮的大姊姊身上。

連家只有這個女兒，自小就相當優秀，所以家人非常疼愛，從未懷疑女孩的行為。

卻在女孩開始於課餘時間挑選漂亮衣物，穿得像個小大人時，才猛然驚覺不太對勁；而與她非常要好的表姊，在連家父母的請託下，旁敲側擊地想打探這個轉變的原因。不過連昀兒口風很緊，什麼也沒說，只在某次無意間說出「這樣老師比較喜歡」的話。

是哪個老師？

他們找不出來，因為連昀兒課後拜訪的老師都不同，學校也矢口否認老師們有與學生過度親暱。

這種狀況下，連家不得不將連昀兒轉學、搬家，並換了學區。

一開始連昀兒很抗拒，甚至有些鬱鬱寡歡，不過幸好小孩子的注意力轉變得很快，暑假過去後她就像忘了這事一樣，又變回開開心心地上學、與朋友玩的普通女孩。

之後連家安心了，想著應該只是小孩愛慕老師，像感冒一樣，很快就會退去了。

「言媽媽說，她那時候也這樣認爲，加上她自己高中畢業後，與她是班對的男友向她求婚，她便疏忽要繼續追問狀況，後來她和男朋友結婚、嫁入言家，兩人到外地上大學，有很長一段時間沒有和連昀兒見面，只透過電話聊天和聯繫，但沒有發現什麼異常的地方。」

就這樣過了幾年，一直到連昀兒上了高中的某天。

「她失蹤了。」

那時，婦人臉色變得異常沉重，手上的叉子慢慢施力著，將底下的蛋糕壓得扁爛。

她說，連昀兒失蹤那天早上完全沒有任何異狀，就和平常一樣穿著燙整漂亮的制服，與住家附近的同學們在門口會合，一起說說笑笑地往學校走去，等到連家中午接到電話時，才發現連昀兒上午朝會後就沒再進教室，像蒸發般，平空消失。

連家報了警，還請託地方勢力，所有人都在找她，一起長大的表姊也拜託丈夫透過言家的力量努力尋找。丈夫因爲表姊的關係，原本就與連昀兒相識，一直當她是小妹妹般疼愛，當然不遺餘力地四處找人。但無論怎麼找都沒有結果，校內外所有監視器都只拍到連昀兒朝會後，先到女廁，接著便往校舍方向急急忙忙跑去，那就成爲她那天最後一次出現的身影。

就這樣過了兩個多月後的某天，因爲要處理學校一些事務，連昀兒的表姊很晚才出校，匆匆自後門離開黑暗的學校時，赫然發現有人站在圍牆邊，仔細一看，竟是失蹤的連昀兒。

那時連昀兒變得很瘦，幾乎是皮包骨，整個人非常憔悴，身上還有不少傷痕，只穿著一件髒污的白色洋裝，就這樣安安靜靜地站在學校邊，如果不是因爲路燈照出身影，她眞以爲那只是一道影子。

連昀兒看著她，面無表情。

「言媽媽當時立刻就送她回家了，但連小姐變得很奇怪，不但不和任何人說話，也認不出父母甚至其他人，且只要有人接近，她就會大吼大叫地發狂，特別是男性。所以言媽媽和連家討論了下，將連小姐送進言家的醫院中，請她丈夫幫忙安排做一些初步檢查，然後發現……」虞因停頓下來，不知道接下來該怎麼講，「發現連昀兒這兩個月以來受到嚴重的性侵害，精神狀況非常不穩定，而且還已經有……有小孩了……那時候言家是做內部檢查，所以完全沒有任何記錄，也幾乎沒人知道。」

「如果是這樣，東風怎麼會留著？」黎子泓經手過，知道有些女孩在受到這類不幸事件後，會選擇將孩子流掉。既然連昀兒的狀況如此惡劣，怎會把小孩生下來？

「言媽媽說那時候連小姐只要一有人觸碰她，就會發狂得很厲害，連飯也不吃，整個人非常虛弱，無法立即將孩子拿掉；好不容易勸到她能正常進食，已是大半個月後的事了。」虞因也對黎子泓提出的這個問題有過疑問，不過婦人正巧一併接著說了，「也不知道爲什麼，就算連小姐身體狀態那麼糟糕，小孩卻還是一直沒有出問題，而且長得很好，於是言媽媽開始遲疑了，她覺得小孩是無辜的，還有她……」

虞因停下來，搖搖頭，「那是私事，總之言媽媽有些私心，因爲連小姐連自家親人都不願意接觸，只稍微認得言媽媽，所以那陣子言媽媽就住在連家照顧連小姐。」

如果事情能這樣平息就好了。

但是，身爲表姊的婦人在某一天晚上，連家父母有要事外出幾日時，突然聽見連昀兒房內傳來悶響聲。聲音很小，不太引人注意，如果不是因爲擔心連昀兒，讓她壓根睡不著，也不會聽見。

她離開房間，悄悄推開連昀兒房門，赫然看見黑暗的房中多出一個陌生男人，那個男人整個壓在連昀兒身上，按住她的嘴巴，發出陰森的低吼——

妳竟敢離開我？

妳忘記妳說過要永遠和我在一起嗎？

婦人直到現在都還記得那令骨頭都感到冰冷的聲音。

那時候她沒有想太多，腦袋中只有一個想法——這個人欺負了連昀兒，竟然還找到家中來——也不知道是哪來的勇氣，她回頭找了一支金屬球棒，無聲地進到連昀兒房間，在有微光映入的房間中，用力給那個男人的腦袋一下重擊。

雖然她力氣不大，但也足夠在那瞬間把男人給打懵，對方就這樣摔下床；一恢復自由，連昀兒立刻放聲尖叫，飽受驚嚇地縮在床角，渾身顫抖。

那男人捂著頭，一時半刻起不了身，整個人癱軟在地。

當時，婦人耳中只有連昀兒極度恐懼的尖叫，還有自己的喘氣聲。她看著根本不知道面貌的男人，突然衝到書桌邊翻出剪刀，撲到男人身上，顫抖著冰冷的手指抓住男人的褲襠，然後握著剪刀的那隻手用盡生平最大力氣，下一秒，房內充滿了濃臭的血腥氣息。

「……你的意思是，言太太把那個男人……」黎子泓沉默了幾秒。

「閹了。」虞因很沉痛地點點頭，「她說因爲房間很暗，她沒看清那人的長相，但確實抓住對方的命根子，狠命下了好幾刀，肯定是閹了。那個男的後來推開她，就這樣逃走，最後警方沒查出個所以然，連家附近的監視器什麼都沒拍到，血液鑑定也沒找到符合的人。」

看著虞佟兩人各自若有所思，虞因繼續說道：「那件事之後，連小姐就只接觸言媽媽，也只肯吃言媽媽端去的食物，所以言媽媽和丈夫、連家商量之後，把連小姐帶回言家悉心照顧，連小姐終於慢慢地開始能夠說一些話，大多是以前她們一起談天說笑的記憶，絕口不提那兩個多月發生了什麼，對於自己肚子裡的小孩，既不拿掉、也不照顧，只讓肚子一天天變大，直到生出來那天，言媽媽才知道原因。」

「原因？」虞佟皺起眉。

「生產時，連小姐因爲疼痛失去理智，瘋狂大喊這個小孩要害死他們全家，得把小孩弄死才行……那個人說她要是敢拿掉小孩，就要所有人一起死，那個人要小孩替代她……之類的話，後來小孩一生出來，言媽媽正想把孩子抱起，連小姐就撲過去要掐死小孩，但身體太虛弱並沒有做到。」虞因揉了下眼睛，他在聽婦人轉述時，內心一直覺得這樣很不公平、太不公平。「然後連小姐替小孩取了名字，言媽媽覺得不好，就換了字。那時候因爲是在他們自己院內生產，言先生夫妻倆爲了保護連小姐和小孩，刻意晚了一年幫孩子報戶口，而且是報在他們名下，對外則是僞造一份連小姐難產的資料，說明連小姐生產時小孩死了，並沒有那個孩子。」

後面的事，就幾乎和東風親口告訴過虞因的一樣了。

東風在幾年後知道自己不是言家的小孩，也知道連昀兒的存在，或許因爲自卑、也因爲天生對人的變化較敏感，變得非常被動，遇到事只默默忍受下來，不想給任何人添麻煩，就是因爲這種對他很不公平的遭遇。

「言媽媽說東風對於這段往事知道得不是很清楚，但總有一天他會曉得，所以要我們好好照顧他。當年因爲她的選擇，才會害東風過得這麼難過，也讓東風不敢接近人，發生尤信翔的事……」虞因握緊拳，突然感到身後有人拍拍他的肩膀，回過頭，看見聿按著他的肩膀，沒有說任何話，「總之，我希望大家可以體諒他。」

「我幹！他媽的！閹掉那個男的算是便宜他了！」一直沉默不語的小海瞬間爆炸，正想翻桌子時，才意識到虞佟還站在旁邊，立刻收回手，但仍很憤慨，「如果當年老娘在場，老娘絕對要把那垃圾的皮活生生剝下來！」

因爲小海爆炸的怒吼太大聲了，虞因原本還很感傷的，立刻被她嚇了一大跳，情緒都驚飛了一半。

「干東風什麼事！又和他沒關係，體諒什麼！老娘才不覺得他有什麼問題，有問題的是那個垃圾男！」小海氣得跳腳。

一旁的虞佟拍拍小海的頭，試圖消退些女孩的怒氣，不然呈現半暴怒狀態的小海，出警局可能會做出很可怕的事。

「我認識的就是學弟，並不會有任何改變。」黎子泓堅定說道。「但，就你所說的這些事，恐怕……」

在出身方面，黎子泓並不覺得有必要對友人另眼相看，可是讓他覺得有些毛骨悚然的，卻是身世和那段血緣。

這些描述太接近先前某人說過的話。

「嗯，我聽完之後也覺得這些事……」虞因越想越不對，所以才覺得應該快點找大人們討論，於是跑來警局。正想把憂心的部分說出來，休息室的門突然被敲了兩下，旋即打開。

拿著資料夾的玖深開了門，有些意外門內的人比他想像的多。

「咦……打擾了，我聽其他人說佟在這邊。」玖深有些結巴地迴避了幾個人的視線，不太自在。

注意到玖深神色很不對勁，黎子泓往外看了下，沒看見剛才出去的嚴司。這麼說來，對方也離開得太久了點，待會兒必須轉述方才虞因說的這些給友人知曉。「有什麼事嗎？」

玖深看了看黎子泓，又看了看虞佟。

「那個……你們還記得前幾天，阿因送張元翔去醫院時，車上不是有你們三個人的血嗎……檢驗出來了，我想說放下去配對看看，但是結果……你們要有心理準備……」玖深吞了吞口水，將手上的資料夾遞給較靠近門邊的黎子泓。

乍見配對結果時，他一度以爲是機器出了問題，震驚了很久，還不死心地重複檢查，但事實依舊是事實。

見玖深的樣子很不尋常，黎子泓接過報告，猛一看見上面的數據後，沉默了很久，直到一邊的虞佟走過來，接過資料夾。

虞因不知道他們看見了什麼，他被再度傳來的窗戶撞擊聲給吸引住了。

轟的一聲巨響，更多的水幾乎要撞破還在震動的玻璃，眞的很像有人在搥玻璃，不是他的錯覺。

反射性走到窗邊，大雨中，虞因看見遠處空地上站了一排黑色影子，看不清楚他們的樣貌，雨水模糊了一切，但就在他站定窗邊的同時，那些影子緩慢抬起了手，指往同個方向。

來不及了。

11

來不及了。

恢復意識時，首先聽見的是滂沱大雨的聲音，聲音非常接近，幾乎就打在一層薄薄物體之外，而且還有非常貼近的呼嘯風聲。

總覺得全身虛軟沒有力氣，腦袋仍渾渾噩噩的，但隱約已能想起一些事情。

那時，他接到訊息，上面只有一句話。

看看外面。

他隨便找扇走廊邊的窗戶，往大門處看去，看見一輛計程車從門口行駛而過。

然後第二封訊息傳來，是張照片，車後座躺著他們剛才還在討論的失聯傢伙，似乎昏過去了，緊閉著眼睛、沒什麼動靜。隨著照片傳來的，是另一句開玩笑般的話。

自己來喔，不然我們就跑了。

是個很明顯的陷阱，但也是那種人做得出來的事。

抓起其實已經沒什麼作用的傘，他在傘被吹開花之前，到達已停在監視器死角的車邊，打開車門時，突然眼前一黑，完全失去意識。

「你比我預期的還要早醒，是有抗藥性嗎？」

他側過頭，看見駕駛座上的是那張帶著惡劣笑意的面孔。對方瞥了他一眼，繼續說：「不過應該不太能動吧，我刻意加強了藥。」

確實，整個人還暈沉沉的不太能動彈，但聲音聽得很清楚，同時認出這輛正在大風大雨中行駛的車輛，是自己的車。

車窗上幾乎鋪滿雨水，看不出外面是哪裡。

「聽說風雨在入夜後轉強，可能會轉成強颱。」駕駛說著，車子似乎輾到了什麼，喀咚地震了下，「眞是擇期不如撞日，我原本還很煩惱要怎樣幫你們設計好場景，因爲所有資源都用在追蹤石漢岷身上了，沒想到老天賞了如此不錯的天氣。」

「……誰……」幾乎用盡力氣，他才問出這個字。

對方說的是「你們」，不是「你」。

「這個嘛，原本我想說不要破壞自己的規矩，但他已經開口威脅我了，這會讓我往後很麻煩，畢竟他的腦袋很方便，如果未來都會追在我後面，那可真有些困擾，就像你一樣，我知道你也會來找我的，嚴大哥。」駕駛座上的蘇彰微微笑著，「你們兩個是同一種人，必要時最讓人棘手的類型。我不想在對付完石漢岷後還有其他變化，你們就安心上路吧，不會太痛苦的。」

嚴司很想來兩句噁心對方的話，但目前仍發不出聲音，不知道被用了什麼藥物，連思考都不太行，只能被動地聽著偷他車的小偷自顧自說個沒完。

這次這麼大意被撈個正著，他家過勞死的前室友大概臉會黑得和包青天有得比了。

車子再度輾到某種硬物，接著像是行駛上凹凸不平的道路，連續地顛簸著，似乎不是在平地。

車窗外天色很昏暗，扣除颱風天的因素，時間應該也不早了。

「石漢岷的事，我會做個了結，這麼久以來你們和組織周旋個沒完才能讓他曝光出來，眞是辛苦了。這是眞心的感謝，我沒想到能這麼快就鎖定對象。」蘇彰頓了頓，看著沒太大用處的雨刷徒勞無功地來回擺動，「我會記得你們的。如果……我們家那時候能遇到像你們這種人，說不定真的會不一樣。」

「啊對了，你可能會想知道我是怎麼殺掉我母親的。」

蘇彰若無其事地繼續說著：「其實也沒什麼，我在那邊當了一陣子內部人員，當時第一發現者就是我……沒錯，我每天都會和她碰面，每天都告訴她，她是如何害死姊姊，還有如何對我們見死不救，每天都提醒她我會如何去追殺一個個相關的人，還有無時無刻提醒她應該要死得多悲慘才能贖罪。最後，她精神終於負荷不了，正如我所料，像個崩潰的人一樣去死了，我就站在那邊看著她嚥下最後一口氣，那是她欠我們的……她欠姊姊的。」

「當然，我在那裡的那段時間動了不少手腳，像是讓她服用過量的藥，產生更多幻覺，也換了一些人的班表，讓這件事能夠無人阻擋地順利進行、確實完成。說真的，我沒什麼罪惡感，就只有一種『原來這樣就可以結束一切』的感覺。人不論做了什麼、想要做什麼，總之只要死了，就可以結束掉那些事，我才發現這是最快的路徑和手段，也是很好的消遣樂趣，而且有時候還會有人感謝呢……這世界就是如此，只要生命中的阻礙沒了，路途就會暢行無阻。」

「所以，在我找到我想找的人、做完我想做的事之前，不管是誰，我都不會讓他擋住我的路。」

「對了，其實我原本還有些猶豫，所以給了他一個選擇，反正他也很討厭你，如果他那時候沒追出來，我就放過他，繼續遵守我的年齡範圍原則；但是他追出來了，就怪不得別人。」蘇彰回頭看了眼後座，然後朝著嚴司勾起唇角，「嚴大哥，至少你不會寂寞，這次你還喜歡我幫你們設計的場景主題嗎？」

車子戛然停止，嚴司在大雨中看見的，是不斷順著大雨滾滾流下泥沙土石的山坡。

□

「嚴大哥還是沒聯絡嗎？」

虞因和聿快步走進大樓樓梯間，邊講手機邊將身上的雨衣脫下，雨勢太大，雨衣幾乎沒發揮什麼作用，褲子和鞋子都在滴水。

手機那端傳來「沒有」的回答，讓虞因更擔心了。

天黑後，許多店家因爲颱風而提早打烊，他們兩個在路上超商隨便買個東西塡肚子，便趕往目的地。

電話那端的人再次交代多樣事項之後，才結束通聯。

看著颳風下雨的黑色天空，虞因兩人盡快走上樓層，最後在來過幾次的門前停下，按了電鈴，裡面還是沒有人在的樣子，門縫內毫無光線。

正想再試著打電話時，身後的電梯突然打開了，走出一樣半身濕淋淋的人。「你們來得眞快。」

「鄧先生。」虞因看著從電梯走出來的鄧翌綱，馬上打過招呼，「不好意思，這種天氣找您出來……」

「沒關係，反正我回家也沒什麼事，東風既然有事需要幫忙，我當然不會推辭。」鄧翌綱騰出提著物品的單手去掏鑰匙，很熟練地打開東風的公寓租屋，隨手打開燈，「是說，你電話中只說東風想要拜託我，是什麼事呢？」

「他最近可能得在我們那邊幾天，所以有點擔心租屋這邊的狀況，因爲天氣不好，想說幫他跑一趟，但我們對房子的狀況又不太清楚……不好意思。」虞因微微地吸了口氣，暗暗讓自己口氣盡量聽起來毫無異常。

「這沒什麼，今天我本來就打算巡巡屋內狀況，只是當時東風精神似乎不是很好，所以沒有檢查得很徹底。你們放心吧，天氣這麼差，你們還是別在外面逗留，快回去吧。」鄧翌綱友善地笑著，然後熟練地提著補買來的生鮮物品走到廚房，打開冰箱擺放。「聽說入夜會轉強颱，剛才我一路開車過來時，車子差點被掀翻了，看你們的樣子好像不是開車，或是等等送你們一程呢？」

「我們自己回去就可以了。」虞因搭著聿，趁鄧翌綱正在擺放東西時，轉向東風房間。原本他還心存一絲希望，但門後果然沒有任何人，且房內鐵架是被推倒的；打開燈後，看見散落在地上那一張張繪製的人像圖紙，雖然已有心理準備了，但虞因還是倒抽了口氣。他現在眞的很難想像東風畫下這些圖像時的心情，還有他究竟知道了多少。

聿從旁邊擠進去，撿起一地的圖紙仔細整理。

虞因嘆了口氣、轉過身，看見鄧翌綱不知何時已從廚房走出來，面帶微笑地站在客廳看著他們，距離只相差幾步。

「鄧先生你大概是什麼時候和東風認識的呢？」虞因隨口問道：「其實之前一直聽東風提起仲介幫他找房子的事，總覺得你們認識很久了。」

「確實，也算滿久，如果從我單方面知道有這個孩子來算，可能有六、七年左右。一開始我是注意到有未成年人找人頭幫忙租房，心想怎麼會這樣做呢，觀察了好長一段時間才接觸，發現他很常搬家，擔心他可能在搬家過程遇到黑心房東或壞人就不好了。」鄧翌綱頓了頓，說道：「加上他那時狀況很糟糕，所以我便主動幫他找一些可能比較適合他的屋子，才漸漸熟了起來，後來他就都找我幫忙了。」

「……一般仲介能負責這麼多區域嗎？」虞因輕輕詢問。

「什麼？」鄧翌綱有些不明白地挑起眉。

「東風並不是只住在中部，他曾到處搬遷，是近期在黎大哥介紹下才又搬過來，鄧先生幫他找房的區域真的很廣。」虞因從黎子泓那邊知道東風不斷躲避，所以不特定在哪邊居住，在這種狀況下，鄧翌綱卻一直是幫他搬家和清理屋子的仲介。

「這沒有什麼問題，畢竟我是房仲，當然認識了不少人，也有不少房源，搬遷幾個區域對我來說並不是難事。」鄧翌綱勾著笑，臉上沒有絲毫變化。

「警方調查了當年東風投案前的住所，也是鄧先生你幫他找的，他投案之後，有很長一段時間你幫他保管私人物品，直到他出來才又重新幫他布置屋子。」虞因握了握手掌，瞇起眼睛，「沒錯吧。」

「喔？提出警方調查了？雖然不知道你的用意，但確實是如此，我一直很擔心那孩子的狀況，所以幫他做點事情有什麼好令人懷疑的嗎？」鄧翌綱環起手，露出有些興趣的笑容。

「問題在於，警方重新調查當年的仲介租屋，發現了一件事。」看著仍笑得很親和的人，虞因開口：「比東風早搬進去的鄰居，上面記錄的仲介雖然是別人，卻是你推薦而來，而東風住進去後，立即發現屋裡遭人裝設偷拍工具，如果當時尤信翔並沒有做那些事，那麼唯一一個接觸了屋子、又幫他布置家具的人，只有你了。當時你是基於什麼理由監拍東風，甚至安排了假鄰居來監視他？」

「這可真是冤枉了，你們手上並沒有任何我安排這些事的證據吧？」鄧翌綱偏著頭，覺得有些好笑。

「安天晴死後，那間租屋因為一直租不出去，後來被屋主廉價出售，先買下的人是你工作的仲介公司，之後轉賣給東風。表面上是幾年後接受東風委託而仲介買賣，但實際上，你幾乎在事發後沒多久就買下，當時你們應該還不認識他吧？」虞因繼續說著下午大家用最快速度調出的這些陳年買賣記錄，「你並不是碰巧注意到他，而是在案發時就已經注意他。」

「房子的話，我們公司和員工原本就有購買廉價房加以裝潢轉售的作法，如果警方真的如此喜歡調查，可以查看看這些買辦記錄，早在安天晴的事之前就已經如此，我想這也是一個巧合，正好那房子還空著，後來東風打探那間屋子，我正好轉賣給他，這又能表示我有什麼意圖嗎？頂多是賺點差價吧。」鄧翌綱笑著回問：「況且，我並沒有對他不利，甚至幾乎都在幫助他，不是嗎？」

「……我覺得說再多也沒有用，我說不過你們這種腦袋的人，但有一些事實你是無法改變的。」虞因靜靜地看著對方，然後開口：「我們有蘇彰的DNA，你是否敢驗驗看你們有沒有親子關係？又或者，你是否能讓警方這邊的法醫檢視你的下體，確認從未受創過？」

在虞因講完的那瞬間，鄧翌綱的笑容變了，不再像之前那麼親切有禮，而是出現難以形容的冰冷壓力。

如果眞要具體說，虞因覺得那是種難以形容的邪惡。

所以他下意識把聿拉到自己身後。

「不得不說，我眞的滿意外你會知道這些事。」鄧翌綱勾起唇角，冰冷的視線看向眼前的青年，「沒頭沒腦地就想把我確定是誰，卻沒實際證據，也不一定能安然無恙地走出這扇門，你眞有勇氣。」

「確實。但我來這裡的時候，一路上全是『某些存在』幫我引路的，直到現在，他們還在外面，雖然我不知道你們到底是怎麼讓那些存在不敢接近，可是他們不會消失，一直在你們周圍。」大雨中，虞因看到的是一個個在雨中等待的黑影，等著他們停好車、等著他們上樓、等著鄧翌綱到來。

或許他們手上沒有確切證據，也非常突然地出手，但虞因知道機會就這一次。

「石漢岷，現在外面全是警察，你無路可逃。」虞因聽著門外傳來的聲響，看著似乎沒打算逃走的人，「你究竟是不是本人，只要驗了就知道，其他的多說無益，不是嗎？」

鄧翌綱笑了聲，「我比較好奇爲什麼不是警察來，而是你這種普通人來攤牌。」

「……是我求他們讓我過來的。」當時，不只虞佟反對，黎子泓還有稍後回來的虞夏、玖深，甚至小海，全部口徑一致反對他來和鄧翌綱見面，幾乎到了圍剿的地步，但虞因仍然堅持，「我只想親口問，你知道東風是誰嗎？」

他看過玖深的鑑定報告，看見了和蘇彰配對的結果，也看到了蘇彰一直要找的人是誰。

所以，他一定要來，他要親口問問眼前這個人。

鄧翌綱笑了。

「你說呢？」

然後張狂地大笑。

「我怎麼可能會不知道，他是誰。」

鄧翌綱從肩包內取出槍，指向虞因。

虞因擋住想要竄到前面的聿，看著對方，「外面都是警察，你這樣也逃不掉，而且，你是這種會犯下馬上被抓的案件的人嗎？」

「我看你好像很熱心這些事，不如裡面聊聊吧。」鄧翌綱指指兩人身後的房間，「你和我，弟弟請在外面等，還有手機交出來。」

聿皺起眉，拽住虞因。

「就這麼一次機會，如何？」鄧翌綱笑著看向他們。

最後虞因妥協了，把聿勸止在門外，和鄧翌綱一前一後走進房內，看著鄧翌綱將門關上，將鐵架重新扶起抵在門板。

「坐啊。」鄧翌綱收起槍，指指旁邊的座椅，然後自己坐在床鋪邊。

虞因拉過椅子，慢慢坐下，同時聽見房門外大批員警進入的動靜，知道裡面肯定包含虞夏等人。另外一邊，是颱風夜的雨勢，打在窗戶上的劇烈聲響幾乎快掩蓋外頭的聲音，如同把這房間與外界完全隔離。

「我重新想過尤信翊的話，他之前說你們會接觸他，可能是想吸收他和東風，或者其中一人……現在回想起來，其實你們一開始的目標就是東風吧？」虞因看著眼前的人，很認眞地問著：「尤信翊……只是被你們利用的，對吧？」

「呵，言家說孩子沒了，我原本還以爲眞的沒了，卻被我們發現東風的存在。」鄧翌綱有趣地看著虞因，「他們手腳做得很好，一開始我眞以爲那是言家的小孩，只專心想要好好對付連昀兒和言家，但後來他們將連昀兒送進白屋，又嚴密地監視，實在很難將人手安插進去。」

「所以你仍一直監視著連昀兒……？」虞因想起薛允旻的事，那是在八年前、也就是事件後安插的。

「與其說監視連昀兒，不如說是想要找個方法搞垮言家吧。」鄧翌綱指指自己的下體，「言家那女人的手指抓住我的記憶和感覺，到現在還一清二楚，我原本想好好地讓他們活在痛苦裡，而從他們的小孩先下手。幫不了孩子，就是父母最痛苦的事。不過我手下回報那個小孩似乎很會藏匿自己，經常將人甩開，所以我有點興趣，想看看小耗子玩些什麼，直到我看到他的樣子。如果說他不是連昀兒的小孩，那就眞的是笑話了，那張臉壓根就是連昀兒小時候的翻版，她就是用那張臉說她是我的人。」

「……連小姐那時候只是孩子吧，那麼小的小孩，你身爲師長竟然誘騙她，不覺得可恥嗎。」虞因起了一陣噁心，眞想朝眼前的人臉直接吐過去。

「那也算是女人吧？有什麼差別嗎，喜歡的東西有必要找藉口嗎，反正她還不是喜歡我。」鄧翌綱瞥了對方一眼，覺得對方的道德正義有些好笑，「我在學校時，多得是小女生爲我爭風吃醋，那也是她們的願望吧。只要告訴她們，這是和老師的祕密，只有我們知道，小孩子誰也不會說出去喔。」

「小孩子的喜歡並不是那種喜歡，你利用小孩子信任的心態，眞的很可惡。」虞因惡狠狠地瞪了回去，「你這種人……」

「附帶一提，大人們只要給他們一些甜頭，告訴他們校外投資有些利潤，校內又有什麼回扣可以攀附關係，他們可把你當作神明一樣。」鄧翌綱聳聳肩，「我的意思是，連校長都很願意玩這種遊戲，荷包滿得他見我就笑，我可是受老少歡迎呢。」

眞的很想飆幾句髒話過去，但虞因還是忍住了，「別扯那些有的沒有的，連昀兒長大之後，明明已經和你沒關係了……」

「沒辦法，我就是喜歡她的臉，不過她長大後眞的少了點味道，我原本是想要讓她再生個女孩，頂替她，沒想到讓她跑了。」鄧翌綱說著，突然收起笑容，眼神透出殺勁，「還被言家攪了一道……」

「鬮了你眞是替天行道。」虞因冷笑著刻意回敬一句。

「你如果在這裡被我爆了腦袋，是你自找的。」鄧翌綱拍拍一旁的槍枝，「挑釁我對你沒好處。」

「跟蹤安天晴的跟蹤狂是卓永誠，你們爲什麼連安老師都牽扯進去？」反正豁出去了，虞因乾脆繼續問，「還有簡士瑋，他們到底爲了什麼必須死？」

「你忘了嗎？安天晴是認識東風後才被跟蹤的。」鄧翌綱從善如流地說道：「我們一直在掌握他們的交流狀態，這是言家無法控制的，殺掉安天晴、吸收尤信翔，都是計畫之一，那個基地的策劃算是意外的收入，正好讓我們擴展青少年這一塊。」

「所以你們沒有打算吸收東風？」虞因有點訝異，而且覺得尤信翔肯定不知道有這層原因，如果告訴他……

「爲什麼要吸收他？如果吸收他，就看不到他崩潰，也看不到言家急著想收尾藏人，不是嗎？簡士瑋也是一樣，他的死，其實多少也要怪他自己太多事，太想幫助那孩子，所以成了我很中意的對象——他的死是很重要的打擊，他如果不死，怎麼能夠多毀滅一點。」聽見房門開始被衝撞破壞的聲音，鄧翌綱站起身，「最令人滿意的，莫過於在旁邊欣賞這一切，還有包括石竟昇那個自以爲聰明的小子，看著他急急忙忙地想要找血緣，看他們兩人像隻繞不出去的耗子一樣在原地打轉，眞的讓人很愉悅啊。」

「他們再怎麼說也是你兒子——」虞因腦袋一熱，上前拽住鄧翌綱的領子，一拳揍了下去。

鄧翌綱並沒有絲毫反抗，結實地吃了一拳，面帶微笑地慢慢回過頭，抓住虞因的手腕，「那就是他們的命。」

「你——」虞因想抽回手，但對方握力很大，他竟然沒辦法立即掙脫，還被強硬地抓得發痛。

「你知道嗎，其實他很希望能融入人群，他最想要的就是有人能陪在他身邊。所以看著被藏起來的那隻小耗子慢慢崩潰，看他嚇得把自己關在塔裡，看他死命掙扎到不得不放棄心中的那點奢求，看他孤單到雕刻了滿屋子的假象——他想要細細拼湊自己的人生，我就要砸碎他用盡心血的這片拼圖。而且，他還那麼依賴我，不論住在哪我都特別幫忙，某方面說起來，我也算是盡了照顧的責任，不是嗎？」鄧翌綱慢慢收緊手指，聽著對方傳來的抽氣聲，無溫地微笑，「就和連昀兒一樣，她只能縮在白屋裡，只能依賴我派去的人，他們母子都一樣，言家這根刺吞不下去也吐不出來，只能讓我欣賞到滿意為止。不過你們這些多事的人倒是破壞了這件有趣的事……算了，反正也就是人數多了點而已。」

鄧翌綱頓了頓，繼續說著：「原本，我是要看著尤信翔動手一個個殺掉你們這些人，毀掉他現在的新生活，再度讓他墜回噩夢。不過尤信翔真是太沒用了，聽說你還擋了火虎一槍，讓火虎沒順利收拾掉人。這點真出乎我意料之外，尤信翔死在他面前，基本上能夠再度破壞他的心，你們讓我少了一次取樂的機會。」

「那又怎樣。」虞因咬牙忍著痛，聽見門邊鐵架開始被撞開的聲音，還有外面員警們熟悉的呼喊聲，「反正你逃不掉了，你再也不能傷害他們！」

「呵呵……這可難說，你還沒看見接下來會有更有趣的呢。至於剛才那些話，我可從來沒說出口，就算你告訴別人，我也只會說那是你編造的。你們沒證據，不是嗎。」鄧翌綱鬆開手，坐回床邊，笑容依舊，「警方儘管去調查，什麼也不會查到。我有殺人嗎？沒有。誰能證明命令是我下的，組織裡誰眞正看過我？即使你們眞驗出我是石漢岷，你們有多少證據可以證明所有事情都和我有關？空口臆測，是成立不了什麼的。就像你們眞抓了薛允旻和卓永誠，但是看著吧，看看你們有多少證據，看看法律會宣判他們什麼，看看所謂的正義是建立在你們的空口上，還是你們拿不出的實證上。」

虞因按著手腕，一時半刻無法回答對方的話。

鄧翌綱拿出方才那支槍，笑著退出彈匣，然後反過來向下傾倒，無數小白珠子滾落在地，「這可是玩具槍喔。」

看著那些可笑的小白球，直到鐵架被推開，虞因才啞著喉嚨問出最後一句：「你到底爲什麼要這樣做？」爲什麼要把事情告訴他？還有爲什麼要讓蘇彰、東風、尤信翔和很多人過得這麼痛苦？

所有的人，原本都可以擁有各自不同的人生。

鄧翌綱再次勾起親切和藹的笑容，並沒有出聲，只是緩緩地動了口形——

我喜歡看你們痛苦。

□

「阿因，沒事吧！」

抓住從房間走出來的虞因，虞夏一邊檢視著人，一邊讓手下帶離鄧翌綱。

出乎意料地，鄧翌綱非常合作，對蒐證錄影說了句「不知道警方爲什麼要誘捕自己」，然後被拉走了。

虞因看著虞夏，沒有說話，只是把臉埋靠到對方的肩膀上。

「阿因？」虞夏有點疑惑，反射性抬手按住對方的後腦，輕輕地拍了拍，「沒事了。」

說著話的同時，他看見鄧翌綱似乎回頭往這裡看了眼，露出奇異的微笑，接著便被員警帶出大門。

一旁的聿靠了過來，將手上的紙張交給虞夏。

那些人像，每一張都畫得與鄧翌綱極度相似，一筆筆的肌理堆疊、推算都寫在邊上，相當仔細。

過了一會兒，虞因才把頭抬起來，環顧了下四周假裝什麼都沒看見的員警，有點不好意思地抹抹臉，「嚴大哥他們還沒回音嗎？」

「沒有，但是他的車開走了，可能是有什麼事，我們已經在調閱相關畫面，只是今天這個天氣，可能有點麻煩。」虞夏看著黑夜中的傾盆大雨，有種說不出的怪異感，尤其剛才鄧翌綱那抹似乎有所意味的笑容。

虞因看向窗戶，思考著剛才與鄧翌綱的對話，「……二爸，剛才那個人說我還沒看見更有趣的，我覺得好像還有什麼事。」

「確實，他被帶走時的反應很不尋常。」虞夏拿出手機，聯繫了虞佟。

看著虞夏還有擔心的事，虞因努力想著究竟還有漏掉什麼，猛一抬頭，突然一陣暈眩，眼前倏地一黑，浮現在面前的畫面在光影交錯間突然變成黑暗的樹林，暴雨覆蓋視線，幾乎看不見更多，只能感覺附近轟隆隆的巨響，似乎有土石隨著大水崩潰、滾落，視線被什麼東西遮蔽著，看得並不清楚。

短短不到幾秒，那些樹林土石淡去消失，視線重新恢復正常。

「什麼？」

聽到聲音，他轉過頭，看見聿正提出疑問。

「……我不太確定。」虞因按著突然有些疼痛的右眼，「好像是什麼地方土石流？」爲什麼會是樹林裡面？

思考間，突然有人從後按住他的肩膀；虞因回過頭，看見甫走進來的黎子泓。

「你看見什麼？」黎子泓很認眞地詢問，「周圍有什麼東西？」

「好像是樹林，風雨很大，看不太出來是哪裡，而且好像在土崩……有崩塌的聲音，很大聲。」虞因搖搖頭，有點惱怒沒看見更多可以確認地點的參考物。

「公寓這邊大門的監視器正好壞掉，管理員調不出拍到身影的畫面，但剛才我問了一些鄰居，有人說東風去借了電話，他有點擔心東風……雖然是新住戶，所以他從窗戶看出去，看見東風敲了我們警察的車窗後，不知何故搭上一輛計程車。」黎子泓頓了頓，繼續說著：「住戶看得很清楚，那輛車並不是從外面開進來，似乎本來停在路邊，突然開過去讓東風招下來。你有沒有什麼想法？」

「計程車……」虞因瞇起眼睛，突然閃過先前和某人的對話，「蘇彰說他有認識的人在車行裡！而且醫院的那個女孩子，也是他刻意送過去的，所以那輛計程車很可能是他的人。」

「……假設那輛計程車真和蘇彰有關係，那很可能東風就在他手上。」黎子泓與虞夏對看了一眼，「但蘇彰突然帶走東風是爲什麼？」

「阿因，你說鄧翌綱說還有更有趣的事？你們剛才到底說了什麼，先把重點告訴我們。」虞夏看了眼手錶，已經入夜，颱風正在席捲不知哪裡的鐵皮，傳來各種乒乒乓乓的破壞聲響。

虞因連忙將鄧翌綱說的話大致說了一遍。

「蘇彰很可能還不知道這些事，他帶走東風應該另有原因。」黎子泓沉思了下，「我總覺得阿司說不定也捲在裡面……」畢竟時間太過剛好，兩人至今毫無音訊，又完全沒有留下消失的痕跡。

「蘇彰說過他會回來找嚴大哥。」虞因趕緊補了句，「可是這種天氣……」

話還沒說完，他突然整個人毛骨悚然了起來。

這種天氣，才不會留下太多痕跡。

猛然想到這句話，虞因的眼睛突然又痛了起來，好像有什麼東西亟欲鑽入眼睛一般，火燒般地疼痛。

再次看見的依舊是類似的畫面，但仍被什麼東西遮擋住，景物非常模糊，隱隱約約的，好像能看見在已經變得泥濘不堪的道路上有輛相當眼熟的車。僅僅一瞥，又是在暴雨中，但虞因還是一眼就認出那是嚴司的車子。

那是什麼地方？

想要看得更清楚卻無法，也不知道車內究竟有沒有人，幻影眨眼便消失了。他按著眼睛，看見東風租屋外的門邊站了幾道黑色身影，陰惻惻地往他們這邊望著，並沒有任何抓獲凶手的喜悅，反而有種抑鬱感。

站在前面的石靜恬深深看著他，然後轉過頭，消失在空氣當中。

□

時間一分一秒過去。

虞因看著手上已連線的平板，他登入了那個聊天室的帳號，不斷給B.B.Q留言，希望可以得到回音，但那個帳號始終是下線狀態，似乎沒有發現有人正急著找他。

「休息一下。」

有人打開了警局休息室的門，走進來，將手上的熱飲遞給虞因。

抬頭一看，竟然是應該正在休養的向振榮。

「喝一點。」向振榮有些吃力地坐下來。

「……我給一位朋友打了電話。」虞因按著發痛的額頭，「想說，搞不好他會知道點什麼。」

電話那邊的一太聽著沉默許久，然後告訴他一件事。

「我朋友說，下午他突然覺得怪怪的，但是這種天氣沒有車隊在外面，他和幾位比較親近的朋友往他覺得奇怪的方向尋去，結果風雨太大，完全無法深入，有人不小心被颳斷的樹枝打傷了，所以便退出來沒再繼續找。」當然，虞因已將這件事轉告給黎子泓，那個大概位置是有相當距離的山裡，無法更詳細地鎖定區域。

虞因眨眨仍有點發痛的眼睛。

他搞不懂爲什麼這次沒有得到更進一步的指示，不論是石靜恬或是其他人，都沒有。

稍早小海已經被虞佟送回家了，這是虞因私下請虞佟幫的忙，畢竟小海天生就是一塊鐵板，早先在這裡時，石靜恬他們很可能眞的是要告訴他一點什麼，卻因爲小海在這裡而錯失機會……而且連他都沒有發現窗外的異狀，虞因一想到就很後悔。

有些事情好像冥冥之中註定好要被錯過，他們用最快的速度誘捕鄧翌綱時，另一邊卻也同步發生事情，而他們沒有選擇到另一邊。

重新看向仍沒有回應的平板，虞因感到很焦躁。

向振榮拍拍虞因的肩膀，看看同樣坐在一邊的聿，「別責怪自己，不是每件事都能被料想到。」

虞因點點頭，向對方道過謝。

爲了緩和氣氛，向振榮打開休息室內的電視，看著颱風夜不平靜的報導，多是播報風雨動向，也有幾件深夜快報，除了毒蟲趁風雨交加開毒趴被破獲，甚至還有颱風夜酒駕肇事、逆向衝撞上對向來車的快訊。

看了一會兒，向振榮關掉電視，站起身，「我去看看能幫什麼忙，你們別太擔心了。」

看著再度被關上的門，虞因嘆了口氣，接著也起身，旁邊的聿隨即跟著站起。

「我去走廊走走，你不用跟啦。」虞因苦笑了下，「你繼續看蘇彰有沒有回應……讓我自己去透口氣。」

聿靜靜地看著他，然後點頭。

拍拍聿的肩膀，虞因走出休息室。

警局內依舊燈火通明，因爲捉捕到鄧翌綱，所有承辦人員幾乎都在漏夜處理，務求在最短時間內把手上所有資料彙整完全。而另一邊，則是緊急請各處單位尋人，有些單位不樂意在這種天氣幫忙，正踢皮球，只得處處繞關係或是拉高層來幫忙下個命令。

虞因還可以看見站在辦公室裡的小伍突然摔電話，破口大罵了幾句，內容大致是又一個踢皮球的渾蛋。

離開辦公室走廊，虞因不知不覺走到人比較少的偏僻角落。

這邊的窗戶似乎沒關好，開了條縫，豪雨正潑進大量的水，走廊已經積出一片水澤，快蔓延到一旁的存放室。

走過去拉上窗戶，虞因下意識轉過頭要去工具間拿支拖把，赫然發現有人站在他旁邊。

「你找我有事嗎？」

穿著一身黑衣的蘇彰連頭髮都還滴著水，似笑非笑地看著他。

「東風和嚴大哥在哪裡？」虞因一把抓住對方的衣領。

「我怎麼會知道呢？你這問題真突然。」蘇彰笑笑地回答：「你們掉了人，總不能每次都算在我頭……」

「東風是你弟弟。」

虞因用力抓緊眼前的凶手，緊得手指都痛了，他終於在蘇彰臉上看見了無法遮掩的錯愕，那是打從心底表現出來的真實情感。所以，他啞著喉嚨，幾乎用盡力氣地重新複述一次——

「東風，就是你弟弟。」

「你在開玩笑嗎？」

良久，虞因從對方口中聽到了這樣的話。

蘇彰並沒有揮掉領子上的手，只是無溫地開口：「你……」

「你之前說石漢岷遇到舊愛，離開了兩、三個月。東風的媽媽，連小姐，被人綁架之後，被囚禁並性侵了兩個多月，回來時已經懷孕了。」虞因咬著牙，眼淚開始不爭氣地往下掉，「你那天在車上流的血已經被檢驗出來了，和東風之前在這邊的建檔有多組匹配，確定你們有血緣關係。還需要更多證據嗎？」

那一紙報告就是鐵證，不管說多少故事、不管有多少內情，不管有沒有隱瞞年齡，最終光是那紙報告就已經足夠說明一切。

「他沒有和石漢岷同流合污，他是受害者……」虞因哽著聲音，將蘇彰往後推開，「把人還給我們。」

蘇彰往後退了幾步，一腳踩進水灘，然後沉默了很久，就在虞因覺得這人可能打算轉頭就走時，他突然開口：「你什麼都沒看到嗎？」
「看到什麼？」虞因愣了下。
「你的眼睛，也不是那麼特別。」蘇彰冷冷地看著對方，「……不然就是……」
話沒說完，蘇彰突然轉身往出口處走去。
「等等，他們到底在哪裡？」虞因追上去，一把拽住對方的手臂。
蘇彰無聲地張張口，過了半晌才說出一個地點，方向和一太早先猜測的是同一區，然後看著窗外說道：「可能晚了。」
知道現在就算揍人也沒用，虞因狠狠瞪了眼對方，急忙往辦公室方向跑去，找到虞佟說了地點，讓警方很快發布消息往那邊找人。
當時虞因沒在意蘇彰的去留，等到想起來時，那個人已經不見了。
約一個多小時後，搜救單位傳來回訊，說是該地土石嚴重崩塌，道路封閉，且沒有看到有人還留在該處的痕跡。
就在室內的人陷入一片寂靜時，拿著手機的黎子泓從外走進來，開口：「找到人了。」
原本大家都要鬆了口氣，但看見黎子泓凝重的表情，沒有人敢出一個聲音，直到他再次說話：「兩個人都在醫院裡，剛才醫院打了電話，說是車禍，酒駕的車輛違規逆向撞上，傷勢狀況得到院才知道。」

「你和阿因、小聿先過去吧。」虞佟很快說道：「這裡我們會處理，一有進度立刻告訴你。」

黎子泓只稍作思考便點頭。

離開警局後，虞因坐在副駕駛座上，後座的聿很安靜。

颱風夜的馬路上充滿了被颳斷的樹枝，比較細的樹甚至折斷了，車輛行駛極爲困難，更別說還有不知道從哪裡颳出來的鐵皮半攤在旁側，幾次車輛被飛過來的樹枝給打到，斷枝刮過板金時，發出讓人很不安的聲音。

再度因爲道路被雜物橫阻而須改道時，黎子泓才往旁邊看了一眼，說道：「我希望你們能先做好心理準備。」

「咦？很嚴重嗎？」虞因心一沉，乍聽到車禍時他就已經懸著情緒，現在只覺得連手指都冰冷了。

「剛才我沒說明白，是怕影響大家工作。警消收到報案趕到現場時，車輛被撞得很嚴重，酒駕肇事者開到了對向車道，沒有減速便直接撞上駕駛座那一側……」黎子泓停頓了幾秒，握緊方向盤，避開路上雜物，「肇事車輛撞開阿司的車之後，接著撞進附近民宅，居民立刻報案，肇事者僅有輕傷，被民眾拉出來時還醉得一塌糊塗、意識不清。」

「……那嚴大哥？」虞因戰戰兢兢地問著。

黎子泓搖搖頭，「他沒事。」

虞因愣了愣，「可……」

「警消救人時，發現他在副駕駛座上，雖然失去意識，但只有輕微撞傷。」黎子泓聽見身邊倒抽了口氣，「……開車的是東風。」

之後他們沒再交談。

虞因把臉埋在手掌裡，一句話都說不出來。

他想起鄧翌綱的話，那個人說還有更有趣的事——他知道蘇彰會找上東風？

然而爲什麼他那麼肯定？

虞因抬起頭，突然發現到現在爲止，那些影子沒再靠近，就像這兩天的事情一樣，沒任何預警，也沒有以往的指示和警告，它們只在一段距離之外看著，連帶著給他的影像都是模糊不清。

如果說下午是因爲小海在而無法靠近，那現在又是爲什麼？

「黎大哥，不好意思。」虞因像是突然想到什麼，打開了置物櫃，翻找裡面的物品。黎子泓車上的東西並不多，移開上面幾張紙後，他就看見了。

繫著紅繩的詭異木牌，放置在置物櫃深處。

「這是……」黎子泓看著被翻出來的陌生物品，先前在組織的案件上，他們也取得過這樣的東西。

「鄧翌綱知道我看得見，他們故意的！」虞因憤怒地扯掉紅線，扳斷了有著奇怪符文的暗黑色木牌。不只黎子泓的車，很可能嚴司的車、甚至其他人的車，或是他們活動處附近都有，按照奇怪狀況出現的時間來看，幾乎抓住卓永誠之後就被放置。

木牌斷裂的同時，行駛中的車輛上突然傳來輕輕咚一聲，好像有什麼落在上面。

看見不斷灑滿雨水的車窗慢慢浮現人的面孔，虞因搖搖頭，懊悔地想著已經來不及了。

然後，他們看見了醫院的燈光在遠處亮著。

「黎大哥。」

虞因慢慢轉過頭，問著旁邊的人，「就算他是石漢岷，但檢警手上確實沒有太多和他有關聯的證據，所以他不會得到應有的懲罰，對吧？」

他想起兩年前，聿想要殺死王兆唐時說過的話。

石漢岷不用對很多人負責，被傷害的所有人承受著痛苦，扭曲、甚至喪失人生，他們這些人卻幾乎不害怕站在法律之前接受審判，因爲他們很清楚，所謂的制裁根本實現不了。

聿經歷過那麼痛苦的事，東風也經歷了如此殘酷不堪的事，而加害者始終沒有在法律之前，公平地付出相應代價。

黎子泓收緊了手，沒有回答這個問題。

□

即將迎接清晨的醫院急診室，並未隨著時間推移而變得閒暇。

救護車在颱風夜來來返返不知幾趟，送來各式各樣的傷病患。

黎子泓找到了電話中的聯絡人，表示自己的身分後，打電話給他們的護理師很快領著人先到上面的病房。

看這種待遇，虞因想著大概又是嚴司的什麼朋友或親戚，否則怎麼這麼快就整出房間給他。

「我們發現他身上被注射了藥品，醫生幫他緊急處理後，現在應該已經恢復意識。」護理師邊說著，邊打開了病房門。

一開門，幾個人果然看見嚴司已經坐起身，可能是車禍撞擊的關係，除了額頭上貼了很大一塊紗布，臉上及脖子和裸露的手臂上都是細小割傷，還未換下的衣物斑斑駁駁的全是血跡，以及大雨和沙泥留下的髒污。

「……你們跑來這裡幹嘛。」嚴司按著額頭，看著黎子泓，語氣不算很好，發出的聲音非常沙啞，「去看東風的狀況……他還在手術。」

「我們知道，到底發生什麼事？」黎子泓看了看虞因，問道。

嚴司瞇起眼，咳嗽了兩聲，「一定要現在問嗎？」

幾乎沒看過嚴司這種語氣和態度，虞因有些惶然，不知道該不該開口，因爲坐在床邊的人現在雖然沒什麼表情，卻表現出明顯拒人於千里之外的態度。

「不能現在說嗎？」黎子泓加重語氣，「還是要等你思考完，只告訴我們你想說的？」

「我沒這個打算。」嚴司悶悶地回答。

「東風是蘇彰的弟弟，你應該還不知道。」看著對方露出詫異的表情，黎子泓繼續說道：「我們已經誘捕石漢岷，這些事等等我再慢慢告訴你。」

嚴司沉默了半晌，抬起頭，環顧三人一眼。

「蘇彰那個傢伙，大概是想把我們埋了，他把車停在土石很鬆動的地方，然後……」

那時候，嚴司真的幾乎失去意識，隱約知道蘇彰下了車，好像開走另一部預先停在那邊的車輛，就這麼揚長而去。

他在半昏半醒中試圖掙扎，但全身還是使不上力氣。

直到躺在後座的人突然有了動靜。

可能是怕嚴司有足夠的能力控制場面，所以在他身上下很重的劑量，反而是後座的人在天開始黑的時候清醒了。

「我們先離開這裡。」

臉色蒼白的東風看起來也很虛弱，從後座爬往駕駛座上，仔細檢查嚴司的反應，確定他真的無法動彈，便逕自找到藏在車裡的備用鑰匙，重新發動車輛。

那時，泥水應該已開始覆蓋道路，車輛的發動並不是很順利，而且可能陷在了泥濘裡。

嚴司知道東風前前後後下了幾次車，好像冒著風雨在外面搬動什麼東西抵在輪胎邊，整個人濕得像水鬼一樣，不知道第幾次回到駕駛座後，車子才順利離開原地。

嚴司慢慢恢復了一點知覺，看見車輛在黑暗的山林中緩緩行駛，路況不熟，也不是很會開車的東風開得並不快，怕連車帶人就這樣被掀到山下，所以花了很長一段時間，才終於離開最危險的土石崩塌區域。

就在他們離開沒多久，山上傳來大量土石流動的聲響，幾乎差那麼一點就被捲入。

東風把車停到路邊，整個人靠在方向盤上，過了一會兒才再次檢查嚴司的狀況。

聽到對方咕噥著不會是被下毒了吧，嚴司沒有很想反駁，只覺得東風的手很燙，臉色也紅得很不自然。

又休息了片刻，東風重新將車行駛到路上，打開導航，設定在距離最近的醫院……雖然最近，但也有段很長的距離。

「……我覺得，你眞的不會死。」看著雨刷刷開了大雨，卻又馬上重新遮蔽視線的擋風玻璃，東風像是要保持清醒般，突然開口說話：「怎麼有人命可以這麼硬。」

嚴司很想說，這就是天生的，他也沒辦法，但是沒力氣開口，只能聽對方微弱地繼續說著話。

不過中間有很長一段，因爲東風聲音太小，他沒聽清楚，只聽了幾句可能是在說他以前的事情，還有一些他在各處搬家時所做的事，像是在回憶，而聲音眞的很小，嚴司沒聽見。

講了很久之後，東風的聲音才清晰起來，也有可能是那時候嚴司的藥效退得更多，所以也聽得更清楚了。

「……如果不是因爲尤信翔會報復我身邊的人，我原本已經不打算活了。」

「活著眞的太辛苦。」

「如果我沒出生過，該有多好。」

「住在你那邊時，你問我想怎麼活，我並沒有想要怎麼活，也不是想要被很多人拱得高高地寵愛。」

「我只想要有家人、朋友，和其他人一樣有正常的生活……就是那些被很多人嫌平淡無趣的家庭生活，不用擔心讀懂別人的臉色，不用害怕別人會覺得我是麻煩。」

「我只是想要和其他人一樣能在喊著媽媽時，媽媽會微笑，而不是想讓我去死。如果回家時，媽媽是煮著飯菜在等我，要問問學校和同學的生活，即使有可能手藝不佳、很難吃，那也很好。」

「我只是……不想害人。」

轟然一聲巨響，附近的行道樹被風給颳倒，硬生生橫垮在他們面前。

東風等到斷樹落定後，稍微停了點時間休息，等風勢較小繞開障礙物，才繼續向前。

「不過，最近我也想了很多。」

「這段時間以來，眞的看了很多不一樣的事情，也做了很多以前想都沒想過的事……如果可以按照自己的希望生活的話……」

「這次我想和大家一起愚蠢地活下去。」

話才剛說完，就在那瞬間，視線不佳的風雨中闖出一輛預期外的逆向車，沒有開車燈，所以壓根沒有反應到對方的出現。

劇烈的撞擊之後，世界戛然靜止。

□

看著手錶，時間已經臨近天亮。

外面的風雨沒有減弱趨勢，虞因再次環起手，繼續等待手術房內的消息。幾分鐘前，他才用手機傳訊息給其他人。因爲酒駕車快速正撞上駕駛座，所以情況相當不樂觀，駕駛還有嚴重大出血。

聽說，那名酒駕的人就在樓下的急診處呼呼大睡。

「咦？果然是阿因。」

熟悉的聲音在走廊響起，虞因抬起頭，意外看見阿方走過來，「剛剛出來找販賣機，還想說是不是看錯人。」

「……你怎麼會在這裡？」虞因站起身，疑惑地問著。眼前的人其實不該出現在這醫院，因爲醫院的位置離他們的生活區有些遠，即使受傷也不會被送到這裡。

對方身上看起來有點髒污，不過已經乾了，似乎是稍早在外面什麼地方濺到的泥水。

和聿打過招呼後，阿方抓抓頭，「下午一太不知道爲什麼，突然說想去山邊看看，因爲有點奇怪，我就和幾個朋友陪他一起過去，結果那時候風颳得很大，硬生生把樹給颳斷了，剛好砸到一太，幸好沒傷得很嚴重，我們只好把他拉到這間比較近的醫院，不過說是有輕微腦震盪，得觀察一晚。」

「咦？受傷的是他？」虞因想起早先的電話，當時一太只說有人受傷，他沒想到會是講電話的本人。

「是啊，本來他還堅持說要進山裡看看，但因為出血很多，而且那時候已經開始土石流了，滿危險的，所以大家硬把他拖出來。不過到院後，一太又說晚一點可能有需要，讓大家先在這邊等一晚……倒是你們怎麼會在這裡？」阿方將手上的飲料塞到虞因手中。

「東風和嚴大哥車禍。」不太想仔細描述過程，虞因很簡單地只說了這些。

阿方聽著，也很識時務地沒繼續追問下去。看兩人沒有想交談的意思，便說了他們在哪樓休息，有需要再找，便先離開了。

天亮時，黎子泓和嚴司走過來，嚴司看起來已經好很多，也換了比較乾淨的上衣。

「鄧翌綱應該能確認就是石漢岷。」黎子泓在一邊的座椅坐下，按著有點發痛的頭，說道：「雖然檢驗報告還沒出來，但是他確實如言太太所說，下體曾遭受創傷，這點已經肯定了。」雖然確定這點的虞夏可能會被告就是。

據剛才傳來的消息，鄧翌綱堅決不配合各種採證動作，也提出要等他的律師團到才願意開口，結果被暴怒的虞夏直接把人踹翻，扯褲子先確定下體狀況，現在虞夏的直屬長官正勒令他不准再隨便碰嫌犯。

「那……」虞因正想問後續問題，聽見走廊傳來有人奔跑的聲音，接著似乎被護理師罵了，連續道歉好幾次之後，才又往這邊過來。

最後出現在他們面前的，是急急忙忙趕來的玖深，看起來一下車就直奔醫院，大半身體都濕漉漉的。

「還沒消息嗎？」玖深喘了下，連忙問道。

「……內臟破裂又大出血，其他被衝撞、夾住造成的骨折挫傷還算小意思。」嚴司看著手術室的門，沒有轉開目光。「偏偏就是酒駕的人怎樣都撞不死，常常都是死別人，呵。」

那種冰冷的語氣讓玖深抖了下，怕怕地將視線轉向其他人。

黎子泓按著友人肩膀，轉看玖深，「你怎麼會過來？」

「喔，阿柳來換班接手，所以我先趕過來。」玖深擦擦臉上的水，說道：「我聯繫了車隊的人，要他們讓袁政廷退出組織，那個女孩子確定是他親戚，結果已經出來了，袁政廷發給我消息，說接下來會配合警方……他之前好像把組織裡的一些事務都傳遞給蘇彰，所以蘇彰找上很多組織隱藏的據點，可是這樣很危險。」

「作爲證人，我會保護他，也會妥善安排那位少女。」黎子泓點點頭，表示明白玖深的顧慮，「即使很困難，但我希望能盡量揭發石漢岷所有的手段。」

這句話是看著虞因說的。

虞因當然知道法律前只能靠證據說話，最終那些不爲人知的談話、那些逝去者所指引的消息，都無法被證實作爲有利的證據來推動裁決。

檢警能做的，就是盡其所能，投注更多時間、心血來對抗這些狡詐的人。

這時，虞因突然想起蘇彰和那位要去麵店打工的婦人的談話。

很多事情，似乎冥冥之中都有了定數，當時和蘇彰的一談，現在變得極其諷刺。

這是命運嗎？

先前不知道指引多少次的石靜恬被阻攔在外，原本可以先一步到達的一太也受傷被阻退，他們爲了誘捕石漢岷而晚了一切。是不是不管做什麼努力，都會是這種結果？

爲什麼要給某些人這樣的命運？

明明他們已經過得很辛苦，卻無法給他們相應的幸福。

身邊起了騷動，虞因回過神，看見手術室裡有人走出來向他們解說，差不多同個時間，東風在言家的父母也趕到場，被請到一邊去簽署了很多文件。

恍恍惚惚中，好像聽見情況很危急、不樂觀，還有這間醫院較小、今夜又特別多事故傷患，血液庫存量不夠，缺血缺得很厲害、正緊急調度之類的話語。

「還有，傷者的體力可能不足以熬過，請你們要有心理準備。」

交代完狀況，手術室的人又趕進去協助幫忙。

虞因聽見身邊其他人正在打電話的聲音，聽到大家都撥了電話給各自的朋友來協助捐血，虞因突然很冷靜地也給李臨玥等人打了電話，請她幫忙就近找人過來。

「我們這邊有些人，請先讓他們來幫忙吧。」

抬起頭，他看見一太和阿方，後面還有好一些他們的朋友。一太頭上還紮著繃帶，對著他們說，「我想，應該有幾個人血型符合，快點做檢查吧。」

接下來一切就像播放影片般，各式各樣的人們陸陸續續增多。

他看見宋鷗的車隊也出現在這裡，說是收到玖深的消息就趕來，還有更多幫得上忙的車隊朋友正在風雨中趕路。

然後是楊德丞急急忙忙找來的朋友們。

黎子泓認識的電玩老闆與玩家們、山友，嚴司的親戚朋友還有不知道從哪裡被挖出來的名醫，一身濕淋淋地跑進來。

原本空曠的走廊在天亮時被塞得滿滿的，除了血以外，更多素昧平生的人願意捐出其他需要的一切。

虞因看著擠滿人的走廊，大家很安靜地配合護理師的指示，他慢慢退到窗台邊上。

然後看見大雨中，蘇彰站在院外，看著他們這邊的方向。

隨後，那人轉身，緩緩消失在圍牆之外。

□

那場手術對虞因來說很漫長，他一直覺得可能不會結束。

而且或許不要結束還可以讓人心存希望。

隨著時間過去，人潮在護理師編列好名冊後，自覺不能影響醫院運作而散去了部分，應允有需要會隨時趕來。

突然，手術室的燈熄了。

醫生告訴所有人，這幾天是危險期，能做的都做了，剩下的只能等待命運的宣告。

虞因看見言家的父母哭了，即使他們這些年來不知道該如何和東風相處，也確實沒有血緣關係，但那瞬間他們的眼淚還是落了下來，兩個人靠在一起，用旁人聽不清的低語說著是他們對不起孩子。

他們被引領去大廳辦手續時，正好那名酒駕肇事者清醒了，還搞不清楚狀況地胡言亂語、拒絕警方盤問，言父衝上去一拳揍在對方臉上，被其他人拉開。

後來，因爲言家和嚴家雙重的背景勢力，他們把東風安排在特別病房內，有專人嚴密監看狀況變化。

虞因在下午時分看見一個和嚴司長得很像、但年紀稍大一點的男人帶了人過來，說已經和這家醫院打過招呼，讓他們的人來協助，這樣就不會因爲人力關係影響到院方原本的營運，而所有支出都會由他們自行吸收。

聽著他們的談話，似乎就是先前和嚴司通過電話的那名堂兄，對方交代了一些事務後，很快便要離開。

離開之前，虞因聽見那名堂兄按著嚴司的頭，說了一句：「沒想到你這種傢伙，也會有這麼多讓你不得不動用關係的朋友。」

後來好像有警告嚴司不可以對肇事者亂來之類的，才匆匆走人。

那天嚴司什麼話都沒說，就連平常偶爾會煩人的一、兩句玩笑話都沒出口，一直留到傍晚才轉身說要去把石漢岷那票人採證個遍，在先一步回到工作崗位上的黎子泓之後，踏出了醫院。

同時，在警方搜查之下，所有人的車輛都被發現放置了奇怪的符咒或紅線木牌，連虞因的摩托車也不例外，竟然塞在很隱蔽的車殼內部。

又隔了一天，風雨逐漸變小，颱風開始遠離台灣。

以石漢岷為主的三人完全保持緘默，且在幾通電話之後來了好幾名律師，開始質疑警方的各種做法。

不過很快地，因為袁政廷發給玖深的資料中有不少他探查出來的隱密項目與帳本，或多或少都與這些人有點關聯，所以就算律師們再怎麼抗議，警方還是申請到搜索票，對三人名下的所有產業進行必要的搜查。

在虞因隔日不得不先回公司交件給客戶時，收到卓永誠和薛允旻已經順利收押的消息。除了兩人的身分都是偽造以外，薛允旻家中的屍體當然也是主因；另外，便是那些情報項目中大多與他們有關，兩人在這其中都有不正常的介入運作。

但是關於石漢岷的部分，卻沒被傳過來。

當天晚上，雨完全停止之後，石漢岷暫時被保釋離開警局。

就在所有人感覺無力又扼腕時，整件事突然急轉直下，而且發生得令人措手不及——

石漢岷在律師的車上遭到殺害。

警方接獲通報趕至現場時，石漢岷早已死亡多時，而且殺人的手法是虞夏等人最爲熟悉的，後肩一刀、頸側一刀。當然死者不可能乖乖被刺殺，身上的抵抗創傷多達數十處，現場全都是血，加上後來的頸動脈出血，幾乎染紅了整輛車。

嚇壞的律師癱倒在路邊，脖子也被割了一刀，幸好不深，看起來警告意味濃厚。檢警到達現場時，律師還說不出話來，過了好半天才說他們在半路被後車追撞，他才開門要下車檢查就遭到襲擊。

對方顯然有備而來，很快地和石漢岷扭打在一起，兩個人打得不相上下，但是來者年紀比較輕，肌力似乎也鍛鍊得很好，很快就佔了上風，最後將石漢岷按在車蓋上，重重割斷了脖子，然後將還在抽搐的人塞回後座，冷冷看著他嚥下最後一口氣，才轉頭離開。

那種不將人命放在眼中的殘酷眼神，讓律師不斷打著哆嗦。

收到這個消息時，虞因正站在醫院入口。

他很難形容自己的心情，有一部分感到這人報應來得如此之快，有一部分卻感到事情不應該如此，再怎麼說他們還是……

說不上來自己到底有沒有因此事而鬆口氣，或是感到更沉重，虞因踏進院門，只覺得現在很多事情都不想管了，蘇彰決定要這樣了結自己的事情，也不是他左右什麼就能改變一切的。

懷抱著種種複雜的心情，虞因先往便利商店買點吃的當晚餐。

這個時間，應該是聿和言媽媽在照顧著。

想著上午被推出來的東風，原本活生生的人破碎得像個拼湊起來的破布娃娃般，毫無生氣，虞因就感到一陣難過。

他只能安慰自己，幸好還沒有看見什麼，他也不想在這種時候看見。

拿著一袋食物走到電梯前，正等著電梯時，虞因突然被人從後一撞，對方毫不客氣地抓住他的肩膀，力氣大得讓他不得不回頭。

然後他看見蘇彰的臉，戴著一頂大大的鴨舌帽，不知道怎麼避開醫院周圍的員警，竟然就這樣混進來了。

蘇彰比比旁邊的樓梯間，「旁邊說話。」

總覺得對方好像哪裡怪怪的，臉色不是很好，不過虞因還是點點頭。

避開人群，他們走到地下室比較偏僻的位置，兩側的燈有點陰暗，虞因回過頭，就看見階梯上有些許黑影晃動著。

「他還好嗎？」蘇彰靠在一邊的牆上，問道。

「……不知道。」虞因發現對方手上很多傷口，大大小小的刀傷、擦傷和瘀青，看來和石漢岷對峙得很激烈，有些傷口還在出血，似乎沒有好好治療。「如果這兩天沒有好轉……可能就真的……」

蘇彰沉默了下，過了好半晌才開口：「他如果醒來，告訴他不用再擔心往後的事，我已經結束一切了。往後，他就好好過他自己的生活，如同我之前說過的。」

其實虞因在上午之前想過很多，想過如果蘇彰膽敢再出現，他一定要痛揍這傢伙一頓，還要質問他這麼對待東風如他的願了嗎。但是現在聽對方這麼說，看著那張笑不出來的臉，虞因什麼話都說不出來、也問不出來了。

不管是想要怒罵或是諷刺，似乎都已經沒有太大的意義。

寂靜良久，虞因才緩緩問道：「接著，你要去投案嗎？如果他醒來，應該是希望你去投案的吧，好好地把所有事情都說清楚，不管是好的、壞的，總該劃下一個句點，這是你起碼應該盡的責任。」

蘇彰笑了一聲，在階梯上坐下來。「你相信命運嗎？」

「什麼？」虞因挑起眉。

「打從我懂事開始，就知道石漢岷不是好人，就算他在外面有多和藹可親，我還是知道他是很冷血的人，他絕對不可能會愛我和姊姊，也不會有善待那個叫母親的女人的一天。我很清楚可以看出他的冷血，就像我也可以很清楚看得懂別人在害怕什麼……人的表情太容易懂，因爲讀得懂，我才知道該怎麼僞裝自己。」蘇彰吁了口氣，繼續說：「事實就是，我確實是石漢岷的兒子，我有他的冷血、有他的自私，也覺得殺人很有意思，人在死前最純粹的表情才是最眞實的，連石漢岷那種人死前也不免會有那樣的臉孔。如果今天我不知道我和東風有血緣關係，我還是會笑著看他們消失在世界上，就像之前我瓦斯氣爆了你們那個廚師朋友一樣，我只覺得有趣，以及這樣我就會少一個威脅、少一個敵人，我一點也不關心他們到底會不會痛苦，我只關心自己的利益。」

虞因握了握拳，沒打斷對方的話，聽著他繼續說下去。

「即使如此，一開始我原本打算掩蓋這個部分，因爲姊姊的關係，她和我們是完全相反的人，既溫柔又聰明，只要好好努力，終有一天能脫離家庭過著很好的生活。如果是這樣，我願意不去傷害別人，陪她好好過生活。但石漢岷還是破壞這一切，對吧，他就是喜歡看人痛苦，把別人耍玩在手心裡，這和我一樣，不過我最初不會這麼做，是他逼我和他對立。既然他想玩，我就追殺他到底，只要和他有關、和那些事有關的，我都不會手軟。」

「只是，現在我居然有點後悔自己的手，摸在那些乾淨的事物上面。」

蘇彰抬起還在出血的手，說道：「石漢岷說過，他喜歡看我們痛苦，我是他兒子，那就是我的命途，一輩子我都擺脫不掉他的血，就算抽乾，我也不可能剝了皮、挖光肉和骨頭，我們生來就是要取悅他，不管他做什麼，那都是我們的命。」

「所以我老早就決定要親眼看著他死，管你們什麼正義的考量，還是牽扯的範圍有多廣，有多少人想等眞相。這個人的命運就是必須被我殺掉，我得確定他眞的徹底消失，不過我沒想到原來他也算好我遲早會向東風下手，所以就這樣一直待在他身邊，等著我追蹤組織轉而殺了他……等我找了十幾年後，如他所願上演一場讓我們都能痛苦地取悅他的好戲。」

蘇彰停頓了下，看向虞因，「你說，到頭來我們的命運還是被石漢岷玩在手上，不是嗎？」

「……說什麼命運，明明你可以不用殺人。」虞因冷冷地反駁回去，「殺嚴大哥和東風都是出自你的意願，推給石漢岷說他誘導不是講笑話嗎，你可以決定自己要不要殺。你又不是三歲小孩無法做決定，要怎麼思考是你的事。我承認對於你的背景感到同情，但這不能一筆勾銷你做過的事。這世界遭遇壞事的人很多，可是並非人人都選擇讓自己變成這樣。」

「說得也是。」蘇彰笑了聲，「的確是我決定這個命運。」

「爲了東風好，你去自首吧，等他醒了，你們還有很多話能說。」虞因知道眼前的根本不是什麼好人，甚至是可怕的連環殺手，但他覺得東風還是會想見這個「家人」。

「爲了他好……」蘇彰喃喃地低語了幾句，才抬頭重新看向虞因：「那次在地下室水牢，大概是我第一次和別人那麼接近，現在想起來覺得有點好笑，不覺得很多事情好像都是被註定好的嗎？」

「你扯哪裡去了，總之你好好考慮我說的話，收手去投案吧。」反正虞因自知逮不住這人，只得反覆勸說。

蘇彰沒立即答話，只盯著虞因看了很久，笑笑地說：「當心你這種個性，會死得很快。」

虞因被哽了下，火大想罵人時，蘇彰已經站起身開始向上走。

「怎麼做我自己知道，好好照顧我弟，眞死了，也讓你們全部陪葬。」

說完，蘇彰很快消失在樓梯上。

看著那些黑影一起慢慢消退，虞因有些怒，踹了踹牆壁，正要往電梯處走去時，突然發現蘇彰剛才坐著的階梯上有一灘血。

那些血一滴一滴順著階梯向上延伸。

虞因追上去時，已經不見人影，血滴消失在不引人注意的側門位置，在黑夜中失去最後的蹤跡。

當時，他完全沒意識到，這就是他和蘇彰最後一次的對話。

13

當天晚上，虞因睡得很沉。

明明坐在門邊的硬椅子上，卻莫名睡得非常沉。

然後，他在夢裡看見了白屋。

轉過頭，石靜恬站在他身邊，伸出手指示意他往那邊看。

他看見連昀兒坐在陽台邊，一旁擺著精緻的桌椅用具還有做得很漂亮的點心，一小束花朵插置在邊上的昂貴花瓶中，似乎還散發著淡淡香氣。

她穿著一襲白色洋裝，在夜晚的燈光照映下，面頰輕倚著手背，側顏翻著書頁，粉色的唇時而輕輕勾勒出一抹微笑，這畫面非常好看。虞因突然能明白東風小時候第一眼看見連昀兒時，是怎樣的心情。

連昀兒還拈著書頁，動作卻突然停了下來。

似乎有人敲了她的門，房門隨即打開，一名男人就這麼大剌剌地走了進來，在深夜時分完全沒有引起警衛或院內人員的注意。

連昀兒看見來人，並沒有露出驚慌或其他神色，只輕輕闔上書本，靜靜等著對方坐下，似乎早就料到有什麼人會來找她似的。

「妳好像已經知道發生什麼事了。」蘇彰拿下帽子，放置在桌邊。

連昀兒輕笑了兩聲，「我只是不想接觸人，並不是瘋子。看看新聞、聽聽其他人的談話，多少能知道外面發生什麼事。」

「……妳知道妳兒子現在躺在醫院嗎？」蘇彰也不拐彎抹角了，說得相當直接，「言家的人應該不會沒告訴妳吧。」

「說了，姊姊當天就打電話告訴我。」連昀兒指指室內床頭櫃上的電話。「還有，別將那種東西稱作是我兒子，聽起來讓人覺得很反胃。」

「石漢岷說你們當年是舊情復燃，看來我還眞是太相信他的話了。」蘇彰接過女性推過來的茶水，用手指把玩著杯身。「我已經盡力讓他永遠不會再出現了，所以妳可以不用擔心哪天會再蹦出那個人……這樣妳應該可以去醫院看看吧？」

「所以，你是來求我？」連昀兒露出微笑，「因爲他快死了，快點去說幾句讓他能堅持下去的話嗎？呵……和姊姊說得一樣，姊姊也讓我這麼做，即使今天眞的是和我無關的陌生人，那也是條生命什麼的，無論如何去幫他打打氣……是吧。」

「妳嘴上還算滿通人情的嘛。」蘇彰冷笑了聲：「但是妳沒打算去，不是嗎。」

「我巴不得永遠都別再看到他……看到那張臉，就讓我覺得很恐怖。」連昀兒看向外面黑暗的夜色，颱風過後的花園雖然被快速整理過，但仍舊一片狼藉，「就算我原本只想要他離我遠遠的，他還是讓我覺得越來越恐怖，而且還和我長了一樣的臉，這根本是讓我忘不了所有發生過的事。你看看我的房間，連一面鏡子都沒有呢。」

像是旁觀者的虞因有些被動地打量房內，連昀兒房內確實一面鏡子都沒見到，這對正常女性來說是罕見的事。

「所以，我怎麼可能會去。」連昀兒看著蘇彰，露出乾淨漂亮的微笑，「就是你現在坐在我面前，我都想要拿刀刺死你呢，太噁心了你們這些人。」

蘇彰笑了笑，從口袋裡取出短刀放在桌上，「請便，我不會反抗，但是妳知道交換條件是什麼。」

「……我爲什麼要因爲你們而變成殺人凶手。」連昀兒把刀推回去。「好吧，我會去看看，但我希望這是我最後一次見到那個人，以後也別再讓他踏進這裡。」

「眞的要做到這麼絕嗎？」蘇彰看著對面的女性。

「你怎麼會明白我的心情，如果不是因為石漢岷會對我身邊的人不利、潛進我家拿著我父母的衣飾來威脅我，我根本不要這種東西。」連昀兒輕輕握著白瓷茶杯，「他毀了我的人生，為什麼我還得處處顧及和他有血緣的東西。」

「妳很清楚，這些和東風無關，而造成妳痛苦的人已經不在了。」蘇彰收回刀，站起身，步伐有些搖晃地走到陽台扶手邊，「我多少可以明白妳，因為我姊姊也經歷過一樣的事，但她什麼也沒有留下來，小孩墮掉了、命沒了，她的路途在很久以前就已經結束。但是妳至少還活著，妳可以選擇自己未來的命運，要繼續這樣驚恐地活在這個籠子裡，還是要報復石漢岷，活得比現在更好，都是妳自己未來的命途。」

「那你又如何？」連昀兒看著對方，開口：「石漢岷對你做的一切，你又將如何？」

「我已經到達終點了。」蘇彰看著黑暗的山區，靜靜地說：「這麼多年來，我只想確保石漢岷永遠消失在這世界上、找到我想找的人，這些現在都做完了。」

「呵，那你們兄弟要一起去重新生活嗎？」連昀兒嘲諷地開口，冷冷嗤了聲，「噁心的小孩和噁心的殺人犯。」

「不，我知道他在這邊會過得很好，他身邊的好人夠多了，可以在這裡重新生活，再也不會有人影響他，和石漢岷有關的一切都沒了，他很安全。」

連昀兒靜默了半晌，捧起瓷杯輕啜了口花茶，接著緩緩放下，然後對著訪客輕啓唇瓣。

「但是，你還在啊。」

連昀兒微笑著說：「和石漢岷最有關的，就是你呀。你甚至還是個通緝中的連環殺手，多麼可怕，你們父子壓根就是一樣的東西。」

乍聽見這句話，蘇彰沒有任何反應，只是轉過身，回應對方的笑容，「妳說得沒錯。」

「我明天會去一趟，如你所願。」連昀兒放下杯子，動作優雅地起了身，往房間走去。

「謝謝。」

虞因所見的夢境就到此爲止。

下一秒，周圍再度陷入一片黑暗。回過身，石靜恬站在離他不遠的身後，面孔依舊深沉灰敗，但紅色的眼睛中卻透出一絲不捨與無奈。

她張開口，似乎想說些什麼，但最終什麼也沒說出來。

這個夢就這麼清醒了。

□

虞因猛然驚醒，差點從椅子上摔下去。

一睜眼就看見聿站在他前面，手上拿著兩杯飲料。

「幾點了？」虞因覺得全身上下沒有一處不痠痛，才動了一下，脖子就痛得讓他齜牙咧嘴。

聿將手腕上的錶轉向對方。

虞因看了時間，很訝異自己竟然就這樣一覺睡到天亮，還已經是上午十點多了，難怪醒來全身都在痛。

接過溫熱的飲料，才想告訴聿那個夢境時，旁邊的病房門突然被打開，走來的是虞佟和嚴司，虞因發覺自己居然睡得連有人來都不知道。

「你要不要去家屬休息室躺一會兒？」虞佟看著自家小孩腰痠背痛的樣子，說道：「東風暫時還算穩定，他媽媽剛剛下樓去接人了。」

「接人？」虞因揉著肩膀，有點疑惑。

「你們說的那個連小姐好像要趕過來，司機打電話來說在附近了。」嚴司拿下口罩，「東風的母親似乎這兩天一直勸她過來一趟，大概有效？」

虞因很想說不是那樣，但夢裡的事情又不知道該從哪邊說起，躊躇間，走廊尾端的電梯傳來到達樓層的聲響，很快地，就看見有些人出現在走廊轉角處。

除了連昀兒外，另外兩人都是虞因在白屋見過的女性護理人員，幾個人就在特殊病房外自我介紹與打招呼。

因爲虞因先前已經告知過連昀兒的事，所以虞佟兩人也維持著一段距離，並沒有靠得太近，只是有些訝異女性眞如虞因所說，和東風幾乎是同個模子印出來的。

看著連昀兒到來，虞因莫名覺得很不安，雖然應該是隔了一晚，但對於才剛從夢中醒來的他而言，那場對話似乎就是幾分鐘前發生過的事，眞實到讓他有些無法釋懷。

所以在連昀兒提出要單獨進去和東風說說話時，虞因立刻開口：「我也一起進去吧，我想順便看看狀況。」

連昀兒有些訝異，不過微笑著沒說什麼。

穿戴好必要物件，虞因和連昀兒一前一後走進去。即使已經進來過好幾次，虞因看著躺在那邊的人還是覺得很難過，那張原本好看的臉因爲衝擊造成的撕裂傷與撞傷，現在呈現各種青腫、貼著敷料，更別說身體同樣傷得很嚴重，幾乎只是用機器維持微弱的氣息，等待著渺小的復元機會。

虞因小心翼翼地看向連昀兒，如果可以，他眞的很希望她能說點什麼鼓勵的話。

看著幾乎面目全非的人，連昀兒在床邊輕輕坐下，然後伸出手觸碰唯一完好的左側頰，過了好一會兒，才開口。

「你知道我一直不想看見你，你也知道你是我的噩夢。但你還是想見我，躲得遠遠的，怕被我看見是男孩子，就把頭髮留長得像女孩子一樣，卻不知這樣看起來更讓人生厭……石漢岷就是希望我生下的是女孩兒，因爲他喜歡毫無抵抗力的幼小孩童。我已經長大了，即使他再怎樣喜歡我的臉，他還是見不得我已經開始成人。」指尖在冰冷的皮膚上劃過，連昀兒低喃著：「要不是我趁隙好不容易逃走，你就是第二個我，知道這是多噁心的事嗎？如果你是女孩，他會再讓妳繼續生下他喜歡的孩子，那個根本不算是人的東西。我在轉學之後偷偷和同學聯繫，才知道班上有其他女生已經被他騙到床上了，眞是可怕，我卻也曾經是那麼愛慕老師的其中一人。」

「離開了，雖然難過，但是我也淡忘了，直到我知道那不是對的事情，才發現當時還是小孩的我有多容易受騙，全心全意相信著『那麼好的老師』，我也相信我們之間的小祕密是唯一的。我忘了……我已經把他忘了，我原本要答應一個男孩子的追求，那是個很好的男生，功課好又帥氣，人很溫柔，我也喜歡他。但是老師卻再次出現在我面前，用那張我幼時相信的臉拐騙我，說想和我談一些事情，卻將我關到根本沒有人找得到的地方。只要我哭喊拒絕，他就打開盒子，讓我看看裡面是什麼。」

「今天是媽媽最喜歡的那條手鍊，明天是爸爸常用的那條領帶……我無法想像他是怎麼去我家拿走這些親人身邊最常使用的東西。我怎麼哭，都制止不了，怎麼喊，聲音都傳不出去，那些折磨幾乎無止盡，有時候他興致一來，還會帶著他的好朋友來。我一直以爲時間已經過得更久，逃出來之後，才知道竟然只是短短兩個多月。」

「……對了，你知道我是怎麼逃走的嗎？」

「他壓根不給我衣服，第一個月月事還會來的時候，我連擦都沒得擦。後來，我趁他出去時，裸著身體從陽台縫鑽出來，偷走附近人家晾的衣服，但是我不敢回去，等我看見燈光時，已經在姊姊學校附近了。那時候我只要看見人就很想吐，連姊姊都讓我覺得噁心，我精神崩潰得完全不知道後來發生什麼事情，然後肚子慢慢大了，我只記得他說如果掉了孩子，就要把我身邊的人全部殺死……我很害怕。」

「所以你說，我究竟該怎麼容忍你這個存在？」

連昀兒收回手，緩緩勾起微笑，低下頭，在東風耳邊語氣輕柔地說：「我昨晚想了很久，確實應該把一些事情做一個結束。現在，你爸爸死了，你姊姊死了，你哥哥也死了，爲什麼你還要繼續活著——」

「別說了！」猛一聽到連昀兒後面竟然說出這種話，虞因連忙把人架開。

「你們不是想讓我好好和他說說話嗎！我正在說呀！」連昀兒掙扎著，不過還是被虞因拉開一段距離，她的聲音跟著變大起來：「你就這樣和他們一起好好去死吧！你原本就不應該被生出來，作爲強暴犯的小孩根本不會被人正常看待！你何必痛苦撐著，爲什麼不乾脆就這樣別再回來！你可以投胎去更好的家庭——」

「快住口！」虞因騰出手，直接摀住連昀兒還想叫嚷的嘴巴，毫不意外手掌立刻傳來劇痛，女性發狠地咬住他的手，房內馬上飄出血腥味。

騷動和剛才的尖叫很快把外面的人吸引進來，一打開門，言母和照護人員好像猜到是怎麼回事，臉色蒼白地和虞因一起將連昀兒拖出來。

女性鬆口後，護理師立即把虞因拉到一邊，替他處理被咬得血肉模糊的傷口。食鹽水才剛要清洗，他們就聽見房內傳來非常不祥的機器聲響，警告著各種數字急速下降，醫護人員迅速搶進去，拉上床簾、關起門，將裡面所有緊急聲響與外界隔絕。

正被言母擦拭著嘴唇血液的連昀兒突然笑了。

「就這麼，好好走吧。」

虞因原本想要破例打女人的。

但在他動手前，已經走上前的嚴司突然就往連昀兒臉上搧了下去，力氣並不大，但也足以讓所有人驚愕得說不出話來。

「妳冷靜了沒？」嚴司語氣很平淡，也沒什麼溫度。

連昀兒捂著臉頰，愣愣地看著這個陌生人。

嚴司直視著比裡面正在搶救的那人還要正常很多的臉孔，開口：「妳是受害者，不管過去那兩個多月妳被如何威脅，還是遭遇什麼事，那都不是妳的錯，因爲妳是受害者，應該檢討的是加害者，不是妳，妳也不必爲這些而有罪惡感或感到羞愧。」

「我……」

「只是。」打斷了連昀兒正要說的話，嚴司字字清楚地說道：「言東風同樣是受害者，那也不是他的錯，他和妳一樣，都是受害者。但他一直努力堅強，承擔那些也不屬於他的過錯。」

空氣那瞬間凝結了。過了很久，走廊上完全沒有人說話，連昀兒只是靜靜地站在那邊，捂著臉。

然後，眼淚從她眼睛落了下來。一開始只是一顆、兩顆，接著成串劃過面頰，從白皙的下巴不斷滴落。

「我……眞的沒有辦法……姊姊也告訴我他很乖，他很優秀……他和別的小孩不一樣，又聰明又溫柔……一直害怕自己給別人造成麻煩，一直勉強自己忍耐，可是我眞的沒辦……一看見他，我就覺得自己好噁心、好噁心，他和我都一樣的髒……」

用力抹著臉上的淚水，連昀兒語氣模糊哽咽，「如果他不要生在這裡就好了……他根本不應該來……他應該是別人家的小孩，才能夠過得很好……但是他在這裡，這就只能是他的命，他被註定好的命途就是如此……」

看著這個人，虞因雖然很憤怒她的那些話，但也知道無法責怪她什麼。

走廊上只剩下女性哭泣的聲音，以及被隔離在一面牆之外的聲響。

□

數日後，透過袁政廷蒐證的資料，和鄧翌綱名下所有產業，以及工作關聯中，破獲了核心組成，揭露出大量潛藏的幹部和檯面下種種不法交易，牽扯出許多檯面上的政商與知名人物。

但因爲實證並不充足，僅能就手上現有的訊息先扣押部分，不過也足以讓媒體將這些事情吵得沸沸揚揚。

警方在部分建築物中救出十數名青少年男女，大多是加入組織後發現不對勁，想要逃離所謂的「天堂」、回到家裡的孩子們。另外有幾名是原本屬於尤信翔手下的幹部，據說尤信翔還滿照顧手邊的人，也協助不少遭虐待的青少年對家庭或成人復仇，這些人不太清楚石漢岷的事，跟隨學長姊加入後只聽從尤信翔的命令，後來尤信翔被捕，組織要求他們聽從成年人動手辦事時，才驚覺事態不對，要切割離開而遭到虐待，如同張元翔。

被救出來的這些人在得知石漢岷對家人與其他人的作爲後，立即轉變態度，非常願意配合檢警舉發所知的訊息，同時協助勸止更多還隱藏在各地的同年齡加入者。

根據青少年們的供稱，大多數人都是因爲家庭與學校生活太過煩悶，或者想要嘗試新鮮事物，加上身邊一些朋友、網友們的煽動，才踏入；一開始只是對於他們口中的「聚會」感到好奇，被拉著參加幾次後，除了感覺到無拘無束和放鬆之外，還有一種刺激感。很多同齡者聚在一起，做什麼都不會被人責罵，大家嬉笑玩耍，讓人感覺這裡似乎才是自己想待的地方。

有些人則是因爲家庭本身的問題，或者遭到排擠，經過各種介紹踏進這處，就這樣待了下來。

漸漸地，他們建立了認同感，爲了保護這塊天地、也爲了顯示自己的價值，開始接受組織交辦的事務。

一開始都是不會傷人的，類似幫忙處理內務。之後便針對每個人的性格發派到不同分支。在尤信翔手下時過得還挺不錯，有吃有喝有錢拿，只是慢慢地，他們發現到尤信翔之上還有人監控著他們，甚至有如火虎這樣的清潔夫會來處罰想要叛離，或犯下重大過錯的人。

還在組織裡的人當時不太在意叛離和犯錯的人會被如何處刑，只覺得是活該，因爲要保衛自己的容身地，就不能對大家不利，那是應得的懲罰，而且他們不知道那些人會去哪裡，就算有些疑問，但不太在乎。

爲了讓自己繼續保有這塊生存地，他們開始更加同化，成爲一樣的夥伴。

不知不覺，他們偏離了所謂的正常。

又過了幾日，虞因和蘇彰在空屋中發現的那具屍體，身分比對出來了，符合數年前一名失蹤少女，且同時對上了一直收在停屍處的無名手指。

接著，他們在石漢岷手上的一處房屋中找到許多奇怪的部分人體，大多被用暗黑色的紅線綁束，都放在神壇前。還在神座底下發現一只木盒，打開後，裡面是已經乾枯許久的十隻手指，用鐵釘釘在符咒之下……手指上很多痕跡，看來應該是被反覆釘著，留有最近一次的新痕跡。警方抽起鐵釘時，發現竟然沾黏著一些黑血。而其中右手食指似乎缺了一小塊骨頭，隨後虞因便提供出先前撿拾到的一小塊灰白色物體，正好拼湊上。

這些手指，與先前蘇彰寄至嚴司家的乾屍相符，爲石靜恬的一部分。

虞佟將這些東西送到認識的宮廟詢問，認識的師父連連搖頭，說這是很惡毒的法術，讓死者有魂無門、有冤無處申，就算有人看得見他們勉強鑽透出來的身影，恐怕也很難好好溝通，甚至容易被亡者牽連傷損，而且待時日更久，恐怕還會魂飛魄散。

隨後依照師父的指示，將那些符咒木牌過了淨水、爐火，統一焚化，再由宮廟幫這些往生者好好超渡唸經，盡量化其苦痛、減其厄難。

另外，在某個隱蔽的倉庫中則找到很多雕塑品，有各式各樣的材質，屋內散布不少陶土、黏土粉屑，和玖深找到的那些微量物質很相似。那些雕刻與東風平日的製作相同，數量之多，好像用了極長的時間收集堆積。隨後調查人員更在另一個房間中找到很多東風和連昀兒的私人物品，有新有舊，看來同樣用了很長時間逐一收集而來。

差不多這個時候，在公司的虞因被叫去老闆辦公室，說是有位叫作艾菲的女性要來變更蘇彰的案子，原先的包裝因故要停止，不過依舊把尾款結清了。雖然老闆立即退回那筆龐大的設計費，說這邊還只是在草稿階段，雙方同意立即終止就行。不過艾菲仍堅持付完款項，說是蘇彰的交代；另外，如果虞因願意，就改成幫他弟弟做一個室內設計圖吧，虞因認識他弟弟，知道他弟弟可能須要改變一下生活環境。

虞因馬上答應下來這個變更，然後從老闆那邊接過艾菲另外要轉交給他的一封密封公文袋。

公文袋裡有幾張支票，以及一柄短刀，虞因認出那是蘇彰經常帶在身上的小刀，上面可能曾沾染過很多人的血，現在則被擦拭得乾乾淨淨，拔出來後刀面上倒映出他的影子。裡面只有一張紙條，女性娟秀的筆跡寫說這是蘇彰留下的東西，讓他們自行處置。

支票的金額每張都很大，虞因便轉給言家的父母替東風暫先保管。

又過了一個月，組織的事情在媒體上淡去，逐漸被遺忘，那些分裂又重新整合的部分勢力潛藏無聲，不過因此受影響的其他勢力多少還有進行報復，參與這件事的所有檢警或多或少都因爲某些芝麻大小的事遭到壓力、懲處，特別是帶頭的幾人，幸好那幾人的上司努力排開壓力，頂下了不少惡意鬥爭，只是意思性地讓他們寫一些報告。

自醫院那日起，連昀兒好像和嚴司交換了手機號碼，據說嚴司現在偶爾會和連昀兒通訊，有一搭沒一搭地聊些廢話，不過大家都不知道他們聊些什麼，只知道這一個月後，連昀兒開始走出白屋，在照護人員的陪伴下，稍微逛了逛街，說著下次等心境上能夠接受了，想試著去看電影。

某日傍晚，虞因一如往常下了班，正要買點吃的去醫院和聿一起吃晚餐，突然眼角瞥到有人朝他揮手。

當他看見石靜恬和蘇彰站在對面街道時，他接到了電話，猛然抬頭，他們已經不見了，但他無心再去追逐他們的步伐，而是匆匆跑去牽摩托車，以最快的速度趕到醫院。

那天，東風睜開眼睛。

一度停止的心跳被搶救回來，等到狀況穩定、轉到嚴家醫院被悉心照顧了一個月後，許多嚴重的傷勢正在緩慢恢復。最後，他終於睜開眼睛。

院方盡快進行各方面檢查，確定一切正常後，通知了嚴司和言家，進而傳遞給其他人。

虞因趕至醫院時，已經有好幾個人在病房裡，包括他家兩個大人。

被扶起半躺在床上的東風，似乎對每個人的問話都沒有反應，只是一一看過所有人，好像不是很理解他們的激動與所說的話，連言家父母都沒得到回應。

踏進病房時，虞因看見的就是這樣的畫面，以及，放在一邊櫃上的幾團色紙。

色紙看來很像是摺成船的形狀，但濕淋淋地縐成一團。護理師告訴他，那是早上從窗戶邊拿下來的，不知道是不是有小孩偷跑進來惡作劇，就在窗邊排成一排，所以他們便先拿進來放著，不曉得爲什麼到現在還沒乾。

虞因看出去，無雨卻濕潤的窗外有幾張陌生的面孔朝著他笑了下，好像是從哪兒來的路過客人，然後轉身消失在黑夜之中。

等醫生徹底檢查完，幾個大人看東風還是沒有回應，便先一一離開病房，到外面討論後續的事，將虞因和聿留在房裡，讓他們陪剛清醒的東風好好靜靜、了解狀況。

虞因看著那張曾經遭到重創且蒼白的面孔盯著自己，上面還有尚未恢復的傷口，不知道未來會不會留疤。

正發怔時，輕輕的聲音劃破病房中的靜默。

「你也是我的家人、或朋友嗎？」

虞因猛地回神，有些錯愕地看著床上的人。

回望著他的人有些尷尬且不好意思地低下頭，「我……不知道你們是誰……好像造成麻煩了。」

他什麼都忘了。

連自己都忘了。

他說，剛清醒時，腦袋一片混亂，似乎有很多事情逐一閃過，隨後是大量的空白，還未反應過來時，就來了很多看著很熟悉，但他又說不上來是誰的人。

這些人的表情都是真真實實地緊張又鬆了口氣，每個人都在問他一些他回答不出的事，他覺得好像會增添這些人的煩惱，便什麼也不敢說。不過他想，這麼多關心他的人，應該是身邊的親人與朋友才對。

然後他看見虞因跑進來，還對著無人的窗外點點頭，似乎在向什麼打招呼。

虞因聽著，沉默了一會兒，緩緩地微笑，然後摸摸對方的頭，「我們是朋友，不管如何，你都不會造成麻煩。」

「還有，歡迎回來。」

□

又過了一個月，言東風終於可以離開醫院，不過是用輪椅代步，接下來要按時回院復健，直到身體恢復。

他很配合所有的安排，以很緩慢的速度康復。

那之後，不知道從哪邊得到消息的尤信翔要求見他一面，交換條件是會將自己知道的所有事情都供出給檢警。

黎子泓很仔細地詢問了東風與言家父母的意願，最後得到了同意。

見面那天，同樣滿是創傷的尤信翔深深看著已經不認識他的人，只說了一段話——

「你自由了，連我那一份一起，好好生活吧。」

坐在對面的東風連自己也無法解釋地掉下眼淚。

之後尤信翔轉為污點證人。

「那時候你沒將事情完全告訴我們對吧。」

從尤信翔處離開，黎子泓和嚴司並肩站在警局大樓的陽台外，看著底下忙碌的街道行車，然後搖晃著手上的飲料罐。

「嗯？什麼？」嚴司歪著頭，皮皮地微笑。

「那時候，你和東風在車上發生什麼事？」黎子泓並沒有轉過頭看友人刻意的笑臉，依舊注視著人們往復著普通的一日生活。「我知道你還有事沒說，否則你不會至今還擺這種要笑不笑的臉。」

「……」嚴司喝了口已不那麼清涼的飲料，「我偶爾也會有人生糾結的時候，別說這麼白啊，室友。」

「所以？」黎子泓轉過身，靠在護欄上，等對方說下去。

嚴司抓抓頭，看來對方今天沒聽點什麼是不會放過他的。「車禍之後，有一段時間很暈眩，不過我很快就恢復意識，雖然想幫他先做點什麼急救，卻啥也做不了，總覺得最近老是遇到這樣的事。」說著，他看了眼旁邊的黎子泓，就在幾個月前，他們集體被尤信翔撈去也是如此。

「不論是上次或這次，都不是你的錯。」黎子泓淡淡說道。

「我沒說是我的錯喔，當然是凶手的錯咩，只是那時學弟說了一些話，我還在考慮要不要告訴被圍毆的同學。」嚴司吁了口氣，開口：「救援還沒來時，他也恢復了一點意識，然後說，他承諾過被圍毆的同學，如果要走會說，他託我告訴對方一句『他可能得走了』。」

那個走在當下是什麼意思，不論是黎子泓或是嚴司都很清楚。

「但是他還在，我想這句話應該不用轉述了。」黎子泓不太希望這句話成眞，至少別再聽見比較好。

「是啊，我也這麼覺得。」嚴司晃著空掉的飲料罐，稍微施力將罐子壓扁，發出了一連串金屬扭曲聲，「所以我就回答，既然你嫌我命硬，那這條命就分你一半，給我好好活著。不知道這樣算不算應驗。」

「你以前不是不太相信這些嗎？」黎子泓笑了笑。

「如果是好事，還是信了吧。」嚴司抬高手，將扁平的飲料罐拋進有些距離的回收桶中。「小東仔就像個一直找不到船的渡客，他的人生卡在孤島上，好不容易搭上船了、可以靠岸，我們這些當初硬把他推上去的人，就算用點什麼換，應該也划算吧。」

「嗯，說得也是。」

黎子泓喝掉最後一口飲料。

「被圍毆的同學問你那句話時，你是不是動搖了？」看著友人的側顏，嚴司不經意地開口，捕捉到對方瞬間的顫動。

他知道黎子泓的傷口是什麼，從簽下那份王釋凱的申請開始，他至今還不曾好好原諒自己。那些工作狂、過勞死的狀態，都是變相想要努力償還那份愧疚，這讓他特別在意受害者方面的問題，也經常在工作之餘探望過往案子的相關人員。

黎子泓捏著飲料罐，慢慢開口：「公平與正義，究竟被害者可以得到多少，是否合乎受害者與其親屬們所冀望，我很難回應他們。」他們不是審判者，他們只能一再提起上訴抗議，但最終結果不一定能如人願。「虞因在每件事裡不一定是當事者，但他是長期累積下來的另一層面受害人，特別是這兩年很多犯罪者都將矛頭指向他，讓他倍增壓力、內心動搖。因爲他的環境和教育讓他得以走過來，甚至帶著少荻聿和學弟一起往好的方向前進，這點讓我很慶幸。和你們一樣，我也擔心他過度壓抑會崩潰，只是我又期望他能對類似這樣的受害者帶來好的影響……我期望。所以當時我沒有正面回答他的問題，讓我覺得很抱歉。」

「你不想增加他那些負面想法，他知道的。」往友人肩膀拍過去，嚴司露出一笑，「對了，佟那個美女追求者最近好像不太來了耶。」

「你可以問他本人。」黎子泓指指陽台入口處。

愣了一下，嚴司才看見虞佟正好從走廊裡頭走出來，見到他們兩個在這邊偷懶，也笑了下。

「才剛說到你那位唐美女呢。」嚴司很八卦地發問。

「唐小姐嗎？我告訴她事情都結束了，所以她不會再來了。」虞佟勾起唇，走到友人們旁邊，順勢看了眼和平的街道。

「欸？」嚴司有點不解。

「那是蘇彰的人。」黎子泓好心地補上一句。

「剛認識沒多久那時，發現她送我的飲料有點問題，事後我交了報告，回收人員慎重起見多做了點步驟，將飲料化驗方便證物區隔，結果發現裡面有下藥，可能是那時候她也想要收集譚雅芸的資料，所以後來經常來警局送東西，我想應該是想要探查警局內的消息，或是了解我們這些人。」畢竟，唐雨瑤並無再做進一步動作，也沒有傷害他們的意思，所以虞佟認為只是單純打探他們的周遭處事，以及了解他們是怎樣的人，便沒有點破，只是與她慢慢周旋。

前不久唐雨瑤再來時，他告訴對方已經結束了，女性便淡淡微笑了下，說她知道了，這是最後一次送來點心，之後就未曾再聯繫。

「……你們兩個居然瞞這麼久！」嚴司第一次覺得竟沒跟上如此八卦之事。

「我前幾天才知道。」黎子泓聳聳肩。

「唐小姐沒有惡意，我想她也發生過一些事情，所以就算了。」雖然很不想這麼說，但虞佟知道幫助蘇彰的人大多都曾握住蘇彰的手，如果不是需要幫助，他們壓根不會有交集。他沒有詢問唐雨瑤做了什麼交易，只是目送對方離開而已。

「哇喔，小海妹妹知道這件事可能會高興死。」嚴司吹了記口哨。

虞佟笑了笑，沒搭話。

「感覺現在好像眞的風平浪靜了。」嚴司搭著護欄，看著街道上那些好像什麼都不知道、依舊生活在平日喜樂的行人們。「葉老兄要回來應該還很久吧。」

槍擊那件事後，雖然王克桎的家屬沒有提出異議，但葉桓恩遭到了暫停職務接受調查的處置，正等待處分中。根據嚴司的小道消息，調查結束後即使復職，應該也會被調離原職，八成又得去新的崗位了。

「這也是沒辦法的事。」虞佟有些感慨，葉桓恩帶著報復開槍也是不爭的事實，而且王克桎至今未醒。不論如何，終究得為此付出代價。

三人沉默了半晌。

「對了，你那房東究竟是怎麼回事？」在這麼平和的片刻，黎子泓想起還沒追問的另一件事。

「嗯？我們之間的姦情嗎？」嚴司在對方眞的揍過來之前，連忙改口說：「沒什麼啦，賴學長他家其實滿明理的，好像母親那邊一直想要道歉，後來在新聞上多少有看到我的事，就想找我聊聊……先說，我眞不知道那房子是他家的，路過偷看時，突然被警衛揪住，被請進去說話。我已經不介意賴學長的事，讓他們不要放在心上，不過他們聽說我正在找房子，馬上就說要把房子租給我。」

「就這樣？」黎子泓瞇起眼。

「賴學長發生事情後，我偶爾會去看他，和他聊聊天，他現在好像比較開朗，聽說曾把這些告訴家人。那個舅舅奉了老太太的旨意，要用心關照我，我當然也不會白吃，因為對方是生技公司，所以我介紹我家一些人給他認識，聽說現在合作得順利愉快，新企劃業績爆增，打算進軍海外市場，原本舅舅想給我抽佣金，我是拒絕啦，他就說那用吃的替代，沒完沒了地一直送來。」嚴司停頓了下，勾起唇，「賴學長之後會在那邊上班，有專人引導，他原本腦子就不錯，應該很快可以回歸社會吧。」

黎子泓與虞佟看著友人，明白這些不是他們想像中會令人擔憂的隱情，更是相反的友善循環。

嚴司接過黎子泓的空罐子，壓扁，抛丟。

「你們覺得蘇彰最後埋在哪裡？」

虞因看見蘇彰和石靜恬在一起，當時律師車上的血並不是只有石漢岷的，化驗出是兩人在搏鬥時留下，醫院那灘血也被證實是蘇彰的血；後來他們接獲通報，在白屋附近也發現大量血液，不過很快就中斷了，蘇彰最後如何，大家都心知肚明。

另一方面，因爲已經沒有親友能夠接手，最後石靜恬的屍身是由言家出面處理，葬在一個風景還不錯的地方。

「在他該去的地方吧。」黎子泓看著準確無誤呑入空罐的回收桶，說道：「他一個人無法帶著傷勢到處移動，有人已經將他送到他想去的地方了。」其實，那人也不算孤獨，至少還有人將他帶走。

「嗯～以後會如何呢？」嚴司仰望著天空。

即使現在看來和平，但以後大家會如何呢？

「以後再說吧。」

黎子泓同樣抬頭，看著湛藍的天。

「那都是，往後的事了。」

現在

「我有時候會想，蘇彰的一些話其實在某方面並沒有錯。」

清理掉墳墓附近的小垃圾，虞因蹲在墓碑邊，對著沉睡在這裡的至親說著這幾個月來發生的事，「但是，我並不希望這樣做，也還是無法認同。如果每個人都可以不被傷害，好好地生活就好了。」

雖然這樣說，不過在這世界上每天都會發生類似的事情，如同石靜恬說過的，他無法每個人都救。而且，也不是每個人都想要得救。

人總是無法猜測命途下一步將轉往何處，但如果可以，虞因想好好把握身邊的事物。

如果命運令他們還能擁有這一切，那就繼續守住吧。

「媽媽，請保佑所有人能一直平安下去。」

虞因真誠發自內心，希望如此。

站在後面的聿拍拍他的肩膀，然後蹲下來，一起仔細將墓碑擦拭乾淨。

就在他們準備打包好垃圾時，小路上再度有人走過來。

「你怎麼不在車上休息？」虞因看見來人，居然是有點壯碩的管理員揹著行動還不太方便的東風走來，他連忙跑過去，與管理員道謝後，和聿一左一右扶著走路還跌跌撞撞的人。

雖然可以支著拐杖走幾步，但東風還沒辦法很好地動作，看來他從車子到這裡費了很大一番工夫，才被管理員撿過來。

「總覺得接受你們的照顧，沒有一起來好像……」東風有些不好意思地低下頭，「想著能看看你媽媽，打個招呼。」不知道為什麼，他在車上等待時就一直有這種想法。

這段時間以來，東風被很多人悉心看顧，對於自己以前的事情，大家多少曾告訴他一些，像是喜歡雕刻、畫圖，還有自己住在外面生活，身邊有哪些家人朋友。只是很沒有眞實感，似乎那並不是他的事情，而是誰的一段故事。

既陌生，又熟悉。

他有些無所適從，覺得自己並不是這裡的一分子，卻也希望能就這樣下去，因為身邊有人，令人感到很高興，並安心。

安心得一想到有一天可能不能待在這裡，就打從心底害怕。

將這點不安深埋藏在心中，所以他對於過往的事沒有再問得更加深入，也不敢問。

他想要現在和這些人在一起就好。

扶著東風在旁邊坐下來，虞因將水壺放在對方手上。

休息了一會兒，東風在兩人協助下好好地在墳前點燃一炷香，閉上眼睛很認真地在心中向從未謀面的女性說了些話。

然後再度睜開眼睛，輕輕道了謝。

「你跟我媽說什麼？」虞因覺得好像有聽到什麼低語，不過不太清楚。

「沒事。」東風握著聿的手，站起身，倚靠在對方身上，轉向另外一邊也被收整得很乾淨的墳墓，「那也是你的家人嗎？」他看見墓碑前有一樣的花束，一樣被點燃沒多久的香枝，碑上鑲著的照片是張異常年輕的男性面孔，看起來開朗飛揚，又有些溫雅，應該是很受人喜愛的青年，時間卻永遠將他停在那裡。

「喔，不是不是，是我媽媽以前的朋友，聽說是很好的朋友。」虞因微笑了下，「我媽學生時代曾加入服務性社團，是在校外認識的。」

「一起做活動嗎？」東風問道。

「不是，我大爸說他是白血病，好像是有一天突然開始高燒不退被檢查出來，我媽媽正好到那間醫院做義工服務，這麼認識的，後來他們兩人保持往來很久。」虞因提起垃圾，騰出手和聿一起攙著人往回走，「原本控制得不錯，可是有一天突然又生病了，連帶抵抗力下降，突然陷入昏迷、器官衰竭，就這麼過世……我大爸沒見過他，只聽說原本是很受歡迎的人，對身邊的人都很好。也算很巧，我媽過世時，大爸在這邊墓地正好安排到空位，說認識的朋友住在一起應該就不太寂寞了吧。所以我們每次來掃墓，都會兩邊一起整理，掃久了感覺也像我家人一樣，習慣每次來的時候花果要備兩份。」

「原來如此。」東風下意識回過頭，那兩座墳已經遠離了視線。

不知道是不是錯覺，他總覺得那張照片的男性，某些部分的輪廓與身邊的人有些像，不過照片已久，又是固定角度，應該是想太多。

「是說，我小時候常看到隔壁的大哥，有時候我媽也會一起出現。」虞因有些懷念地說著：「現在已經很久沒看見了，說不定投胎了。」

「嗯？出現時有說什麼嗎？」這是純粹好奇，東風現在對滿多事都有點好奇，不過聽說他以前也滿會問問題就是。

「每次都說，『要好好聽你爸爸們的話』。」虞因有點委屈地皺起臉，「每次喔，好像我很不乖一樣。」

「是不乖。」一邊的聿爆出來三個字。

「喂喂喂喂，少在那邊補刀，當心晚上不請你吃你要吃的東西。」虞因開始進行不成熟的威脅。

聿挑起眉，「誰開車？」反威脅。這地方離市區還算滿遠的，而且公車班次一天只有少少的幾班。

「……」虞因覺得瞬間損血八成，但仍想反抗一下，「我明天考試過了就有駕照喔！」

「現在沒。」聿繼續把鴕鳥搥下去。

被夾在中間的東風不自覺笑了出來。

「啊對了，既然難得今天你可以出門散散步，要不看看有沒有你特別想吃的？」看著對方現在很單純的笑，虞因跟著微笑。

自從出院後，他發現東風變得很容易笑，雖然帶著些不安和靦腆。他希望有一天即使東風想起所有的事情，還是能這樣笑著，而他們也將繼續陪在旁邊。「別每次都讓小聿拚命吃他指定的店，這小子會得寸進尺。」

「別將我扯進你們的內鬥裡。」東風並不想當擋箭牌。

房内的機械瞬間跳動閃爍。

非常自然地，沉睡的孩子睜開眼睛，在幽暗的房内嘗試著眨動眼睫。

房外注意到機器異常後逐漸傳來喧鬧。

孩子虛弱無力地抬起了自己細小的手。這感覺，不屬於他的手，他認爲自己的手應該比這個更大、更有力。

不過，他的手早已冰冷，不像現在這樣帶著暖熱。

從黑暗中甦醒的孩子，慢慢地笑了……

【案簿錄小劇場】

護玄 繪

後記

終於又到了季末結尾的時間。
第二季的事件在此做為一個結束。
這幾年非常感謝大家的支持與鼓勵。
特別是辛苦付出的所有幕後與出版人員，真的很謝謝各位！
希望未來很快能再與大家見面，也敬祝大家平安喜樂。
我也會繼續努力加油的！

未來再見囉

影　響

智力方面似乎影響不大就是（聿的鑑定）

進食的差異

有人偏心之眼

拜訪

太友好了不習慣

希望

(完)

國家圖書館出版品預行編目資料

命途／護玄 著.——二版.
——台北市：蓋亞文化，2025.08
面；公分.（案簿錄；9）
ISBN 978-626-384-220-5（平裝）

857.7 114008983

悅讀館 RE427

案簿錄 玖【終】

命途

作　　者 護玄
插　　畫 AKRU
封面設計 莊謹銘
主　　編 黃致雲
總 編 輯 沈育如
發 行 人 陳常智
出 版 社 蓋亞文化有限公司
地址：台北市103承德路二段75巷35號1樓
電話：02-2558-5438　傳眞：02-2558-5439
電子信箱：gaea@gaeabooks.com.tw
投稿信箱：editor@gaeabooks.com.tw
郵撥帳號 19769541　戶名：蓋亞文化有限公司
法律顧問 宇達經貿法律事務所
總 經 銷 聯合發行股份有限公司
地址：新北市新店區寶橋路二三五巷六弄六號二樓
電話：02-2917-8022　傳眞：02-2915-6275
港澳地區 一代匯集
地址：九龍旺角塘尾道64號龍駒企業大廈10樓B&D室
電話：+852-2783-8102　傳眞：+852-2396-0050
二版一刷 2025年08月
定　　價 新台幣 360 元
Published and printed in Taiwan

ISBN 978-626-384-220-5

GAEA

GAEA